文学宁夏

“文学宁夏”丛书编委会名单

我们心中的雪

郭文斌 著

作家出版社

郭文斌，现任宁夏作协主席、银川市文联主席、《黄河文学》主编；为中国作协全委，宁夏大学、宁夏师范学院、中国矿业大学银川学院客座教授，享受国务院政府特殊津贴。著有畅销书《寻找安详》《农历》等十余部，有中华书局版精装八卷本《郭文斌精选集》行世。长篇小说《农历》获“第八届茅盾文学奖”提名；短篇小说《吉祥如意》先后获“人民文学奖”“小说选刊奖”“鲁迅文学奖”；短篇《冬至》获“北京文学奖”；散文《永远的堡子》获“冰心散文奖”。作品被签约译向20多个国家。

文学是这块土地上最好的庄稼

崔晓华

塞上金秋，天高云淡，风清月明，“稻花香里说丰年，听取蛙声一片”。在这诗情画意的美好季节，我们满怀喜悦的心情，迎来宁夏回族自治区成立六十周年。

宁夏地处祖国西部，是中华远古文明发祥地之一、丝绸之路重要节点，优秀传统文化遗存丰厚，自然历史内蕴丰富多样，历朝历代文人墨客留下数以千计的诗词文赋，譬如人们耳熟能详的“大漠孤烟直，长河落日圆”“蝉鸣空桑林，八月萧关道”等，表达了诗人或豪迈或忧伤的爱国情怀；宁夏是革命老区，1936 年，红军长征途经这里，留下灿烂的革命文化，毛泽东书写了脍炙人口的光辉诗篇《清平乐 · 六盘山》。古往今来，文学的特质、精神的象征、家园的意识，深刻地嵌入其中，并且流传至今，仍在流传。“长风破浪会有时，直挂云帆济沧海。”岁月蹉跎，沧桑巨变，伴着九曲黄河悠远的涛声，我们回顾自治区走过的历程，一幅幅画面徐徐展开：艰辛、曲折、繁荣、辉煌。“思理为妙，神与物游”。宁夏大地半个多世纪所发生的翻天覆地的变化，回汉各族人民日新月异的生活，以及改革开放四十年，特别是党的十八大以来取得的新成就，让我们感慨、激动、振奋。对于宁夏文学，对于宁夏作家，这既是记忆，也是现实，更是根植人民、观照时代、承接历史、面向未来，而“出人才出作品”是最丰盛最具正能量的“活性因素”。

文艺的春天阳光普照。二十世纪八十年代之初，宁夏文学事业步入繁荣发展的快车道，宁夏文坛开始呈现人才辈出的可喜局面，其显著标志便是——“宁夏出了个张贤亮”（著名评论家阎纲语），脱毛之隼搏击长空，成为享誉中国和世界文坛的著名作家。与此同时，以张贤亮为代表的一代作家，用自己的成就和影响有力地带动和促进了宁夏的文学创作，以及宁夏作家群的形成，这是一支颇为壮观的、以青年作家为主力军的队伍，并且呈现出良好的势头；他们的作品给文学界增添了异彩，给广大读者留下了深刻印象；他们突破地域的局限，向全国文坛迈进，终于实现了宁夏当代文学的跨越式发展。

2016 年 5 月，中国作协主席铁凝以《文学照亮生活》为题，将公益大讲堂的首课放在宁夏西吉县。原因是宁夏西吉县是中华文学基金会命名的全国首个“文学之乡”。宁夏的作家，有相当部分出自西吉，形成密集之势。西吉的作家们有这样一句话：文学就是西吉这块土地上生长得最好的庄稼。铁凝主席掷地有声地补充了一句：文学不仅是西吉这块土地上生长得最好的庄稼，西吉也应该是中国文学最宝贵的一个粮仓！表明了中国作协对宁夏文学的高度关注和重视。

生活滋养文学，文学照亮生活。

关于宁夏作家的成长，很有必要进行一次简要的回顾。宁夏作家大多数来自基层，出生于二十世纪六十至八十年代。众所周知，那时的农村和乡镇偏远落后、艰苦寂寞，长期生活在这样的环境中，经历的困苦和磨难充满了他们的记忆，在这样的记忆里，似乎是苦难多于欢乐，乃至重叠着父辈们流浪、迁徙的背影和脚印。但是，他们也有独特的优势，脚下是历史文化积淀深厚的塞北大地，这样的地气会潜移默化地影响他们的性格和气质，后来伴随着解放思想、改革开放的步伐，他们又接受了良好的文化教育，强烈地产生了精神生活的基本需要和诉求，而这种需要和诉求必须通过心灵劳作得以实现，他们因此怀有宗教般神圣和虔诚的文学梦想。于是，从二十世纪九十年代开始，宁夏青年作家经过多年的艰苦跋涉和磨砺，终于营造出一道亮丽的文学景观——以其朴实的生活经验和历史记忆、独特的生命感悟和言说方式，发出本真的、诗性的、充满灵智的声音，显露出文学突围的意义和价值。改革开放以来，宁夏的中青年作家，一方面由于长期浸淫于西部的人文气候和特殊的历史文化环境，另一方面本着对传统文学资源的信仰和坚守，使得他们的作品在书写和表达上，继续保持着古典文学特有的诗意，以及民族语言特殊的美质。尤其重要的是，在全球化语境下，宁夏作家不跟风、不时尚、不焦躁，内心安静，他们通过带有浓厚的地域性、本土化的写作，以及对西部整体的文化关怀和持续不断的挖掘，呈现出来的是西部大地上的传统与现代、历史与现实、敏感与顽固、苦难与信念、理想与追求，是西部人的宽厚、隐忍、执著、抗争、牺牲，等等。同时，他们的作品由于客观、真实的叙写，因此又有着社会学、历史学、民俗学的意义和价值。正是他们对传统文学资源的坚守和继承，从而取得了令人瞩目的文学成就。宁夏作家群的形成和崛起，以及他们的人文立场、精神向度、情感因素和创作风格，不仅预示着西部文学的广阔前景，也不断丰富着当代中国文学的意义系统。

概括地讲，这六十年是宁夏经济社会发展取得辉煌成就的六十年，也是宁夏文学不断繁荣兴盛的六十年。作家队伍生机勃勃，新人不断涌现；文学创作空前活跃，高潮迭现；文学作品硕果累累，产生了一大批记载历史、见证变迁、叙写西部、反映时代、宣传宁夏的独具特色的优秀作品。

庆祝宁夏回族自治区成立六十周年之际，我们编辑了这套二十卷本的“文学宁夏”丛书。这套丛书的出版，是宁夏文学事业的一件大事。宁夏文联高度重视，几经酝酿，广泛征求意见，本着好中选优的原则，给予确定。入选该丛书的作家系“60后”“70后”和“80后”，既有作家、诗人，也有评论家，他们创作的优秀作品情厚境美、韵味深长，具有浓郁的生活气息、地域特色和时代特征，有的荣获鲁迅文学奖、少数民族文学创作“骏马奖”、庄重文文学奖、茅盾文学新人奖、《人民文学》奖、《诗刊》奖、《小说选刊》奖、《十月》文学奖等重要奖项，有的多次荣登中国小说学会年度排行榜；有九名作家作品集入选中国作协“21世纪文学之星丛书”；大量优秀作品被国内有影响力的期刊和选本发表、转载和选入，还有相当部分作品被翻译成多种文字推介到国外。这套丛书的出版，是宁夏中青年作家的又一次集体亮相，也是对宁夏文学成就的进一步展示，旨在精要地反映宁夏文学的优秀成果，以便读者能够比较全面地了解宁夏文学创作的基本面貌，为研究者提供较好的选本。这套丛书的出版，也是给宁夏回族自治区成立六十周年的献礼。总之，这套丛书的出版，意义重大。

“好雨知时节，当春乃发生。”宁夏地处西部，西部是中国文学的广阔沃壤。人民是大树，作家是小鸟，小鸟只有栖息在大树上，才能够自由地歌唱。在此，真诚地祝愿宁夏作家们以社会主义核心价值观为统领，秉持以人民为中心的创作导向，绽放更加绚烂的文学之花；真诚地祝愿宁夏文学沐浴着古老黄河的神韵，乘着新时代的强劲东风，向着中国文学乃至世界文学的浩瀚大洋奔流而去……

（作者系宁夏文联党组书记、副主席）

目录 CONTENTS

陪木子李到平凉

思考题：

1.那玉红于我有意义吗？如果有，那意义何在？如果没有，上帝又为什么让我在那个胡同口看到她？

2.那玉红于木子李有意义吗？如果有，那意义何在？如果没有，上帝又为什么让他从我口里听到她？

吃过早饭，我们向平凉进发。

同每天出发时一样，木子李问平凉最好看的是什么呀。

我说，那玉红。

木子李回过头看了我一眼，不解地问，平凉有这么一个地名？

我说，是。

石书棋就在后面哈哈哈地笑起来。

一路上，我常常指鹿为马。在木子李就要相信了时，石书棋才站出来告诉他真相。

木子李接着问，那玉红在平凉城？

我说，是，我们这里有句话叫“进了平凉城，先看那玉红”。

木子李问，是个什么景点？我说，你猜吧。木子李说，一种庄稼？我说，不对。木子李说，树？我说，不对。木子李说，花？我说，不对。木子李说，石头？我说，不对。

石书棋又在后面哈哈笑起来，说，他说的是一个人，一个女人。

木子李才知道上当了，说，这么有名？我说，当然。木子李急切地问，我们能见到吗？我说，这可得讲条件。木子李说，行啊。

木子李让我给他讲讲那玉红。

我说，一说那玉红，我心里就难受。

木子李说，那就再难受一次吧。

那时我在县一中上学。一天，我到对面门市部买东西，看见一位穿着一身邮电服的大姑娘也在买东西。一看，我的眼睛就再也放不下了。老实说，长了那么大，我还没有见过那么漂亮的姑娘。那是一种霸道的漂亮，或者说漂亮得有些霸道。胸脯高挺，身体水直，像是一个经过特别训练的军统特务。特别是那双眼睛，又大又黑又深，被长长的睫毛掩映着，让你不敢多看一眼。那个大，让你觉得不是人的眼睛，既温暖，又寒冷。说起来有些不好意思，上课铃都响过好几遍了，我仍然没有力量离开她。就那样尾随着人家，走过一个胡同又一个胡同，直到她最终消失在一个院子里。之后，没事的时候，我就在胡同口等她。慢慢地，我就发现了她出没的规律，一般是上午课间操的时候出来买东西，另外是晚饭后，不过多有小伙子陪着，并且常换常新。

但有一天，我发现她的眼睛肿着，显然是哭过。我想，这样漂亮的姑娘，还有什么不顺心的事？我的心里很难受。想上前问问，但她连看都没有看我一下，挺着长长的脖子，目中无人地从我面前走过。她的孤傲，让人觉得整个世界都是她家的后花园。

有好几天，我没有在胡同口等到她，心里好生难过。一天，我突然想起她不是穿着邮电服吗，怎么不去邮局看一下呢？我当即跑到邮局去看，把前台后院，能看到的都看了，却没有看到她。一连好几天，我都去邮局找她，结果当然是失望。可见她并不在邮局上班。那么，她干什么工作？既然不在邮局上班，为什么要穿一身邮电服？而且总是穿着一身邮电服。我平时只穿一件衣服，是因为穷。但她是城里人，为什么总是穿着一身邮电服？我后来想，穿着邮电服的那玉红身上有种男人的东西。正是这么一种男人的东西更明显地把她从众多女人中区别开来。

知道我一定要考上大学的志向是什么时候立下的吗？就是那时立下的。我对自己说，只许成功，不许失败。为的是将来能够配得上她，能够有资本和她对等。而那时的我觉得自己连想一下她的资格都没有，更别说喜欢了。但又想，等我从大学毕业，她早已嫁人了。说了你们不要见笑，那时，我常常做一个梦，有许多人找那玉红谈对象，她就是看不上，她只看上我。大家说他还够不着你的奶子呢，那玉红说，我就喜欢他够不着我奶子的样子，我只要他够着我的腰就行了。

高二那年，她突然从这个小城消失了。我心里的难受你们肯定是能够体会的。我觉得整个平凉城都随之消失了，整个日子都随之消失了。每天，看着空空的胡同口，说了你们不要笑，我掉过大约两吨的眼泪。

再次见到她是在七年之后，也就是前年，我大学毕业，分配到一所乡下中学任教。

一天，我去县城出差，到招待所住宿。到总台登记了房间，拿了通知单到西三楼，服务台上却没有人。我喊了一声服务员，有人在卫生间应了一声“等一下”。等她出来，我就怔住了。那玉红！当时的那种感觉啊，真是难以形容。当然，我当时还不知道她的名字叫那玉红。是在她走近之后我才知道的。在她的胸牌上，我无限幸福地看到了“那玉红”三个字，三个这个世界上最美好的汉字。她甩着手上的水珠，去服务室拿了钥匙，向我走来，仍然高挺着胸脯，仍然是制服，只不过把当年的邮电服换成了绛红色。当她和我近在咫尺的时候，当她把钥匙插进锁孔开门的时候，我的那个心里啊……

然后，她给我提来了一壶水，很客气地冲我笑了一下，当年的傲慢还在，但已不再锋利，相反有一种沧桑的温暖。

这是我第一次听到她的声音，第一次看到她笑。我板结的记忆开始活起来，被这一笑，被这一声“等一下”打开一个口子，新的东西争先恐后地涌进来。我伫立在窗前，望着当年那个多情的胡同，慢慢消化着这突如其来的幸福，发出许多人生慨叹。平静下来后，我想，她怎么在这种地方工作？每天给客人提水，给楼道保洁，打扫臭气熏天的房间？而且在专供平民住的西楼，到总台也好啊，到东楼为那些大官服务也好啊。可转念一想，如果她在东楼，我们不是就无缘相见了吗？

我为自己住到西楼感到极没面子。西楼是个标签，它强制地体现着你的身份和地位。但后来一想，她压根儿就不认识你啊，所以这又有什么关系呢？

西楼房间里没有电话，我没事就到楼层服务台打电话。尽量找那些有地位的人聊天，尽量把事情说得十分重大。我牛头不对马嘴地给对方说，个人出差么，没有必要住那么贵的房间。

我是多么虚伪啊。

再后来，我向她要过针线包，要过无数次的电话本，没事找事地问过当地的一些情况，等等。她也一一作答，但骨子里还是不倒的傲慢。有时尽管做出那种职业的微笑，但从来不让微笑从眼角和嘴角走远一步。

但时间一长，你就会发现她现在的高傲毕竟已经成为一种若隐若现的底色，你已经能够从她身上体会到更多的随和与经历一切之后的安详与平和。

自然，以后的日子里，我隔一段时间就要到县城出差，当然更多的是私差。同样每一次都要住到西楼，而且要求到三楼。如果当时三楼没有房间，那么我会在第二天换到三楼，我的理由是三楼安静。我是一个“作家”，需要安静。

有一天，我找了一个理由让县委宣传部的部长来我房间。我说我给他带了些特产，找不到家，到办公室又不方便。可以想象宣传部部长的到来为我增添了多少面子。将部长送走，上楼梯的时候，我特意留心了一下她，她的目光中确实有了几分重新打量的意思。我为此很得意。

一次我向她要墨水时，她比较深入地看了我一眼，说，你是个记者？目光中带着赏识。我说，小小不言。她像是没有听懂我的话，抿着嘴向我点了点头。但再没有第二句。而我已是十分的满足，十分的荣耀了。回去躺在床上，心里有一个巨大的甜蜜在融化，它的名字叫“实现”，叫“受宠若惊”。

第二天，我数了数身上的钱，只够买一张返程票了，不得不撤了。我无比精心地收拾了房间，把被子叠得方方正正，把床单拽得平平整整，把地打扫得干干净净，然后退房。

当我退了房就要离去时，没有想到她冲我微笑了一下，用一种很瓷的声音说，好像在什么地方见过？

我的心一下子甜透了，问，什么地方？

她说，想不起来了。

我说，那就再见。

她说，欢迎再来。

听得出来，这一次不是职业应付，而是真心的，我甚至从她的目光中看到了几分依恋和类似于感情的东西。后来，我不止一千次地回想过那个片断，那个生命盛开的片断，不止一千次地陶醉。

我下到二楼，站在卫生间里，对着镜子，看见自己的每根头发上都落满了“欢迎再来”，我的心里波翻浪涌，高潮迭起。那一刻，我觉得自己是这个世界上最幸福的人。

坐在回家的班车上，我一遍又一遍地给自己说，一定要把事情做大，做大，献给“欢迎再来”。

我有种感觉，只要再住一次，就能和她成为“朋友”。元旦，我还给她寄了一张漂亮的贺卡。

木子李着急地问，她回寄了吗？我说，实在不好意思，没有。

我给木子李登记的当然是东楼，我不能让北京来的贵客住西楼。

木子李说，西楼吧。

我说，那不行，那不是给平凉人丢面子吗？

木子李说，西楼西楼，并且三楼。

这时，地方上的要员来迎驾，木子李多少有些不耐烦。我知道木子李和石书棋都急于想见到那玉红。但不行，宣传部已经把去震湖的车准备好了，我们只好出发。

车在斗折蛇行的山路上颠簸，不一会儿就到了震湖。

木子李问为什么叫震湖。

这次我居然忘了和他“正大综艺”，直接告诉他震湖是在举世罕见的民国九年海原大地震时形成的。想想看，在暴烈的阳光下，在连绵不绝的噼噼啪啪冒着火星的灼人眼睛的黄土丘陵群带里，镶嵌着那么一些眼睛一样的湖泊，该是一种什么样的景致。

木子李说，这哪里是山，这分明是一片凝固的黄土的海。

我为他的话叫好。

这样看时，那些点缀在海中的湖倒像是一些凹着的山了。

木子李说，它们很美，美得妖气，注视着这些水，你会觉得在生活之外有着深不可测的神秘和危险。而这样的格局，谁能想到它出自再造八十年前一个晚上的“节目”。那一刻，这里的山在走，湖就尾随着走的山炒豆子一样一个个跳了出来。再造用的是里氏八点五级的火力。那一刻，这片土地上，有二十七万人像庄稼一样被收割，其中有我的祖父，有我的众多亲人。用木子李的话说，八十年前的那个晚上，这片黄土的海曾沸腾，七分钟或者九分钟，然后在某一瞬间，涌动的浪猝然凝固。他在《天地翻覆时——海原大地震八十周年祭》中写道：海原大地震也许是世界历史上最少被人了解、被人记起的灾变，它不过是舞台吊灯几分钟的晃动。他说，那一刻，震波传动，如同向水中投了一枚石子。这真是一个绝妙的比喻。只是他没有说向水中投下这枚石子的人是谁，他的动机何在。

但是这天，坐在湖岸上，看着周围茂密的芦苇，看着深不可测的湖水，我没有想到这些，没有想到我的祖父现在何处，没有想到那个扔石子的人是带着如何的表情做那个“扔”。请原谅，我想到的是那玉红，想到的是她的那双眼睛。我是多么大逆不道。

当时，我一点也不知道，那个“扔”压根儿就没有结束。

非常有趣，在震湖左岸的靠北的山顶上，有一个十分雄伟的堡子。木子李问，那是干什么的？我说，那是胡宗南军队的营寨。木子李就来了兴趣，要去看。

爬到山顶，木子李一边将军一样雄视四方，一边说，你这个家伙，又在骗人，这哪里是什么胡宗南的兵营，这分明是当年防匪用的官堡。

我认账地笑笑。

木子李说，多可怕，每个山头整这么一个庞然大物。

我说是啊，小时候放牛时，每次坐在堡墙上，看着浮萍一样漂在山的黄色波浪上面的官堡，想到备受匪乱之苦的先人，我的后背就发凉，就觉得阴冷的匪气像烟雾一样笼罩着这片大地，就觉得共产党真伟大。

木子李赞同地点着头。

我说，听老人说，他们每晚睡觉时都抱着一个熟面口袋，一听到狗咬就抱上口袋往堡子里跑，到堡子里一看，多数人怀里抱的不是熟面口袋，而是枕头。

木子李咧了一下嘴唇，做了一个表情，是一个半生不熟的笑。然后说，好玩，一堡子的枕头。

这句话显然是一个隐语，我却一时不能明确它的所指。接着，他说，这堡子管用吗？

我说，对付小股土匪有用。

木子李不再说话，陷入沉思。过了一会儿，他说，土匪围堡肯定不是一天两天，一庄人在里面，水的问题怎么解决？

我说，听老人说，一次土匪围堡四天，大家都快渴死了，村里的私塾先生下山偷水，被土匪逮住，村里的男人下山营救先生，全被土匪打死。还有传说，一次土匪围堡七天，不少老弱都渴死了。

那天晚上，只见震湖里腾起一条大鱼，然后独在堡子上方下起雨来，一村人得救了。

木子李说，离震湖这么近，怎么不在地下搞一个秘密的引水系统上来。

我说，临解放那几年，这里有两股土匪因为地盘火并，最后大土匪郭栓子得胜，一段时间盘踞其内，据说就搞过一个秘密的引水系统，但后人一直没有发现。解放平凉时，郭栓子的部下多在解放军的机枪下葬身震湖，而郭栓子一直下落不明。有人说他就是从那个秘密的引水系统逃走了，也有人说他在解放军到来的前一天晚上投湖自杀了。让人想不通的是，就在解放军到来的一个月前，他却把自己漂亮的压寨夫人偷偷送回娘家。

石书棋说，不可能吧。

我说，这事倒是真的，前几年我还见过她，说不定她现在还活着。

木子李说，是吗，那太好了，明天我们就去找她。

过了会儿，石书棋说，北隐，你不应该告诉我们这些。

我说，那应该告诉你什么？

石书棋说，你应该随便编造一个浪漫故事，比如你和哪一位小妹妹在堡子里约会什么的。木子李哈的一声笑出来。

石书棋的这个想法击了我一下，小时候，吃过晚饭，我们常结伴到堡子里玩，却没有谁想到进堡子里约会。

这时，木子李说，大家想想，这里的压寨夫人是什么样的？

石书棋看着我，以商量的口气说，就像那玉红吧？

说得我心里一惊。

我说，那玉红还真应该是这里的主儿，不过不应该是压寨夫人，而是女寨主。

木子李没有将一支烟抽完，就开始丈量堡子的长和宽，看着他十分认真地在堡墙上走来走去，我的心里有种十分特别的感觉。恍惚间，我觉得他不是在丈量堡子，而是在丈量一个概念，或者一条河流。然后，他又在不同的方向拍照，画图。接着，在一个向湖的门洞前停下来，猫着腰，东瞧瞧，西望望，我不知道他望到了什么。我发现，在这个堡子上，他花的时间比任何一处勘点都要多。

在木子李无比细心地把玩堡子的一个个细节，石书棋埋头写札记时，我的目光落在堡院内那片荞麦上，火星一样的荞麦花十分细密十分隐匿地开着，粗心的人会忽略它正在悄悄地绽放，我为自己目光的迟缓感到惭愧，同时，我的心里无端地生起一片怜爱。但就在这时，我的老毛病又犯了。我在想，这片荞麦和堡子又是一种什么关系？它为什么要盛开在堡子里？它是堡子的主人吗？如果是，堡子于它有什么意义？如果不是，它又为什么盛开在堡子里？

随着木子李习惯的一声“嗨”，我们早上的工作宣告结束。天极热，我们坐在堡墙下面的阴凉里，打开行李，开始今天的午餐。堡墙下面的黄土很烫，但阴凉却厚实，受用。就在我一件件打开带来的午餐时，突然，木子李说，土匪来了。我和石书棋一惊，然后会心地附和，是，土匪来了。

下山后，回头再看山顶的堡子，又一种奇怪的感觉莫名其妙地从我心里冒了出来，我觉得那堡子不是别的，正是那玉红，或者说，那玉红本身就是一座堡子。这样想时，记忆中的那玉红的身上再没有任何东西，只有无数大大小小的堡子，包括目光。我不知道，这些堡子，和那玉红的身体的山水是什么关系，和她生命的山水又是什么关系，和那个看到这一切的“看”又是什么关系。最后，我隐约听到了雨点一样的枪声，我同样搞不清楚，它和那玉红又是什么关系。现在想来，那身邮电绿，那声“等一下”，那声“欢迎再来”也是一种堡子的感觉，包括我的心，包括我。

回家的路上，木子李让我给大家唱花儿，我没有推辞，十分投入地唱了我唱过不止一千遍的《白牡丹令》：

上去着高山望平川呀
平川里有一对牡丹
白牡丹白着照人哩
红牡丹红着是要破哩
看上去容易折去时难
折不到手也是个枉然

我没有想到，这曲花儿，把他们两人的眼睛给唱潮了。

晚饭后，我们就去西楼三楼。说实在的，我的心有些跳，有种就要见到亲人的激动。

但出现在我们面前的却是另一张面孔。木子李和石书棋看着我。我问服务员，那玉红今天休息？

服务员疑惑地看着我，说，你找她有事吗？

我说，有点。

服务员问，你是她什么人？

我说，朋友。

服务员说，恐怕不是朋友吧？

我说，你这话什么意思？

服务员说，既然是朋友，你不知道她的事？

我说，不知道，我刚出了趟远差。

服务员讥诮地笑了笑，说，那你就再也见不到她了。

我的心里一紧，忙问，怎么回事？

服务员说，死了。

我就一下子凉在那里。

必须承认，我喜欢那玉红，却从来没有想过“目标”，或者说是“结果”，只是喜欢。包括给她寄贺卡。我还承认，给除那玉红之外的任何一个女孩子寄贺卡，多多少少都是有目的的，但唯独对那玉红没有。或者说，对她，寄本身就是目的。假如一定要从中找个目的来，那就是：在想起要给她寄那张贺卡的时候，在往那张贺卡上写字的时候，在把那张贺卡投向邮筒的时候，有种难以言说的幸福。

此刻，我的眼前是一张贺卡，那是一幅旧年的图案。如果有人在场，他一定会看到，一个穷书生，在一个零星地落着雪花的冬天，在小镇破旧的邮局门口，从一堆贺卡中看到它时，目光像花一样盛开。

贺卡的名字叫“站台”。

显然是冬季，很深很深的枫树林，一个深黑的枝杈间，独独地停着一片叶子，像是一个红唇。

不知多少次被这张贺卡感动过，不知为它写过多少首诗，现在，大多都记不得了，只有一些零星的句子还在脑海：

如果说
你是一片属于我的叶子
却为何
兀自凋零
如果说
你不是一片属于我的叶子
却为何，要落在我
晚点的目光里

但跑遍了所有的摊位，却再也没有找到“站台”。

人真是奇怪，但凡喜欢的东西，总是舍不得给别人。这张贺卡也同样。本来要寄给那玉红的，但下了几次决心，都失败了。心想着等再见到第二张就把这张寄给她。谁想一直没有遂愿。多少年来，它就一直在一个十分隐秘的相册里夹着，和许多隐秘的心情在一起。

不知为何，这年却轻易地把它拿了出来。

并且一想到把它交由她收藏，心里反倒有种大欢喜大轻松。

新年，其实是一种想念的理由
月满西楼的时候
你的钥匙
在打开
谁的房间
向西，那是一种幸福的方向
祝福树上最红的花
为你盛开……

如许句子，最终都否掉了，最后，任何祝福的话都没有写，只在其中夹了一张名片。

不知是什么时候，木子李在我肩膀上拍了一把，才把我拍回来。我问怎么死的？服务员生气地说，你问这么详细干吗，你是公安局的吗？

我们只好知趣地回去。

一直到房间，他们两人谁都没有说话。

打开电视，木子李却给石书棋说，让北隐一个人待一会儿，我们去街上走走吧。

我把自己关在屋子里，想流泪，结果涌进心里的却是一种从未有过的东西。

有点像是那天把“站台”投进邮箱的感觉。

躺在床上，我在想，是谁收走了我的那张贺卡？

后来，我才知道，那玉红结婚正是我大学毕业那年。婚后那玉红应聘到招待所当服务员。前不久又开了一个茶馆，生意很红火的。但就在她的生意最红火的时候，却不知因何服毒自杀了。

几年之后的今天，我坐在书案前，再次翻阅木子李的《岸边的日子》，当我读到第一百三十五页：我们被一条河拦住，河水汤汤，车子不敢贸然开下去，我和北隐下河，脱鞋，试水深浅……

站在此岸，用青草擦鞋时，我突然看到，河水以一种少见的从容向远方流去……

那玉红的名字再次从我的脑海中跳了出来，就像土匪。

今夜我只想你

按照刘辉的意思，哪条线都可以去，唯独这条线不能去。但李北烛坚持，哪条线都可以不去，唯独这条线不能不去。喝了点酒的刘辉就火了。他说，如果出了事怎么办？这个责任谁负？李北烛说我负。刘辉说，你能负得起吗？李北烛说，我带来的同学我当然能负得起。刘辉说，但现在在我的地盘上呀，饭是我管的呀，车是我租的呀，心是我操的呀。李北烛说，要不要签一个生死合同？刘辉就叫服务员拿笔和纸。李北烛就果然写了一份说明，说明此行一切责任由他本人承担，和刘辉无关。尽管签字画押，但刘辉仍然苦口婆心，说，你明明知道左春玫的心脏不好，红鼻子外国佬的身体状况我们心里也一点底都没有，可你非要冒这个险。接着举了许多最近“没有下来”（从山上）的例子。说，这事可存不得侥幸，一旦有事，想撤都来不及。李北烛说，生死在天，在劫难逃，如果没犯在青海，就没事，犯在青海，躺在床上也死人。再说，我们可以备足氧气，带够红景天口服液和救心丸。刘辉说，那当然，但我还是要给两位客人说清楚。李北烛说，你可千万别说，这样反而增加他们的心理负担，本来没事都会出事。

李北烛知道，左春玫和导师这次就是冲着塔尔寺、可可西里和昆仑雪山来的。人家好不容易从国外回来，又好不容易到了西宁，这条线怎么能够不去。刘辉看了看李北烛说，真想不到，一个当年连跳蚤都不敢杀死的人，几年不见，竟天胆了。李北烛笑着说，不是说士别三日，当刮目相看吗，何况这么多年了。刘辉说，你小子再表现，也是剃头挑子，别忘了人家现在可是吃西餐喝洋酒的。李北烛说，胡扯什么呀，你又不是不知道人家已经名花有主了，快安排明天的行程吧。

刘辉就极不情愿地给司机拨通了电话，说，七点半吃早餐，八点出发，准备备用轮胎，加足油，带够氧气和速效救心丸。

没想到天不作美，就像刘辉的脸色。司机说，你们赶的真不是时候，天气预报说，明天可可西里地区小雨，怕是看不到雪山了。李北烛说，先别这样说嘛。司机说，青海的天气预报很准的。李北烛说，但愿这次例外。

没想到青藏公路修得这么好，车在上面就像是在水面上漂，让人觉得在这里开车是件极享受的事情。副座上的左春玫的导师已经举着相机不停地拍上了。刘辉在后排睡觉。李北烛和左春玫在中排聊天。

突然，左春玫的导师叫了一声。顺着他指的方向，大家看到了一幅绝妙的色彩组合。上面是蓝，中间是黄，下面是紫，再下面还是蓝。左春玫问那是怎么回事。司机说，上面是天，天下面是油菜花，油菜花下面是格桑花，格桑花下面是青海湖。左春玫说，真美啊，比我想象的还要美。原来最伟大的山水作品被上帝藏在这里。司机说，美的还在后面呢。左春玫说，是吗？那我要晕了。左春玫的导师则用机关枪一样的快门表示着他的惊叹。

随着车子的行进，那片黄成为主调。想想看，在无边无际的高原上，渐次展开这么一片无边无际的黄，你的心里该是一种如何的感受？恍惚间，你会觉得有一个巨大的雾状的蛋黄向你裹来，让你有种被孵化的温暖。李北烛似乎明白了伟大的宗教改革家宗喀巴大师为什么会诞生在这里，明白了他为什么把他创造的教派称作黄教。

左春玫的导师让停车，左春玫跟了过去。左春玫站在油菜花里，一身深红正好派上用场，蝴蝶一样在抢眼的黄里做着造型，满足着导师相机饥渴的胃口。李北烛站在路边出神。左春玫招手让他下去拍照。他说不照了，你们照吧。左春玫就跑过来把他拉过去，然后向他歪着脑袋让导师给他们合影。照完，李北烛说那叫叫刘辉，我们仨合个影？左春玫说，他这几天太辛苦了，让他好好补觉吧，下个景点再叫他，好吗？

快到青海湖时，前方出现了车墙。下车走到长长的车队前面，原来是蜚声中外的国际环青海湖自行车大赛终点段赛事马上要在这里举行。左春玫和导师就到向青海湖斜逸出去的一条公路上去拍照。公路中间有条黄线，一直连到天之尽头，像是这个世界和另外一个世界的一种神秘关系。左春玫站在那条黄线上，展开双臂，和黄线形成一个十字架，就像一架天线。拍完照，左春玫到路边采野花。这个动作大概出乎导师的意料，只见他又如饥似渴地一阵猛拍。

阳光出来了，而且一下子就毒起来。左春玫说，不是说阴天吗？司机说，说的是可可西里。左春玫就拿过李北烛手中的地图，做了一个帽子戴在头上，导师同样一阵猛拍。左春玫导师的举动让李北烛觉得人家外国佬的心态就是年轻，在他们眼里，全是趣味，不服不行。

大约等了两个小时，车队过来了，外国人居多。左春玫导师激动得一边眉飞色舞，一边频按快门。李北烛没有见过这阵势。心想，不期然间竟看了一场免费的车赛。但和左春玫，特别是和左春玫的导师比起来，李北烛承认他的低调。他有点想不通，这些外国仔何以有如此大的热情，竟然跑到中国，顶着烈日，甚至冒着生命危险来参赛。对他而言，就是别人内定他拿第一，他也没有这个热情了。这样一想，又为自己这几天和刘辉的较劲自得。毕竟热血了一回，尽管是为同学。

开机，有信号，李北烛给女朋友路红发了一个短信，告诉她他们在青海湖边，因自行车环湖赛堵车，现在正喂太阳。路红回问美吗？李北烛说满眼的油菜花黄，就像荤（李北烛对路红的戏称）。路红说那边的油菜花开得真晚，就像是第二春。李北烛说还是第一春。路红说想象不出高原上的油菜花，一向都去看江南的。李北烛说参差，接天，伤人。路红说，又险又美？李北烛说，对，宝贝，就像秘密。路红说，身边除了春玫，还有几个妖精？李北烛说，好多，但不是妖精，是仙子。路红说，哼，明明是青海湖的妖精！李北烛转移话题，说，天低得就要趴在地上。路红说，美死了，一个在办公室，一个在旷野，旁边还有妖精，还能伸手摘星辰，不公平。

这时，左春玫举着手中的鲜花向他走来，李北烛一阵紧张。果然，左春玫把花高高地捧到他鼻梁下，说，献给护花使者李北烛同志。李北烛有点认真地说了声谢谢。虽然这可能是左春玫的一个玩笑，但在他的记忆中，这样接受一个女生的鲜花还是第一次。李北烛发现，这一刻，也被左春玫导师的镜头永远地记下了。

解禁，一路的车像蚂蚁堆一样松动。李北烛心里掠过一阵厌恶。相对于油菜花，相对于青海湖，相对于蓝天白云，他觉得这些蠕动的铁玩意儿是那么的丑陋，那么的滑稽。但几乎在同时，他又觉得自己的这个念头也是丑陋的。

路红又来短信：荤对没到达的地方充满期待。艳羡！李北烛问，那素（路红对李北烛的戏称）算是你到达还是没有到达的地方？路红说，没到，远着呢。李北烛说，真会甜言蜜语，爱听。路红说，要走多长的路才能到达你呢，比格尔木远吧？李北烛说，你觉得呢？路红说，美景最怕打扰，不回了，好好享受，宝贝！李北烛心里的感动就像窗外接天的油菜花一样绵延。

左春玫见他一直在手里擎着鲜花，笑着说，舍不得扔啊。李北烛说，那当然。再看那花时，已经蔫了。李北烛的心里就掠过一阵难过，心想如果自己的手上有一汪水就好了。

车到戈壁，司机突然停下车，说，我怎么有些犯困，稍睡一会儿。大家附和说，我们也困了，一起睡会儿吧。李北烛没有睡意，就下去透风。不知不觉间，就进入戈壁腹地。在一丛红柳后边，他脱掉鞋，盘腿坐了下来。太阳白花花地照着。天像海一样倒扣在头顶。铺天盖地的寂静水一样拥在身边。那种感觉真是美极。恍惚间，他觉得时间不存在了，他也不存在了，只剩下一种巨大而扎实的感动在心里。李北烛幸福得想流泪。他想起一个词“高空”。记得第一次坐飞机，当飞机在万里云海上飞翔时，这个词就跳出脑海。只有“高”，才能“空”。相反，只有“空”，才能“高”。当时，他激动得差点没有从飞机上跳下去。此刻，他再次想到这个词。

真想一直那样坐下去，忘为戈壁中的一块石头。

但是很快，他就想起大家是否已经睡醒，在等他上路。

往回走时，他想，有时间限制的自在是靠不住的。他的脑海里产生了这么一个句子。那么如何才能超越时间？第二个句子。才知道过去那些行者为什么要独自行脚。独自，超越时间的一种方式？第三个句子。假如自己一直这样坐下去呢？当然会死在这里。可见独自也不是超越时间的最完美方式。第四个句子。那死呢？死是超越时间的最完美方式吗？第五个句子。

抬头，左春玫在路边，向他这边看着，目光水汪汪的，有点艳羡，有点激赏，又有点怨。

开始行车。李北烛第一次感到了什么叫“大”地。车子在公路上飞驰，但你觉得它实际上没有动，也许这就是戈壁的效果。李北烛突然想唱歌，却觉得所有会唱的歌都不能抵达他现在的心境，心里一阵憋闷。就在这时，左春玫拿出 MP3，让他听一首歌。一听，心里就生出一个巨大的惊叹。真绝，哪里搞来的？左春玫笑笑，说，天堂。李北烛说，这话说得棒，就是，此曲只应天上有。过了一会儿，李北烛说，茫茫荒原上，一个人在行走，无始无终，既大忧伤，又大欢喜，既大无奈，又大自在。对吗？左春玫用滴水的目光表达了她的激赏。李北烛说，在这茫茫戈壁上，听它，有种宿命的和谐。

傍晚时，车子进入柴达木盆地。那种一望无际的平荡，陌生、神秘又夺人。左春玫说，如此寂静的行车，让人怀疑。李北烛知道左春玫是什么意思，赞同地说了声是。

再就无人说话，也说不出话。

不一会儿，海蓝色的暮色就鸟阵一样一层层落下来，温情、暧昧又霸道。不知为何，李北烛的心里突然涌上一阵忧伤。

一个梳着麻花长辫的女子踏着暮色向他走来。他的心里一阵莫名的疼。

那是一个周末的晚上，有人在中文系的女生楼下喊二一三宿舍的女生。大家好奇地到阳台上去看，原来是她们班的“诗人”。“诗人”站在楼下的月影里，手里举着一个笔记本。说是二一三宿舍的女生给了他灵感，让他写了一首可能是世界上最伟大的诗。现在，他要在第一时间献给她们。

姐姐，今夜我在德令哈，夜色笼罩
姐姐，我今夜只有戈壁

草原尽头我两手空空
悲痛时握不住一颗泪滴
姐姐，今夜我在德令哈
这是雨水中一座荒凉的城

除了那些路过的和居住的
德令哈……今夜
这是唯一的，最后的，抒情
这是唯一的，最后的，草原
我把石头还给石头
让胜利的胜利
今夜青稞只属于他自己

一切都在生长
今夜我只有美丽的戈壁，空空
姐姐，今夜我不关心人类，我只想你

大家明明知道这是海子的诗，但还是非常的感动。不知谁说了一句，献给哪位姐姐的啊，也不报上名字，大家就齐声起哄。“诗人”说，哪位姐姐下来认领，我就献给哪位姐姐。宿舍门就响了一下，那是左春玫。紧接着窗子响了一下，那是路红。门响是因为左春玫约会回来，窗子响是因为路红跳了下去。幸亏是二楼，路红总算全着身子回来，并且带回来一个为她用热毛巾敷腿的“诗人”。大家一点没有因为“诗人”的存在觉得碍事，反倒都劝他留下来继续为伤员服务。“诗人”也不客气，就真留下来为伤员服务。

路红伤得不轻。当时他的心都要被感动撑破了，却没有现在这种莫名的疼。那么，现在让他心疼的到底是什么呢？是像这暮色一样的没有理由的茫然吗？还是因为自己的目光透过了茫然？李北烛的目光落在“疼”上，蓦然发现自己走神了。李北烛没有想到自己的思绪会滑出去这么远，好一阵自责。

再看车外，戈壁的苍茫、辽阔、荒凉已被夜的渔夫全部收进网中。眼前的车灯渐渐丰满，无言、狐魅、温暖、慈悲。车子渐渐沉入钢蓝色的海水里。李北烛能够感觉得到，有无数的鱼擦着他的身体飞来飞去。就有一尾自愿落在他的肩上。扫了一眼车内，除过他和司机，大家都在梦中。睡觉的鱼。李北烛的脑海里出现了这么一个偏正词组。他突然觉得这个“睡”是一个十分有意思的事情。现在，左春玫梦的触须就搭在他的肩上，散发着青草的芬芳。但车子却在行进。一辆车，载着一个人的梦，飞驰在茫茫戈壁。一个肩膀，做着梦的花架。这一切，是怎样的一个……李北烛没有把这个问题想完，另一个问题出现在他的脑海中：梦中的春玫在干什么呢？

司机停车让大家解手。男左女右。因为担心有狼，李北烛拿了藏刀，先陪左春玫到路右边去。李北烛有些莫名其妙的紧张，不知该如何完成这个艰巨又光荣的任务。离远了左春玫会害怕，离近了又不好意思。直到左春玫说李北烛你要走到天边去啊，李北烛才意识到自己走得太远了。说话间，身后的左春玫已经蹲下去了。没有任何思想准备，一串水声已经在他身后响起，酣畅、清脆、悦耳、自足，给茫茫大漠无限的温情和滋润。出乎李北烛意料，那一刻，他的心里没有任何男人的念头，只有幸福。

好了，英雄卫士。左春玫说。李北烛开玩笑说，这么简单啊。左春玫说，那你还让我马拉松啊。李北烛说，还真希望你马拉松呢。李北烛觉得，他心里一个高浓度的难题被左春玫用她的轻松稀释了，这让他既感轻松又觉得有点淡淡的遗憾。

更让他没有想到的是经过水声响起的地方时，他的心里竟升起一缕格外的亲切。

回到车边，刘辉和司机拼命地抽烟，导师架着三脚架拍夜景，左春玫到车上拿水。李北烛看着水声响起的地方出神。在茫茫宇宙，在漫漫人生长河，让他和左春玫有这么一次特殊的合作，这是谁的安排？在他的生命中，这一合作又有什么意义？这样想时，左春玫拿了一瓶绿茶过来，李北烛才意识到自己十分的渴。左春玫把茶给他。李北烛能够感觉到她动作里的温情。

左春玫说，怎么样，很幸福吧，什么时候喝你们的喜酒？李北烛没有想到左春玫在此时此地突然问这个问题，说，我也说不准。

左春玫问为什么，出了什么事？李北烛说，倒没出什么事。左春玫说，那为什么？李北烛说，是我的问题。左春玫说，你小子要做陈世美？李北烛说，我怎么会做陈世美。左春玫问那是什么问题？李北烛犹豫了一下，说，有一个立场一直没有达成一致。左春玫问什么立场？李北烛说，该上车了。左春玫说，我知道了，你非要人家跟着你吃素是吧？干吗非要那么形式啊？小问题，让了人家。李北烛说，是小问题吗？左春玫说，和婚姻大事比起来，当然是小问题。李北烛说，可我不这样认为。左春玫说，什么时候变得如此原则啊。大学时，你可不是这样。在同学们心目中，你是一个最没有原则的人。还记得那次我和路红叫了你去买裙子，她挑了一件灰色的，你说特好看；她挑了一件蓝色的，你也说特好看；接着她挑了一件红色的，就替你说了，还是特好看，对吧？最后她拿了一件非常宽大的，你老人家总算立场起来，说，太宽大了，穿着像个孕妇。她说，我就喜欢像孕妇，怎么着？还记得你怎么说吗？你说，要说宽大的也好，让人看着心里也宽大。到面馆吃饭，我们要的是羊肉面，可服务员却上了牛肉面。我和路红要服务员换，你却说我们要的就是牛肉面。路红说，不会吧，就算我们两个说错了，你平时可是不吃牛肉的，难道你也说错了？你说没说错，你今天就是想吃牛肉面。坚持不让服务员换。现在，倒原则上了。李北烛不好意思地笑笑，说，有这事吗，我怎么不记得了？左春玫说，还有更精彩的呢。

到格尔木时，已经半夜，几人在夜市吃了碗面，就早早歇了。

第二天一早向可可西里出发。果然阴雨。李北烛在心里说，不会吧。但是越来越浓重的云层和不停摇动的刷雨器告诉他，这是事实。左春玫和她的导师神情有些沮丧。这让李北烛不快。但他又坚信事情不会是如此结果的。

海拔标志越来越高。李北烛的心事从能否看到雪山转移到安全问题上。他心里虽然有种大自信，但仍然禁不住留心左春玫的呼吸和脸色。不想左春玫一点反应都没有。中午时分，车到昆仑山口。海拔标志 4767 米。李北烛下意识地看了一眼左春玫。她还是一点异常都没有。

车在索南达杰纪念碑前停下。左春玫说，忘了在山下请个白色哈达。李北烛就把自己从塔尔寺请的一条白色哈达给左春玫。左春玫没有客气，自家人似的，双手举着，非常虔敬地向纪念碑走去。李北烛心的胶片上，就留下了一个背影，一个像索南达杰的名字一样潮湿的背影。李北烛到碑后，看到了如下碑文：

1994 年 1 月 18 日，青海玉树藏族自治州治多县西部工委书记索南达杰，带领 4 名队员在可可西里抓获了 20 名盗猎分子，缴获了 7 辆汽车和 1600 张藏羚羊皮，当他在押送中行至太阳湖附近时，遭 18 名盗猎分子袭击，不幸壮烈牺牲。当搜寻小组找到他时，已是冰雕般的索南达杰依然保持着半跪的射击姿势。

李北烛在心里说，海拔的高度，就是心灵的高度。

车到不冻泉动物保护站，左春玫要找一个名叫索南顿巴的站长。刘辉问她认识吗。左春玫说，她在电视上看过，一个英俊的康巴小伙，事迹很感人。刘辉就带她和大家进去找，不想索南顿巴正好在陈列室做标本。刘辉向他介绍了左春玫和她的导师。顿巴没有表现出多少热情，但也不让人觉得冷漠，恰到好处的那种温度。倒是在介绍李北烛时，他的目光一亮。李北烛忙闪到一边。

顿巴开始讲解。李北烛才知道，犯罪分子之所以冒死猎杀藏羚羊是因为一条藏羚羊绒的围巾在香港等地要卖十万元人民币。当站长讲到犯罪分子为了省子弹，先打死一只羊，其余的羊就不顾一切地围了那只倒下的羊打转，犯罪分子就趁机开着车冲过去，把它们全部碾死的情境时，他有些听不下去了。他看见，左春玫和导师还有刘辉的眼圈都红了。当顿巴说到有许多被猎杀的藏羚羊肚子里都怀着崽子时，声音是颤抖的。他说，许多志愿者为了巡哨，冻成终身残疾，有的同志永远献出了生命。整个讲述过程中，顿巴是微笑着的。可那微笑落在大家心里，却是凄风，是寒雨，是承当，是悲壮。

顿巴讲完，陈列室的空气就凝固了。没有人能够说出话。

是左春玫先开口，我们可以捐一些钱吗？顿巴说，不用了，谢谢。左春玫说，如果没有什么规定，我们就捐一些，不多，一点心意。说着掏出两张美元，放在展台上。她的导师也掏出两张。刘辉也掏出两张人民币。李北烛见状，溜出去了。

看完志愿者的住宿，大家到一些标志性的景点拍照。李北烛没有去。他借解手隐蔽在一辆北京吉普的后面，面对一个红色的风车出神。

在高远、荒芜、寂寥的高原上，那抹转动着的红格外让他感动。如果是从前，他会在笔记本上写下一些诸如“在伸手可触的天空下／在海拔五千米的地方／我看见／风在轮回／不动的是蓝／动着的是红”一类的句子。但此刻，他却没有在风里停驻多久。连他自己都没有想到，在风轮转动的地方，他看到了一组音符，一组闪着金光飞翔的音符。那是刻遍藏地的大慈大悲观世音的六字真言，那还是顿巴和他的弟兄们一个个昼伏夜出的日子。烈日酷暑，冰天雪地，寂寞孤独……接着出现在他眼前的是一个宁静的浩瀚的星空，那是可可西里最美的梦，也是昆仑神最美的梦。星空上面，布满了藏羚羊的眼睛。假如这个世界上没有枪声？

李北烛的思绪被刘辉的叫声打断。

从吉普车后面出来，看见大家已经上车了，就不好意思地往车边跑去。刘辉厉喝他不要跑。他才意识到这是在海拔五千米的地方。上车，刘辉问他怎么回事。他说有点闹肚子。左春玫说，北烛还没有和顿巴合影呢。李北烛说，不用了。左春玫说，这地方，也许此生就来这一次，还是合张吧。还有刻着不冻泉保护站的昆仑石造型，也挺好的，去吧。李北烛说，真的不用了，天不早了，上路吧。左春玫说，等一下顿巴，他回去接电话了。

这时，一个小伙子跑过来，隔窗递进四张收据。左春玫问是什么，小伙子说是捐款收据。左春玫看看刘辉说，不要了吧？小伙子说，这是纪律，你们必须收下。左春玫接过收据。看了看，说，怎么多了一张？小伙子说，没有吧。左春玫把票拿出窗外，指着一张票说，这张没有捐款人，是不是弄错了？小伙子眼睛向车里扫了一圈，指着李北烛说，他的。左春玫的目光就很重地打在李北烛脸上。问小伙子，怎么上面没有他的名字？小伙子要说，李北烛挥手阻止。但小伙子还是说出来了，他坚决不留名，我去问站长怎么办，站长说，名可以不留，但收据必须开。左春玫看了一眼李北烛，翘了翘嘴角，说，我替他收下吧。

顿巴走来。大家下车和他一一握手告别。

司机打火时，左春玫突然记起什么似的要下车。刘辉问落东西了？她说，她要一下顿巴的电话和地址，到时好给他寄照片。不想顿巴说他有她的名片，待会儿发到她手机上。左春玫有点不放心地说，那我等着啊。顿巴说，没问题。

在顿巴和他的弟兄们深情、忧伤而又隐忍的目光里，车开了。

突然，顿巴招手让停车。他跑过来，到了窗前，却一言不发。刘辉问顿巴站长有事吗？顿巴做了一个抱歉的表情，然后把手上的两挂念珠摘了下来，绿色的给左春玫，暗红的给她的导师。左春玫把念珠戴在手腕上，目光潮潮的。

谁想就在这时，顿巴的目光落在了他的身上。出乎李北烛意料的事情发生了，顿巴的手伸进衣领，从脖子上摘下一个东西，端详了一下，双手举给他。

是一个玉观音。

往回走时，天还阴着。李北烛心里有些着急，就在心里举着一把顶天立地的大刀从天空划过。让他感动的是，过了昆仑山口，他的愿望实现了，前面的云层出现了一道亮光。他指给大家看，大家齐声叫绝。沿着那道亮光，厚重的云彩的冰山缓缓分裂，不一会儿，在冰山的裂缝里，隐约可见一位披着哈达的仙女，侧身躺在云海里，像是做着一个美梦，又像是一个千年回眸。

冰山的大幕以非常快的速度拉开，仙女渐次从云层里剥离出来。不同于川西的四姑娘雪山那么严实地包裹着自己，也不同于滇西的玉龙雪山那样半裸着自己，而像一个气质绝佳打扮得体的大家闺秀，该露的露着，该裹的裹着，既超尘，又烟火。

车停到一条河边。左春玫的导师一下车就举着相机向雪山方向猛拍。刘辉、司机到车对面解手。李北烛叫左春玫下车，左春玫没有吭声。回头一看，她的脸上挂着泪水。李北烛从包里掏出一包面巾纸给她，什么话也没有说。

左春玫的导师拍够了空镜头，在远处喊左春玫。

左春玫突然记起什么似的，从包里翻东西，最后手里是那条在塔尔寺请的黄色哈达，两手举成一个蝴蝶，向雪山飘去。

大家拍照时，李北烛向身后的河边走去。他不知道这条河的名字，也不想问司机。就当它是恒河吧。这是他此生见到的最高的一条河，也是最从容的一条河。他不知道是因为高成就了它的从容，还是从容成就了它的高。太阳的碎银撒在上面，闪闪烁烁。李北烛想，如果自己这时是一条鱼就好了。李北烛突然想在水上写字，就蹲下写了起来。但他发现，没有一个字能够在水面上留得住。可他不仅没有沮丧，反而为自己的这一发现兴奋得想跳进河里。

看了一眼身后，他们还在变换着角度拍照。心想，这么难得的美景，他们会拍一阵子的，就往前走了一下，找了一个可以隐身的河湾，脱了鞋，临水坐了，闭上眼睛，倾听河水。涛声就鲜花一样开放在他心里，然后把他填满。最后，连自己都是一片涛声了。没有时间，没有空间，包括自己。

有声音。侧脸，身边坐着一个人，和他同样的姿势，盘着腿，双手结着空心印。

真想一直那样坐下去，地老天荒。

可是不久就有刘辉喊上车的声音传来，像一块巨石落在他心中的水面。他没有理会，继续坐着。左春玫也没有理会，继续坐着。李北烛就理解了一个词，心心相印。

直到刘辉站在他们身后。

但不同于以往，李北烛对刘辉没有任何厌恶，反而觉得他是那么可爱。临风喜悦，御风同样喜悦。坐着美好，上路同样美好。爱那射出的箭，也爱那静止的弓。谁说的？现在想来，真是智者之见。他看见，他的心里也有一条河，左春玫、刘辉，包括他刚才写下的那句话，都是水面上阳光的碎银。

临行，李北烛用中指蘸水，抹在自己的前额上。左春玫也学李北烛的样子，用中指蘸水，抹在自己的前额上。李北烛觉得，他们把河带在身上了。

中午已过，大家都喊饿。但司机说再坚持一会儿，这些路边小饭馆都没法吃。下午两点时，车到一家叫宝银的餐馆前停了下来。坐定，司机悄声说，这条线，就这家有湟鱼。左春玫说不是说一级保护吗？司机说，是，所以只有这一家卖。左春玫说，他们怎么就有这特权？司机示意左春玫声音小点。说，不知道，反正就他们有的卖。左春玫说，我们不要鱼了行吗？司机说，来青海不吃湟鱼就等于没来青海，要一盘尝尝吧，真好吃，没听导游说湟鱼十年才长一斤吗？左春玫问多少钱一斤。司机说，一百。左春玫说，太贵了，不要了不要了。刘辉说，贵贱的问题我们就不要讨论。你们一辈子能来青海几次？就算来了青海又能到这地方几次？

对啊，是这么一个理儿啊，我们一辈子能来青海几次？左春玫幡然醒悟的样子让大家有些诧异。接着，左春玫问司机，是活鱼吗？司机说，是。看看好吗？我还没有见过湟鱼是啥样子呢。司机叫来老板，说，自己人，可以看看黄姐吗？老板摇了摇头。左春玫说，黄姐，什么意思？刘辉悄悄地说，湟鱼的代号。李北烛和左春玫面面相觑。左春玫说，那我们可以买一些活的吗？老板还是摇了摇头。左春玫说，两倍的价钱？老板仍然摇头。左春玫说，三倍？老板仍然摇头。李北烛说，春玫别开玩笑了。左春玫像是没有听到李北烛的话，说，四倍？老板看司机，司机说，自己人。老板想了想，说，要多少？左春玫说，有多少要多少。老板说，我们每天就能进十斤。左春玫问，还剩多少？老板说，大概六斤左右。左春玫就拿过包数钱。李北烛说，春玫别闹了——老板，她是跟你开玩笑呢——刘辉点菜吧。

刘辉说，鱼还是要吧？左春玫说，你们就发扬一次风格让给我好不好，你们想吃随时可以再来啊，剩下的六斤黄姐我全要了。刘辉说，你真要啊。安检过不了关的。左春玫说，带回西宁，让人做成鱼干总可以带出去吧？刘辉说，这倒可以。左春玫说，我突然想起，湟鱼能够治风湿，我爸风湿病可严重了。刘辉说，还有这一说？左春玫说，你竟然不知道啊，还青海土著呢。刘辉说，惭愧，真没听说，那就全留给你吧。可怎么带呢？司机说，这倒好办，我有一个备用水桶。

可钱不够。李北烛见状，过去问缺多少？左春玫说，一千。李北烛身上正好还有一千，就全给她了。

下到海拔三千米时，左春玫和她的导师有了反应。左春玫最严重，备用氧气终于用上了。刘辉就让司机不要停车，开飞车往西宁赶。李北烛多少有些后怕，才理解了刘辉当初为什么要坚持取消这条线。不久，刘辉也开始吐，脸色蜡黄蜡黄的。

李北烛一边掐着左春玫的合谷穴，一边在心中默默地祷告。

那天，左春玫打了水往宿舍走，一个男生提了水壶迎面过来。

近前，她说，去提水啊。男生不说话，却挡住去路，盯了她看。她说，犯什么神经啊。还是不说话，盯着她看。她说，讨厌，干吗啊。还是不说话，盯着她看，脸都贴着她鼻梁了。突然，啪的一声，胶一样的目光就惊飞了。是路红，向他的后脑勺上给了一本子。他又转过身去，盯了路红看，左春玫就在那儿开心地大笑。但路红不同于左春玫，当着她的面把他的鼻梁揪住了，直揪得男生大喊春玫姐救命。

是春玫救了他吗？现在，春玫就在他身边，但他却觉得她是那么不真实，那么不能让他相信。李北烛、路红、左春玫……是那所大学让天南海北的他们走到了一起。也是那所大学让他们再次天南海北。然后有那么几对又把天南海北变成结巢而居。那么他呢？假如他不和路红结婚，他将要和她分手吗？假如他和她分手，那他们的这么多年又是为了什么？假如他和她结婚，他们将要相守着一天天变老吗？然后呢？然后的然后呢？假如他和她结婚，那这个世界就是他们两个人吗？那么其他人呢？春玫呢？如果说他和路红是烟雨楼台，那么春玫是什么呢？是楼台上空的月吗？这月和楼台又是什么关系呢？又为何要照着楼台呢？月光不是楼台，但它照着楼台。楼台不是月光，但它却在月光里。而楼台和月光哪个更真实呢？他更需要那个住还是照呢？李北烛的眼前就有无数的水墨画在翻飞，但他却不知道那个画者藏在何处，用心何在，也不知道自己到底该选哪一幅。这背后有着太深太深的水，让他看不透。

这时，车子一颠，左春玫就整个到了他的怀里，这一意外，让李北烛的心一酥。他才意识到，现在的左春玫是这么孤弱，这么需要依靠，他却没有体察到。在此之前，楼台的门窗是一直紧紧关闭着的。他的脑海里闪过一个词：冷月无声。现在看来，冷的不是月，而是他的心。这一发现让他大吃一惊，也羞愧万分。他突然觉得这两天莫名的忧伤和纷乱的思绪不但无聊，而且无耻。这样想着，一直端着的身子就松开了，就变成了一个摇篮，左春玫的身子就舒服地陷进来了。一种来自左春玫身体重量的美好把他的心填满了。接下来，李北烛的所有心思都在保持和维修那个摇篮上，忘了困顿，忘了烟雨楼台，也忘了危险和担心。

傍晚时分，车到青海湖。一直昏睡的左春玫突然醒来，问到了什么地方。李北烛说青海湖。左春玫就坐起来，和师傅说，我们到湖边去一下好吗？引来大家不解的目光。司机说，还去？左春玫说，我想换一桶青海湖的水。我看过资料，湟鱼在别的水中最多只能活两天。司机不解地看了左春玫一眼，说，有这个说法吗？左春玫说，绝对，《动物世界》播的，赵忠祥亲口讲的，我记得清清楚楚。

车到停车场。刘辉说他帮左春玫去换。左春玫说，你就好好歇着吧，让李北烛陪我去，他精神。李北烛说好的，说着，打开后备箱提了桶往码头去。

路上，李北烛问，头还痛吗？左春玫说，还有点，让你担心了。说着举起右手，看着被李北烛掐肿的地方，说，谢谢啊。

当知道左春玫是买来放生，李北烛的心里就被感动填满，有种把左春玫揽入怀里的冲动，但最后还是忍住了。他从兜里掏出念珠，在湖水中蘸了一下，一边往桶里的鱼身上洒，一边诵咒。

诵毕，左春玫说，我可以补充一句吗？李北烛说，当然啊。你也可以送给它们一个祝福。左春玫说，下世做人，去吃他们。把李北烛惹笑了。

李北烛说，春玫你放吧。左春玫就蹲下去，却不动手，只是盯了鱼看。李北烛顺着左春玫的目光看去，就迎着那些婴儿一样乖顺的目光。李北烛的身体打过一个颤，心里突然一阵痛，他清楚地记得，他是在哪儿见过它们的，却一时想不起来，目光就再不敢到桶里去了。

左春玫仍然盯着那些鱼看，不动手。

李北烛担心大家等，说，春玫，该动身了。她这才从愣怔中回过神来。

桶子慢慢地在左春玫手中倾斜。

李北烛第一次发现，左春玫的手是那么好看。他的脑海里甚至出现了一个此刻最不应出现的词：性感。

水随天去

现在，我终于可以认定，事情恰恰是从那时开始的，尽管当时看来，那是一个不错的兆头。

一天晚饭后，母亲让父亲扫地，父亲说，我没觉得地脏啊。母亲说，真没觉得？父亲说，真没觉得，大概是你的眼睛脏了。母亲说，是吗，那你帮我打扫一下吧。说着，要把脸贴到父亲脸上。父亲一边躲开，一边说，都有股馊味了。母亲就去门背后拿了笤帚，往父亲手里递。父亲说，笤帚更脏，我不愿意与脏东西为伍。母亲就拧了父亲的耳朵，把笤帚塞到父亲手里，让父亲扫。父亲一边龇牙咧嘴地扫，一边念念有词：灵龟摆尾，扫其行迹，行迹虽扫，又落扫迹。一笤帚配一个短句，全然是小学生课诵时的那种调子，真能把人笑死。母亲说，我管你灵龟还是乌龟，只要你给我把地扫了就行。那是我第一次听他“灵龟摆尾”。后来的日子里，当母亲让父亲擦玻璃，让父亲洗锅，让父亲洗衣服，父亲同样会一边擦，一边洗，一边“灵龟摆尾”。

对于母亲来说，那是她最得意的一段时光。

我高三那年，一向被母亲称为“冷血动物”的父亲来了一个一百八十度的大转弯，脾气格外好，好到母亲可以对他耳提面命，好到让人觉得不真实，就像一个几十年被关在黑暗中的人突然见到了阳光。当时，我压根就没有深想那段时间父亲常常挂在嘴边的那句唱诵的深意，只以为是他设法给大家找点乐子而已。直到事情发生，我才知一切都已经从那时开始了。

现在，当我终于能够接受这一事实，静下心来，坐在电脑前，准备为父亲，为母亲，也为所有关心父亲的人写点什么的时候，脑海中参差浮现出的一些片断，不知是他的“行迹”，还是“扫迹”。

印象中的父亲永远是一个坐姿。每天放学回来，老是看见父亲坐在阳台上的躺椅里，像是想心事，又像是什么都没有想，就那么坐着。一直那么坐着，直到暮色重重地落下来，直到母亲把饭做熟，直到我去喊他吃饭。以前，母亲回来，见父亲那样坐着，就会嚷，说，你出去看看，谁家的男人像你这样挺尸？你不会和面、蒸米，菜总会洗吧？你这样等着吃，和过去的地主又有什么区别？现在都到社会主义初级阶段了，你还想当地主不成？出乎我们意料的是，父亲对母亲的话竟然没有丝毫反应，好像他压根就没有听见。有时，母亲会拿上一把菜，站在父亲面前，一边捡，一边骂。让母亲气的是父亲依然没有丝毫反应，一副神游八极志在千里的样子。母亲气极了，就会腾出捡菜的手，在父亲的耳朵上拧一下。可父亲还是没有反应，好像那个耳朵压根就不是他的，而是别人寄放在他头上的一个摆设。母亲无奈，只好留下一声比日子还长的叹息，到厨房生火做饭。不一会儿，油盐酱醋的味道就飘散到阳台上来。我敢肯定，父亲的鼻孔里也一定充满了油盐酱醋的分子和原子，但父亲仍然一副老僧入定的样子。

母亲大概是想制裁一下父亲，一个周末，她让父亲做晚饭，父亲仍然没有反应，母亲就把我带出去，在外面吃。吃完晚饭，我们又去串门子，直到十点才回家。你猜父亲怎么着，他竟然坐在阳台上的躺椅里睡着了。母亲定定地看了一会儿父亲，绝望地摇了摇头，然后端了碗出去买饭。

母亲对我说，自从她进郭家的门以来，父亲就没有洗过衣服。父亲宁可把衣服穿得油光发亮，把白衬衣穿黑，把黑衬衣穿灰，但绝不动手洗。在这一点上，母亲倒是早早地就妥协了。我想这大概是母亲为她的名声着想的缘故。父亲是个作家，被几所大中专学校聘请为客座教授，常常在人前露脸。如果穿着已经发黑的白衬衣站在讲台上侃侃而谈，学生们肯定不会认为父亲是个懒惰的人，反而觉得这就是作家的风度，相反对母亲的印象就不大好。所以每每父亲穿着脏衣服往出走，母亲就抢上前把他的衣服扒掉，换上新的，还不忘给衣领上洒上香水。这时，父亲就会说，你就不怕出问题？母亲说，正吾所愿也，你今天带一个回来，我明天就给你让位，让她伺候你，我实在受够了。就这样，父亲穿着母亲换的干净衣服，带着母亲洒的香水，无限风光地出入于一些大众场合。

一天，父亲下班回来，手里提着一个花书包。母亲问是什么。父亲说，六味地黄丸。我就知道老家又带东西来了。不知为何，父亲把老家带来的东西一律叫六味地黄丸。母亲从父亲手里接过花书包，一看，就皱了鼻子。父亲把一双眼皮直顶到额头，问母亲怎么了。母亲把书包给父亲，说，快去扔了。父亲白了母亲一眼，说，什么？扔了？一边把步子换成鸡步，身子夸张地前倾，一张长脸恐龙一样向母亲挺进。母亲一边像驱赶苍蝇一样厌恶地挥着手，一边后撤。父亲却紧追不舍，请问谢海棠阁下，你姓什么？母亲见父亲态度生冷，大概是动真格的了，就缄了口，到厨房去盛饭。我从父亲手中接过书包，原来里面是一塑料袋咸菜。塑料袋显然已经不止一次地装过东西，都变成黑色的了。打开袋子，一种生萝卜和着塑料的味道扑鼻而来。父亲见我掩了鼻，就像文物贩子听到别人说他的文物是假的一样，从我手里把书包掠走，放在茶几上，掏出里面的塑料袋，到厨房里拿了一个碟子，盛了一碟，就了饭吃，很可口的样子。刺鼻的生萝卜味弥漫开来，让人实在难以忍受。可是电视上正演一休的故事，我只好强忍着，背过身子，边吃饭边看电视。谁想正到好处，电视却关了。回头，遥控器在父亲手中。父亲用一种特别的目光看着我，像是恶作剧，又比恶作剧认真。过来，吃咸菜。父亲的目光像旧社会地主的手杖一样，在我面前划了一下，又一下，最后落在咸菜上。我说我不吃。父亲说，那就别想看电视。无奈，我只好拿出一种英雄气概，硬着头皮去吃。每次象征性地用筷头夹一小片，更多的时候只将筷子在碟子里晃一下。这自然无法逃脱父亲的火眼金睛。父亲索性将碟子里的菜一分为二，让我吃完自己的那一份再看电视。母亲见状，把菜碟子端走。不想父亲发火了。你什么意思？母亲说，报纸上明明说吃腌咸菜容易得癌症。父亲说，你老爹吃了一辈子腌咸菜，怎么没有得癌症？母亲说，胡搅蛮缠，一点科学精神都没有，还当作家呢。父亲说，谁在胡搅蛮缠？父亲放下饭碗，到书房给我们拿来一本《奥秘》杂志，上面有篇文章《破烂王为何一生无疾》。父亲把杂志扔给母亲说，请学习一下，破烂王为什么一生无疾？他可是整天和垃圾打交道的。平时吃的什么，吃的是垃圾堆里的西瓜皮、坏水果。母亲不屑一顾地说，那你怎么不去做破烂王，你为什么要考大学，要当作家，要过文明的生活？父亲说，考大学咋了，当作家咋了，考上大学当了作家就不能吃老家拿来的咸菜？母亲说，吃饭吧，饭凉了。父亲说，你不把咸菜还给我，我就绝食。母亲说，你已经绝过九十九次了，我还怕你再绝一百次。父亲就放下饭碗，做出一副坚决生气的样子，向书房走去。母亲见状，只好把咸菜还给他。父亲就又回来，极投入极夸张地嚼着咸菜。父亲每嚼一下，母亲的眉头就皱一下，等父亲把一碟咸菜干完，母亲的脸已经和咸菜里的萝卜条差不多了。

说了大家不要笑话，我从来没有见父亲和母亲同床共枕过。父亲的书房里有一张单人床，每天晚上，父亲早早地洗漱一毕，就重重地关上书房的门，重得有点夸张，然后熄灯睡觉。时间一长，我还以为做夫妻的都是这样呢。可是我去姨母家，发现姨父和姨母总是睡在一张床上。一天早上，我和表妹莉娜起来，姨父和姨母还睡着。表妹推开他们卧室的门，我看见，姨母的头在姨父的左边，一只脚却在姨父的右边。这是多么让人羡慕啊。回来后，我就建议父亲和母亲在一块睡。不想父亲说，夫妻分床睡，能活一百岁。我问，为什么？父亲说，等你长大就知道了。我说，我现在就想知道。父亲说，你妈打鼾，吵得我根本睡不着。母亲说，别诬蔑人。但也没见母亲有多恼。

后来读了父亲的文集，才知这种生活方式并不是他的初衷。他曾非常神往地描述过古人“自起移灯为君照，绫罗帐里剪参差”“胜游朝弹袂，妙语夜连床”及“红袖添香夜读书”的情景。那么，这种格局是从什么时候形成的呢？又是如何形成的呢？

每当母亲往死打苍蝇时，父亲总要夺下母亲手里的家伙。父亲说，请问你为什么要打死它？母亲说，这还要问吗？父亲说，既然你说不上来为什么，那就没有行凶的权利。母亲说，那就请作家大人说一下为什么不能打死它。父亲说，请你学学《刑法》，只有杀人犯才能执行死刑。母亲说，原来你和苍蝇是一类么？父亲说，我就和苍蝇是一类，咋了？说着，父亲会打开窗子，往出赶苍蝇，一边赶一边说，黑先生，既然我们太太不欢迎你，那就请你出去。可是黑先生却赖着不走。父亲并没有表现出多少不耐烦，反而晓之以理，动之以情。说，都怪当初圈地时，你来迟了，如果你来得早一些，说不定这地盘就是你们的。那苍蝇继续和父亲捉迷藏，总是不往窗口飞。父亲就把另一扇窗子也打开，给苍蝇更大的出路。可是苍蝇实在太顽固了。父亲往往为了赶走一只苍蝇要弄出一身汗。

父亲并不是没有动过杀戒。一次，父亲午休时受到了一只苍蝇的骚扰。也活该那只苍蝇命尽，总是赖着不走，全不顾父亲苦口婆心的劝说。情急之下，父亲失了手，竟把这位黑先生给打死了。当那只苍蝇粘在墙上时，父亲手里的蝇拍就定在空中。父亲无法饶恕自己。父亲就那么站了很久，最后，带着一声听不见的叹息上床午休。父亲躺是躺下了，可是再也难以入睡。这从后来他写的一首诗可以知道：

一只苍蝇
因为打扰了诗人的午休
被钉在
墙上

诗的题目是《悼词》。

父亲因为午休可以对黑先生开杀戒（尽管这是被动的），对我们母子就可想而知了。记忆中父母几次大的干戈都是因为父亲午休。来过我们家的人都知道，我们家有一则门告，是父亲用书法体在宣纸上写的：

各位上宾：

在下有午眠之嗜好，十二点半到两点半之间，请万勿敲门，得罪。

一天，我和父亲从外面回来，发现有人在门告上批了一行字：去你妈的。父亲立在批示下，对我说，知道吧，这位叔叔练过书法，而且是柳体。然后开门进屋。我不知是父亲真的没有生气，还是装的，他依然躺到阳台上晒太阳，看不出有什么不高兴。

据母亲说，在午休这个问题上，父亲现在的表现好多了。母亲说，那时他们还没有结婚，父亲还是一所乡下中学的穷教师。一次，她坐了一早上的车从县城大老远地赶去，父亲的门却从外面锁着。她想这天又不是休息日，父亲到哪里去了呢？她去问父亲班上的学生，都说不知道。她就坐在学校门房等。谁想就在打预备铃时，只见一个学生在开父亲的门。果然，不一会儿，父亲就从宿舍出来了。母亲的心中自然又惊又气，居然还有这么严密的攻守同盟。可见，在这个问题上，父亲是向他的学生下了死命令的。后来，母亲把这件事向祖母告了状。祖母说，不要说你，就是他父亲也被他这样打发过好几次。祖母每次做些自己认为好吃的，总是舍不得吃，要让祖父给父亲拿一些。那次祖母给父亲带的是父亲爱吃的荞面碗坨。和母亲一样，祖父从老家走到学校，正好是中午，自然，父亲的房门是从外面锁着的。祖父无奈，就把那些东西从通风里扔进去。父亲肯定听见东西落地的声音，但是父亲没有起来看，也就不知道是祖父来。后来，父亲知道把祖父拒之门外，心中自然有些疼痛，就劝祖父今后再也不要来送东西了。可祖父还是来。父亲无奈，只好给祖父一个口令，让他到了门上，发现门外没有人时，轻轻地咳嗽两声，一定要两声。可事实上祖父很少用这个口令。祖父心疼父亲，以后再去父亲那里时，就半夜里动身，正好赶在父亲午睡前一刻把东西送到，然后迅速地撤离。

那时父亲还没有出名，自然就没有名片。后来，父亲有了些名气，也就有了名片。别人的名片上打的都是什么主席什么理事一类的头衔，父亲的名片背后却是门告上的那句话。我至今不明白父亲为什么那么喜欢睡午觉。但有一点是肯定的，那就是父亲绝对不是为了所谓的保证睡眠。

这从父亲对待我的睡觉上可以推断。早晨，父亲被冲厕所的声音吵醒。如果换了平时，父亲是不会理会那种声音的。问题是今天是星期天，我还在睡觉。父亲一想到我还在睡觉，就一骨碌从床上翻起来。再看我的房门开着，心里的火就从一丈一下子蹿到一千丈。他一把夺下母亲手里的拖把，把母亲劫持进客厅。母亲自然十分恼火，就连着踢了父亲几脚。对于母亲的那几下，父亲自然能够承受得了，父亲以一种大人不记小人过的姿态，准确些说是一种压根就没有把母亲的那几脚当回事的男子汉大丈夫的姿态对母亲说，今天我正式警告你，从此以后，如果儿子还在睡觉，你就给我悄悄地。母亲说，我偏要吵。父亲说，那就别怪我不客气。母亲说，你就把我吃了！父亲说，那你就等着瞧。不想母亲没有等着瞧，而是立即做出来给父亲看。母亲抱了她客厅里的被子，要往我的房里放。父亲哪里会让得过她。母亲要强行通过，父亲当然不会放行。

两人就在客厅门口展开拉锯战。这一战肯定是母亲告败。因为母亲已经开始向父亲撒泼——你今天就把我杀了，你还算不算个男人，谁家的男人一大早起来就对老婆动武？我辛辛苦苦地把你们父子供奉上，把你们全家供奉上，把你们全村供奉上，你们倒还觉不来了，倒还不知好歹了……对于母亲的这一套，父亲从来不在乎，相反，父亲会过去把阳台的窗子打开，把门洞开。说，你就“唱”吧，让大家欣赏一下你美丽的歌喉。母亲的声音就小了下来，切齿痛骂渐渐变为自伤自叹。

听见母亲在哭鼻子，我本来想起来劝一下母亲，可是我实在太瞌睡了。

接着，我就听见父亲穿鞋出去锻炼，我想今天的戏该结束了。

果然，父亲刚一出去，厨房里就有了响动，那响动平静、和气、安详。我知道，可怜的母亲又开始了她一天的功课，洗漱、烧水、扫地、做饭。现在，我还能看见，母亲先往脸盆里盛了四分之三凉水，再往里面兑了四分之一开水，然后挽了衣袖，把双手放进盆里，进入她的第一个“五步曲”：先手掌，次手背，再手缝，继手腕，当然不能忘了指甲，如此反复，大约三分钟。白色的肥皂花在母亲手上盛开，母亲的心里充满了“洗”的快感。接着是脸上“五步曲”，同样大约三分钟。完后把毛巾噌噌噌地洗一百遍，刷地一下抖开，双手托了，敷在脸上，先逆时针方向，后顺时针方向，把脸擦干，折成绝对规则的长方形，搭在盆架上。然后打开煤气灶，给父亲打荷包蛋。

母亲说得没错，我们的生活用度全靠她。父亲的工资基本上都给乡下老家了。老家是个靠天吃饭的地方，一连七八年绝产是常有的事。父亲除了负责一家八口的口粮外，还得供给四个侄子上学。假如仅仅如此，倒还罢了，谁想问题要比这严重得多。在父母后来的一次争吵中，我才知道，差不多村里所有人家都向父亲借了钱。更为可气的是有一个叫牛缠的人把父亲的钱借去要赖不还，并且数额高达六千元。父亲说，那是我帮人家从信用社贷的款。母亲就火了。母亲说，你不要把我们娘俩当傻子。父亲说，借了又咋了？当初牛缠的儿子从拘留所出来，牛缠说只要给他找个媳妇就能把他拴在家里。现在，和他一起混的都二次进了监狱，牛缠的儿子却因为那六千元在家安安稳稳地过日子，这不很好嘛，六千块重要，还是一个人重要？母亲说，问题是别人把你当冤大头待，都几年的事情了，当时说年底就还，现在都过去几个年底了？父亲说，可是我们也没有因为少了那六千元就过不下去啊。母亲全身的血就都到了脸上，说这话也不脸红，请你出去看看，别的不说，就看看对门，人家过的是什么日子，看看人家，再看看我们。父亲说，那又咋了？母亲说，和你这种人说不到一块，这样吧，从这月开始，米面油盐你买，电话费你交，暖气费你交，电视费你交，儿子的学费你出。父亲说，你呢？母亲说，我都出了十年了。父亲说，那也不多啊。母亲说，不多？一个人一辈子有几个十年，没羞的东西！

母亲都进了卧室了，又出来，把脸贴到父亲的脸上说，知道村里人怎么说你吗？父亲问，怎么说？母亲说，傻 × 一个，然后迅速地逃离父亲。不想父亲丝毫没有恼怒，反而了然于胸地一笑，就像我们班主任平时看着我们恶作剧对我们笑一样。

由此看来，钱对父亲是多么重要。但了解父亲的人都知道，父亲的心里没有钱。

一天晚饭后，母亲对父亲说她们单位分了一个副高指标，让父亲托关系给她们领导说一下。父亲说，有什么好说的，轮到你就评，轮不到就别评，说什么。母亲说，如果评上副高，意味着一年收入增加将近四千元。父亲说，四千元很重要吗？母亲说，你是说四千元不重要？父亲说，说它重要就重要，不重要就不重要。知道四千元是个什么概念吗？是一次感冒，一次阑尾炎，一次失火，一次被盗。母亲说，纯粹是混账逻辑。父亲说，你就操心给学生把课上好就行了，别再整天钱呀钱的。老祖先早就说过，平为福。如果平顺，我们的那几个工资足够花了。如果我不嫖风，你不养汉，没有灾，没有病，儿子出息，日子太平，就我们现在的工资，我都觉得花不完了。母亲说，嗨，你吹牛真不怕把鼻子吹歪，把牙吹掉，把嘴吹豁，就你那几个瘦钱儿，还敢说够花了。如果不是碰上本大娘，换了别人，你怕连给人家买化妆品的钱都不够，还敢说够花了。父亲说，是啊，我也说的是这个道理啊，就是我命大啊，好老婆就是钱啊，就是职称啊。好儿子也同样，老人不是说过么，养下儿子比我强，要它银钱做什么，养下儿子不如我，要它银钱又做什么。母亲说，就你臭词多。父亲说，这可是真理啊。假如你的儿子比你厉害，他会自己挣钱养活自己，假如你的儿子是个败家子，即便是你存下百万千万，他也会一晚上给你挥霍完。你说是不是这么一个理儿？母亲说，如果儿子考上大学呢？如果儿子要出国留学呢？儿子总不能自己先给自己把学费挣好再去上大学吧？父亲说，刘飞不是考上大学了吗，任利敏不是考上大学了吗，他们的父亲又出了多少钱呢？母亲说，你的儿子能比上人家刘飞？能比上人家任利敏？（刘飞和任利敏是省上的文理科状元，学费被所招的大学免掉，另外当地政府还给他们奖励了几万元。）也不瞧瞧自己。父亲说，那可不一定，我的儿子咋了？今年不是考上初中了吗，不是给你把一万元插班费省下了吗？一万元，不就是一级职称吗？既然今年能给我把一万元省下，谁说他将来不会给我把几万元省下？父亲说这话时，嗓门特别大，我知道他是要我百分之二百地听见。母亲说，那好吧，你就等着儿子给你把几万元省下吧，从今天起，我可是有几个花几个。父亲说，对啊，就应该是这样啊，人挣钱就是花的，你也别太抠了，也买些高档衣服，也买些高档化妆品，再不要往脸上涂石膏（父亲一直把母亲的低档化妆品叫石膏）了，再不要为了一分钱和小摊小贩讨价还价了。

父亲这样说母亲，并不是说他就有多少“派”。但我不得不承认，父亲有些特别。

在他工作的那个机关大院里，谁不知道父亲是个土起来能够土得掉渣的土老帽，洋起来能够洋得让人胃里直泛酸的酷仔？有时候，父亲会把祖母从老家带来的棉袄、棉裤、棉鞋穿到单位去，配以稻草一样乱糟糟的头发和胡须，纯粹一个农民；有时候父亲又会西装革履，衬衣领带，白脸净面，俨然一个特派员；更多的时候，父亲则是一身深蓝色休闲服，没有一点特别之处。

写到这里，我的脑海中出现了一个黄书包。随着这个黄书包的到来，一个平时再枯燥不过的父亲多少有了一些诗意。在我的印象中，父亲是这个小城第一个背黄书包上班的人。别人肯定十分羡慕，但在当时当地的商场是无法找到那种黄书包的。因为父亲的那个黄书包是当年他考上大学时一个同学送他的。父亲一直没有舍得用，一直保存着。只是不时在母亲不在家时，把它拿出来看看（这是我的猜测）。一次被我碰到了，父亲很有意思地看了我一眼，一脸的甜蜜，然后用一个现在市面上同样找不到的、上面绣着“全心全意为人民服务”的手帕把它重新包好，放进柜子。不知为何，有一天，父亲终于把它拿出来，每天背着它去上班，上街，会友，逛书店，参加一些文学活动，去他兼职的大学上课。想想，一个略带忧郁的诗人模样的中年男子，背着印有“红军不怕远征难”的黄书包有心没肝地在大街上闲庭信步，在校园里款款而行，走进教室，走进会场，黄书包里装着一本杂志，因为书包小，半截杂志就露在外面，人们看不到杂志的全名，只看见露在外面的“人民”二字。想想，那该是多么酷啊。谁能保证父亲的这一佩饰不会让一些感情丰富的女同胞怦然心动？说不定还有不少女孩子因此喜欢上父亲，狂热地给父亲写过情诗呢。真是难说。

那时的父亲是多么好啊。

但是很快那书包就从父亲的肩膀上消失了。有人说是因为这个城市里有了第二个背黄书包的人，有人说可能是父亲不慎丢失了，当然还有许多带有攻击性的说法。对此，我都没有多大兴趣，我所关心的是，父亲为什么要把一个保存了多年的可能是一个“信物”的东西拿出来实用？

我相信，每一个有良知的人，看了以上的文字，没有谁不会认为母亲是一个有着非凡承受能力的人，事实上也是一个十分可怜的人。这些记忆来自我的小学和初中，那时我还不知道主动地帮母亲做一些事，整个家政都压在母亲一个人身上不说，她还要戴着父亲打制的一个个镣铐跳舞。但事情仅止于此，也还罢了。事实上这么多年已经过来了，母亲之所以没有和父亲分开过，说明她内心深处已经接受了这个“冷血动物”。但是母亲怎么也没有想到，事情会发展到那个地步。

事情变糟是在我上高一那年。父亲先是辞去了几所大学的客座教授，继而拒绝了几家杂志社专栏作家的约请，不再在公开场合出头露面，娱乐场合更是避之唯恐不及，一有时间就回老家。在城里的日子，除过应付上班，就是整天待在家里听音乐。不是贝多芬，也不是舒曼，更不是柴可夫斯基，而是《挂金锁》和《月儿高》一类。把传呼机送人，把手机送人，家里电话根本不接，有人打电话，父亲就给我招手，强烈地示意他不在，包括那些让别人垂涎三尺的当红美女作家（这是我后来才知道的）。

有一段时间，父亲给母亲建议把电话停机算了。母亲不同意。但从此我家的电话明显少了起来。一天，母亲回来，气冲冲地冲到电话旁边，拿起电话就看，才发现接头被拔了。母亲就质问这是谁干的。我说发那么大火干吗，不是我就是我爸，而我显然没干，那还能有谁。母亲就什么话都不说，嘭的一声关上卧室门，再也不出来。其实这一秘密我早就发现了。父亲常常趁母亲不注意把电话线拔掉。而我则等父亲走开又悄悄地把电话线接上。这次疏忽了。母亲的声音慢慢从卧室里出来，由低到高，从小到大，最后变为声讨。父亲书房里的音乐也随之从小到大，从低到高。母亲气得出来把书房门踢了两脚，然后进厨房做饭。父亲为什么就这么害怕电话呢？

从此之后，我们家里的怪事就一天天多起来。

一个星期天，我被一种奇怪的声音惊醒，起床，只见父亲在阳台上嘀嘀地叫着，兴奋像花一样在他身上怒放，口里不停地说，这才是音乐，这才是真正的音乐。一看外面，才知是下雪了。真是难得，已经好久没有见到这么大的雪了。这天的雪有一种霸道的温柔，悄无声息而又惊心动魄，用一种向下的姿势把整个世界揽进怀里，把人心熨平，把世界熨平。

就在这天，父亲把录音机和磁带装进一个纸箱子里。我知道他又要准备送人了。但凡他不喜欢的东西，他都是这样打进纸箱，带回老家，或者在适当的时候送给亲戚朋友。比如那些当年他视之为宝贝的书，比如那些收藏。我担心终有一天，他也会把他自己这样打进纸箱送人。我说，怎么，又要送人？那就送给本人吧。父亲说，全是垃圾你要它做甚。我说，你怎么能这样说话呢？我把音乐老师对几位乐圣的评价搬出来驳斥父亲。父亲说，那是你们音乐老师不懂音乐。我说，音乐老师不懂音乐，这真是奇了。父亲说，不要迷信老师嘛。我说，不信老师那信谁？父亲说，要信自己。

就是那段时间，夜深人静的时候，父亲的书房里会突然传出笑声，我原以为什么时候来了客人呢，不想进去一看，却是他独自在那里傻笑。

他在笑什么呢？

接下来发生的一件事更让我们母子难以接受。

一天，我和母亲回家，屋子里有一股呛鼻的气味。一进客厅，才知是从一个陌生人身上发出来的。父亲正和那人在客厅里聊天。那人破烂而又油腻的衣服让人无论如何也无法把他看成是父亲的客人。但他们的谈兴却是少见的浓烈，大有相见恨晚之感，丝毫没有要在晚饭前结束的迹象。父亲果然要留那人在家里吃饭。父亲到厨房吩咐母亲多做一个人的饭，母亲的脸就直吊到腔子上去了。但母亲没有在现场发作，这是母亲的风格。饭做好，母亲准备了两套餐具，显然是要实行分餐制，却被父亲重新倒进两个大盘子里。按照父亲的规矩，家里来了客人我们必须陪着一起吃饭，并且我和母亲要高度警惕，除了向客人劝饭，还要紧盯着客人的碗，一发现客人碗里没有饭就要马上去盛，不允许有时间差存在。而他自己则装得没事似的，继续和客人谈话，给人一种不屑于操心给客人盛饭，劝客人进菜这些小事的样子。父亲的意思再明白不过，这些小事他的好客的妻子和懂事的儿子已经做得很到家了，用不着他操心。

让母亲万万没有想到的是父亲居然要让这个人留宿。这次父亲倒是没有像往常一样把他安排在我的房间，而是主动提出让我到他的书房去睡，他和那人住我的房间，因为我的房间有两张床。母亲的眉头就攒成了倒八字，铺床的动作明显地带了劲，有了响声。母亲先后找了两个旧床单铺在我对面的床上，又找了两个被套套在平常老家来人专用的被子上，然后特意把父亲的荞皮枕头放在我的床上，示意父亲睡我的床。可气的是父亲偏偏自己睡在客床上，把我的床让给客人。第二天，那人刚走，母亲就气得像一个风箱一样在客厅里扇起来，扇了一些时辰，开始打扫客厅，同时打开阳台上所有的窗户，警惕的目光搜寻着那人沾过的东西，一律扔进阳台上的大洗衣盆里。只见她戴了塑胶手套，开始拖地，把地拖了一百遍，把茶几擦了一百遍，把茶杯洗了一百遍，把放过那人衣服的凳子洗了一百遍，然后躺在床上，做深呼吸。

也真难为了母亲，我不知道母亲是如何挨到天亮，又如何等父亲把那人送走的。还没有等父亲从门外进来，母亲就开火了。母亲说，这还算个家吗？和难民营有什么区别？和乞丐有什么区别？连我都听得出来，这后一句话是指父亲了。奇怪的是父亲并没有像平常那样接火。等母亲打完一个连发，父亲笑着问我，知道什么是乞丐吗？我说这还要问吗？父亲说，说别人是乞丐的人才是真正的乞丐。

之后，父亲就变成一个“植物人”，从单位一回来就往竹椅里一坐，目光或者盯在虚处，或者盯在一只正在偷果子吃的老鼠上，那是范曾仿八大山人的一幅画。看着枯坐在竹椅里的父亲，我的心里常常会出现一些奇怪的念头。比如坐在那里的不是父亲，而是父亲的衣服；比如父亲的体温正在从三十六度迅速地下滑，最终停在零度，等等。

每天面对父亲没有温度的表情，我的心里就犯怵，我才知道真正的暴力其实并不是暴力，而是一种巨大的沉默。我在心里说，爸你去听你爱听的秦腔啊，去跳你爱跳的探戈啊，甚至去依红偎翠啊，去嫖风啊。我知道父亲是很招惹女孩子的。父亲曾带我参加过一次文学活动，穿着藏蓝色风衣的父亲往会场一走，真是掌声雷动。父亲致意之后坐下，那些女孩子的目光就百鸟朝凤似的向父亲哗哗飞来。如果父亲稍一摇尾巴，那些小母狗肯定有一半多会跑过来。可是父亲却对此单单没有兴趣。这真是怪事。父亲的尾巴哪里去了？按照常理，有这么一个从一而终的丈夫，守身如玉的父亲，母亲应该高兴，我也应该高兴，但现在，我宁愿父亲的尾巴像老家满山遍野的狗尾巴花一样盛开啊，怒放啊，惹得一村的母狗汪汪汪地叫啊。

但是没有，父亲的生活中既没有狗吠，更没有鸡鸣。没有。那么，是谁弄走了父亲的尾巴？

这种情形大约持续了半年，父亲终于“活”了过来。不再把电话线拔掉，不再说什么什么是垃圾，开始干一些家务，也参加一些社会活动，但神情终究在事外，像是专注在内心的一个很深的地方。当然，这个秘密只有我知道。和人跳舞，其实没有跳；在讲台上上课，其实没有上；吃饭，其实没有吃。像是有另一个他躲在暗处，正在盯着吃饭的他、跳舞的他、讲课的他看。不动声色地看。盛水，水都从壶里溢出来了，漫了一地，流到客厅里来了，他却浑然不觉，母亲的指头都落在他鼻梁上了，他却压根没有看见似的，仍然在专注地听着什么。他在听水？难道他就不知道自己正在盛水？一次母亲不在，他给我们烧稀饭，直烧得锅里冒烟，差点没有把房子点着。每当母亲做他爱吃的“搅团”“馓饭”时，他会十分热情地帮母亲剥蒜。而蒜早剥完了，可他的一双手却仍然在剥。似乎手中还有一个蒜，一个更大的我们看不见的蒜。

父亲到底是怎么了？

高三那年，父亲的情况大为好转，就像本文开头描述的那样，以至于母亲敢提着他的耳朵让他干一些家务。而且他一边干着家务，一边“灵龟摆尾”，惹得大家乐。“灵龟摆尾”是劳动配乐，更多的时候，他会问一些莫名其妙的话（但对我们母子来说，这也比那种冰冷而又暴力的沉默好得多）。比如，我正在写作业，身后会突然传来声音，你知道你现在在干什么吗？这不是废话吗。谁不知道是在写作业？我不屑地嘿嘿一笑。父亲说，别以为自己高明，写作业的时候，你知道自己在写作业吗？我说去吧去吧，别浪费人家时间，浪费别人时间就是图财害命知道吗？父亲说，你才整天浪费时间呢，连自己干啥都不知道，才是浪费时间呢。

和父亲一同去公园，对公园里的水光山色，父亲似乎没有多大兴趣。相反，让人扫兴的是就在你为某一处景色陶醉的时候，父亲则会打头里冒出一句，知道你在看风景吗？真是没有办法。以后，我就坚决不跟他出去了。但是躲得了初一躲不过十五。这不，好不容易等母亲做了一顿可口的饭菜，人家正沉浸在美味中呢，他又来了。知道你在吃饭吗？我连说知道知道，傻子才不知道呢。父亲说，别把话说绝，说不定我们都不如傻子呢。一段时间，父亲简直像一个宣传战士一样把他的“传单”撒向凡是能够撒到的地方，空气一样缠着你。你正在睡觉，他会把门推个半开，探进头来，知道你正在睡觉吗？你正在打电话，他会把耳朵附在你耳后，知道你正在打电话吗？你正在撒尿，他会贴在你的屁股后面，知道你正在撒尿吗？真是烦死人了。一次，当父亲这样问我时，我说，知道你在问我吗？不想父亲定定地看了我好一会儿，然后一连说了一百遍“问得好问得好，真是问得好”。

对此，母亲同样深受其苦。知道你正在做饭吗？知道你正在看电视吗？有一次母亲骂兴大发，对着父亲发火。不想父亲不但不恼，反而问母亲，知道你正在骂人吗？竟把母亲给惹笑了。后来，每每想起这个问题，我就想笑，我一直怀疑，他和母亲做爱时，会不会母亲正在兴头，他却来一句，知道你在做爱吗？

但是今天，我突然发现父亲问得还是有点道理，我们真的是不知道自己正在写作业，正在看风景，正在睡觉，正在吃饭，正在撒尿，正在做爱，甚至正在死亡。一点都不知道。这实在是一件危险的事情。

那年春天，父亲基本转入“正常”，性格也变得温和了许多。就以午休来说，如果我们母子不小心惊扰了他，他也不再像从前那样大发雷霆，而是兀自在书房里吟诗唱词，声调抑扬顿挫，大有舞台效果。什么“帘外谁来推绣户，枉教人梦断瑶台曲”，什么“惊残孤梦也无妨，待天黑日暮，再拣深枝飞去”，等等。一天，他居然还有兴致挥毫泼墨：“绿槐高柳咽新蝉，熏风初入弦。碧纱窗下水沉烟，棋声惊昼眠。微雨过，小荷翻。榴花开欲燃。玉盆纤手弄清泉，琼珠碎却圆。壬午仲春录东坡阮郎归 水上行”。而且行笔不再像从前那样翩若惊鸿，矫若游龙，而是自在圆润，神闲气定（不想那竟成了他留给我们的最后一篇墨迹）。

如果说还有什么地方不太让人满意的话，那就是故意（当时我这样认为）说一些让人泄气的话。比如看着我拼命复习，他会说，我不希望你给我考个北大清华，只要能上线就行，假如万一上不了线，也没有关系。在对待我的学习上，父亲和别人有着很大的不同。父亲从不问我的考试成绩，对时下家长比较关心的考了班里第几名的问题似乎一点兴趣都没有。父亲心情好的时候，会偶尔问一下我们班里的同学哪一个可爱，哪一个有趣，甚至开玩笑说有没有女孩子给我递条子一类。一次被母亲听见了。母亲说，你什么意思？父亲笑着说，没有意思。母亲说，没有意思就不要扰乱军心。父亲说，没有意思怎么能够扰乱军心。母亲说，我看你怎么像个国民党特工。父亲说，你才是正经八百的国民党特工呢，你才是最大的扰乱军心者呢，表情既顽皮又认真。母亲就再不说话，而是果断地把父亲拽出我的房间，然后哨兵一样把守在我的门口，不让父亲靠近一步。

庆幸的是，临考前那段时间，父亲完全进入常态，不再问那些低智商的问题，也不再说一些涣散军心的话，还一改平常的老爷作风，主动帮母亲下厨，显然是希望我能够在很短的时间里尽早吃完饭休息一会儿，尽管往往是帮倒忙，却令我非常感动。更让我难忘的是，看着我挑灯夜战，他会来到我的身后默默地站上那么一会儿，像是要说点什么，但最终什么也没说，但我却分明听到了千言万语，感到了一种来自父亲的温暖和力量。

父亲毕竟是父亲啊。

一个深夜，父亲再次站在我的身后。我突然转身，看见他的眼里汪满泪水。

去年秋天，一位笔名叫水上行的作家离家出走，为人们留下了无尽的猜测。这个人就是我的父亲。他送我到大学后，就再没有回家。在父亲出走一周年的时候，写下这些文字，算是对父亲的怀念，也算是对所有缘识牵肠的揖告。

第三次

第二次

当年的那个吴子善死了。这是邓小婕见到吴子善时脑海中闪过的一个句子。

吴子善的确是死了。车窗外的吴子善有些木呆地在那里站着。一身海蓝色运动服，显得过于随便，这让邓小婕感到不快。但她的注意力不久就回到他的神情上。邓小婕想其实说木呆有些不准确，应该是一种弥漫的巨大的收敛，或者说是一种辽阔的睡眠的清醒。到最后，邓小婕还是觉得没有找到能够承担的词。

但吴子善还是在窗外向她招了招手，但那动作却有些像《挥手之间》上的那位领袖。脸上有层淡淡的笑容，淡得给人以一种压迫感，就像黎明前那一刻从窗户里透进来的光。

没有拥抱，准确些说是吴子善没有给她拥抱的机会。

吴子善接过她的行李，就在那种“巨大的收敛”中开步走了。说是“走”，其实是把这种“巨大的收敛”变为流动。踏在这条有些让人窒息的“流动”里，邓小婕觉得自己的思维有些赶不上趟儿。

邓小婕看见，吴子善的屁股上有一个十分显眼的补丁，在她面前一晃一晃的，如同她的思绪。邓小婕还看见，吴子善的后脖颈有一根红绳子忽隐忽现。

邓小婕没有想到吴子善会住在那样的地方，简直就是难民营。

但吴子善带她去时没有表现出多少难为情。一进胡同，刺鼻的臭气几乎让人喘不过气来。显然，这是一个打工仔住的地方。

一年来积存的美好向往开始退潮，一路升温的狂热开始降温。但邓小婕仍然说服自己不要以境取人。

房间倒收拾得十分干净，但因为屋子太旧，还是让人一时难以适应。

邓小婕想上卫生间，吴子善带她去。胡同深处，有一个简易的厕所，是一胡同人共用的那种，秽气逼人。里面垃圾堆积，根本没有下脚的地方。邓小婕出来，吊着脸对吴子善说，再没有别的地儿？

吴子善说有，但需要走半个小时。

邓小婕就咬了咬牙，鼓起斗志，挽起裤腿，进去办事。

吴子善在蜂窝煤炉上给她热了水，让她洗脸。然后端上了些水果。从放在地上的包装袋看出他是当天买的，也就是说是专门给她买的。

邓小婕接过一个苹果吃着，心里有些酸，有些想哭。但她确实又饿又渴，就努力稳定着情绪，把那个苹果吃完。

尽管一切都不尽如人意，但约会本身的惯性还是动员邓小婕开始上演那个常识性的序幕。邓小婕半躺在床上，做出媚态，期待着在火车上想象过一万遍的那个情景出现。

但是没有。吴子善像个冷血动物似的。为炉子换煤，准备做饭。

邓小婕努力从自作多情中抽出身来，问，这就是一个大老板的家？

吴子善说，你觉得这样不好吗？

邓小婕说，挺好，非常好。

吴子善就什么都不说。但嘴唇在细小地动着，像是和一个看不见的人在说着什么。

邓小婕是带着一腔委屈来的，她等待着吴子善问问她一年来的情况。但吴子善压根就像没有这个兴趣似的，只动手做饭。

邓小婕说，我们出去吃吧。

吴子善说，领导就体验一下我们的生活吧。

邓小婕说，如果你请不起了我请。

吴子善说，现在已经由不得你了。

说完接着做。

邓小婕看见，吴子善的案子上全是素菜。有豆腐、茄子、西红柿、青椒、黄瓜、白菜、木耳等。看得出吴子善一直自己做着吃，炒菜的手法娴熟，有种特别的美感。

一种亲情涌上邓小婕的心头。她下床帮忙，吴子善不让，态度十分坚决，对她不信任似的。邓小婕就在一边看。

邓小婕说，你就用这些敷衍我啊。

吴子善说，现在不是流行低碳嘛。

邓小婕说，我想吃肉，我想吃你们老家的羊羔肉。

一说羊羔肉，邓小婕看见吴子善激灵了一下，着凉了似的。很久没有说话。

她又说，听见了吗，我想吃你们老家的羊羔肉。

吴子善说，我最近看到一篇报道，说动物在宰杀的刹那会把它的仇恨全变成毒素注入到血液里，你吃它的肉，就是吃它的仇恨，就是吃毒素，我想你总不愿意让自己变成一个毒蛋吧？

邓小婕说，谁说的？拿来我看看。

吴子善说，你就这么不信任我啊。

邓小婕说，我每天都吃肉，怎么没有变成毒蛋？

吴子善说，当你感到时就晚了。

这时，吴子善已经做好了红烧茄子、清蒸萝卜。开始做另一道邓小婕不认识的菜。只见他把土豆、菠菜、芹菜、胡萝卜、豆腐、香菇等菜一锅烩。邓小婕问吴子善这叫什么菜。

吴子善说，罗汉烩。

饭成了，吴子善在地上放了个小方桌，在方桌两边放了两个团垫。把菜和米饭上好后，对着靠床的团垫给她做了一个请的姿势，自己先盘腿坐在另一个团垫上。像个日本佬。接着有过一个瞬间的闭目沉思，然后给她做了一个请的姿势。

邓小婕吃了一口，说，怎么没有放葱？

吴子善说，忘了。

邓小婕说，恐怕不是吧？

吴子善的脸上掠过一丝淡淡的诡秘，说，你还发现了什么？

邓小婕说，我还发现你从前每餐必吃的大蒜和韭菜也没有了。你不是说，韭菜是壮阳草吗？

吴子善说，我告诉你，如果你戒掉这些东西，久而久之，你的身上就会散发出一种清香味，男人就会更加喜欢你。

邓小婕笑得差点喷了饭。

邓小婕没有想到吴子善会这样回答她。说，那你现在是不是从大街上走过，女孩子就会像蜜蜂一样飞过来？

吴子善说，是啊，大街上的算不了什么，最能说明问题的是从边疆来的。

邓小婕说，看来，我也要戒了。

吴子善说，对，事不宜迟。

之后，吴子善再没有主动说一句话，始终专注在吃上，专注在每一筷子菜上，让人觉得他就是一个“吃”字。邓小婕起初还问一些问题，但吴子善都是用再简洁不过的词答她，让她觉得在这时说话是一种罪过，也就不再多说。

菜太淡。邓小婕把辣椒碟子端起来，倾其所有，才勉强把自己碗里的菜吃完。

等她吃完后，吴子善把碟子里的所有剩菜都刮到自己碗里，然后给每个碟子里倒了开水，辅以筷子，把碗涮干净，不留一点饭粒，甚至一星油迹，然后像品茶一样把它喝完。收拾桌子时，在邓小婕的脚下有一颗米粒，他旁若无人似的捡起来放在自己嘴里，非常非常自然。邓小婕想，对他来说，那个动作肯定已经日常，以致成为一种潜意识活动。

邓小婕说，你每天都在吃这个啊？

吴子善说，今天很丰盛了，平常就一个罗汉烩。

邓小婕要求吴子善带她出去走走。吴子善说可以。但走的结果却是一个巨大的失望。吴子善像个做错了事的孩子似的，始终和她保持着距离，她靠他的那个臂弯里是多么希望有一只胳膊伸进来啊，更别说像视线中的那些红男绿女一样搂肩搭背了。但是没有。吴子善的目光始终在前面一个不远不近的地方停着。嘴唇仍然细小地动着，显得没心没肺。

不想到了一个餐厅门前，吴子善的身体突然有了动静。邓小婕看见，吴子善的目光离开他面前那个虚茫的固定的点，快步走到餐厅门前，弯腰把一个被人扔掉的馒头捡了起来。捡了馒头回来的吴子善脸上没有丝毫丢人的样子，同捡食她脚下的米粒一样自然。吴子善把馒头在她面前举了一下说，明天的早餐。

邓小婕的心里一阵疼。看着吴子善手里的馒头，想流泪，但忍住了。她忙看了一眼周围，有不少人在看着他们。她想幸亏他们都不认识她。

到了花园里，到一条长椅跟前，邓小婕先坐了下来。吴子善犹豫了一下，也坐了，但始终和她保持着一定距离。她靠近一些，他就挪开一些。最后，她突然有了一种恶作剧心态，一下子把他搂在怀里。

吴子善的身体打过一串激灵，嘴唇的动作加快了频率，像只暴风雨中的羔羊。

然后，缓慢而又有力地从她身体里挣脱了。

邓小婕的心里既好笑又悲凉，问，为什么？

他没有回答她，所有神情都专注在嘴唇上，她感觉得出，他的双唇间有千军万马在疾行，在激流争渡。

最后，邓小婕的心里只剩下一种感觉，比刺激浅，比好奇深。

又一个恶作剧的念头从她心里升起。趁他不防备，她一下子抱住他，带着从未有过的狠劲，给了他一个狂吻。当她深深地把自己的双唇压在他的唇上时，她的心里身体里有一种从未有过的快感。

吴子善终于发作了，他再次从她怀里挣脱了出来，给了她一个充满歉意的愤怒。目光泊在天上，喉结一鼓一鼓的。最后，粗着气说，对不起。

邓小婕的眼泪就下来了。

但她觉得今天的眼泪咸涩中有种淡淡的甜味。

回到家中，吴子善给她热好洗脚水后，让她在他屋里睡，他找朋友挂单。

躺在床上，邓小婕寻思，吴子善这是怎么了，着魔了吗？他的几十万资产哪儿去了？怎么突然过起这样的日子来？他现在干什么？

邓小婕想上洗手间，就找了两个塑料袋绑在脚上，打了手电去厕所，谁想折磨了她十几年的便秘竟然好了。那种欣喜真是难以言表。那是一种只有便秘患者才能体会到的通畅。

第一次

邓小婕和吴子善是在网上认识的。当网络最终无法承担他们的感情洪流时，就有了他们的第一次幽会。

第三次

按理说，应该不再有第三次了，但是没办法，她想他，比第一次见完他后还想。第一次她想他，是因为吴子善把什么都给她了。这次她想，是因为他把一切都藏住了。正是这种藏让他的身上有种与日俱增的魅力。

于是，就有了这第三次。

同样让她没有想到的是，他这次是开着车来接她的。两年之后，吴子善的神情和第二次有了很大的不同。举止谈吐间有种霸道的温柔，强硬的体贴。让人觉得他是犯人，又是牢头，同时又是王法；是演员，又是观众，同时又是导演。包括从她手里往过接包，扶她下车，送她上车，都是那么细致、优雅、得体。

但她这次更加感到表达的无力。对于眼前的这个他，这些成形的词真是盲人摸象。

学者邓小婕为寻找能够与之匹配的词，累坏了脑子。

吴子善把车开到一个临河而建的花园小区，停在一个小院前。她预感到，这是他的家。

果然是。

进门，邓小婕就按自己事先设想的节目表环住了他的脖子。

吴子善没有像上次那样拒绝，也没有回应。

这时，卫生间里传出声音：帅哥，洗澡水已热好。吴子善用目光给她做了一个去冲澡的意思。邓小婕没有想到，吴子善温存的目光里有种让她无法抗拒的力量，有种比上次在公园里挣脱她时强大几百倍的力量。

邓小婕冲完澡出来，屋子里弥漫了一种香味。她到厨房一看，吴子善正操勺做饭。她动手帮他，他没有拒绝。

还是素菜，但多了许多品种。有比较贵的蕨菜、刺五加等，还有许多是她叫不上名字的。

还是那样优雅，却比上次多了些轻松，多了些高贵，一举一动有种御风而行的潇洒。

吃饭时，不时地给她夹菜，神态中有种父亲的慈祥和平和。

吃完饭，他提议喝茶。极品观音王，气派的茶海，精致的紫砂茶具，繁复而优雅的泡茶程序，配以悠扬的音乐，都让她觉得自己纯粹是一个俗人，有些和这种氛围不配。

吴子善的神情和吃饭时有很大的不同。既在茶里，又在茶外。每当他凝神于杯口袅娜的香气时，脸上就焕发出一种动态的静，或者说是静态的动。由这种动和静组合的旋律，在邓小婕的心里荡起一阵阵快乐的涟漪。那是一种持久的笼罩的永恒的快乐。

最让邓小婕着迷的是，吴子善沏好茶后，给她做的那个请用的眼神。她承认，那是自己有生以来体会到的无法比拟的快感。

他们一共喝了五泡茶。五泡茶喝完，墙上的钟已经敲过两次了。吴子善带她到卧室，打开被子，让她在他床上睡。

邓小婕说，你呢，是不是还要去朋友处挂单？

吴子善说，你没看见，我的书房里还有一张床？

邓小婕的心里凉了一下。这一凉没有逃过吴子善的眼睛。在她躺进被窝里时，吴子善当着她的面开始脱衣服，自然得就像是面对自己的妻子。

邓小婕心里的衣服也一件件脱落了。

当吴子善脱得只剩下内衣内裤时，邓小婕倒觉得有些不可接受，她有些害羞地闭上了眼睛。

让邓小婕怎么也没有想到的是，吴子善上床来，拉开了另一床被子。

吴子善竟然很快就进入了睡眠。

凭着女人的直觉，她断定，吴子善真是睡着了。

邓小婕打量着他的睡相，被一种空前的感觉魔怔。她承认，那是至今她见到的最为美丽的睡相，既具体又抽象，既安详又生动。像是一个婴儿，又像是一个老人；才看是男子汉，再看呈女儿态；一会儿是吴子善本人，一会儿是整个宇宙。

她就那么静静地看着，很久很久。

邓小婕没有勇气把他从梦中弄醒，更别说要求他做点什么了。

瑜伽

儿子：要做一个超越者，最关键的是什么？

父亲：放下。

儿子：放下什么？

父亲：一切。

儿子：真能放下一切？

父亲：对于一个真正的超越者来说，应该是这样。

儿子：假如亲人去世呢？

父亲：不知道，不过庄子的态度是鼓盆而歌。

儿子：做超越者到底有什么好？

父亲：先是自己快乐，再把这种快乐分享于他人。

儿子：您说，当庄子鼓盆而歌时，别人是一种什么感受？

父亲：可能会不理解——小心脚下的蚂蚁！

儿子：在庄子眼里，死亡真不存在？

父亲：在他眼里，死亡应该是一个假象。

儿子：就像活着也是一个假象？

父亲：对。

儿子：如果让您在超越者和国王之间选择，您选择什么？

父亲：超越者。

儿子：真的？

父亲：当然。

儿子：我觉得您放不下。

父亲：你怎么知道？

儿子：您的情执太重。

父亲：我倒没觉得。

儿子：如果我爷爷走了，您是哭呢还是唱呢？

父亲：小心蚂蚁！

儿子：我得给您老人家认个错。

母亲：说。

儿子：其实我借给万东平一万元。

母亲：啊，那另外五千元哪里来的？

儿子：是我上大学时爷爷、奶奶、伯伯、舅舅、姨姨和几个叔叔给的，我瞒了你们数目，现在给您老人家认错。

母亲：这不算错，老妈倒高兴呢。

儿子：老妈真伟大！

母亲：帮助万东平没错，幸亏那年你叫上他去卖菜，被免去学费，不然，他的学费我和你爸准备出呢。

儿子：啊，那您和我爸都伟大！

母亲：我和你爸都商量好了，没想你替我们省下了这笔钱。

儿子：我当时也没记者写得那么高尚，也许是上苍安排吧，就想上街卖菜，就叫上他去卖，谁想那个司长正好下基层，把他作了典型。

母亲：也是他的福气。

儿子：他现在还要供妹妹上大学，一万元对于我们不算少，没有也能过得去，但对他们家来说，是个大数字。

母亲：老妈同意你的意见，我到时给你爸说一声。

儿子：今后您给我爸吃好一点，您看那个身体，都成芦苇了。

母亲：等你回来，亲手给他做啊，你爸最爱吃你炒的菜了。

儿子：哎哟，您烧水了啊？

母亲：妈还忘了。

孙子：爷爷您要向我奶奶学习，除了阿弥陀佛，心里再什么都不要想。

爷爷：我现在什么都不想，就想着抱重孙。

孙子：那也是想，您要把重孙的那个位置替换成阿弥陀佛。

爷爷：我担心到时认不出阿弥陀佛来。

孙子：您认不出他，他能认出您，《无量寿经》您读过多少遍，佛是不打妄语的，只要您诚心念他，他肯定会来接您。

爷爷：爷爷肯定会念，就怕他老人家听不到。

孙子：怎么会听不到呢，他老人家就在我们心里呢，就像我们小时候走丢了，找不见家，一喊您，您老人家准能找到我们。

爷爷：那当然，孙子是爷爷的心头肉。

孙子：我们也是阿弥陀佛的心头肉。

爷爷：好的，爷爷答应你，向你奶奶学习，每天念一万遍。

孙子：一万遍不够，要念到一心不乱，到时才能有保证。就像一个人走路，不防闪了一下，都会不由自主喊一声妈，但念佛人不能喊妈，要喊一声阿弥陀佛，这样才能保证在任何时候往生得了。

爷爷：那不容易。

孙子：我奶奶能做到，您老人家就能做到。

爷爷：好，爷爷慢慢赶。

孙子：不能慢，网上都传疯了，2012年12月21日是世界末日，您老人家要赶在这个日子之前往生。

奶奶：那就在眼前了，我们得抓紧念。

爷爷：那只不过是个传言，老天爷就是收人，也要留些好人做种子呢，所以你不但要好好学习，还要好好做人。

孙子：孙子记住了。

儿子：看完《论语》，觉得孔老夫子真悲壮，明知难为而为之；看完《道德经》，觉得老子真智慧，明知难言而言之；看完《无量寿经》，觉得阿弥陀佛真慈悲，明知难度而度之，竟然用五大劫为苦难众生建造一个极乐世界，而且发下四十八大愿，只要众生愿意去，他一定前往接引，这是多大的心量啊。

父亲：是啊，我们都要向他学习，小时候听《地藏经》，想不通地藏王菩萨为什么要发下那样的大愿，地狱不空，誓不成佛。

儿子：但我怎么觉得，极乐世界不在远方，就在心里，当一个人在活着时能够做到不起心不动念，就已经在极乐世界了。

父亲：小心蚂蚁——是啊，无论是极乐还是六道，都是我们的心。但对于这个花花世界中的众生来说，要做到不起心不动念几乎不可能。

儿子：所以说，念佛就成为一个大方便、大实惠、大慈悲。

父亲：那要先相信。

儿子：就是，我奶奶比我爷爷快乐，就是她信。

父亲：这是她没读过书的好处。

儿子：所以说，学习的过程，其实是播种烦恼的过程，大学生的烦恼比中学生多，中学生的比小学生多，小学生的比幼儿多。

父亲：但人不能不成长。

儿子：成长肯定是要成长，但要让智慧成长，而不要让烦恼成长。

父亲：这是哲学家的事。

儿子：也是我们每个人首先要搞清楚的事，不然活着就是行尸走肉。

父亲：那你说生命的意义到底是什么？

儿子：提高生命的层次，而不是在一个平面上重复。

父亲：但许多人就连在一个平面上重复都无法保证，多数人都在不断地堕落，生生世世。

儿子：因此我觉着，对于世人来讲，无论是孔子还是老子还是佛陀，都十分重要，他们给试图提高生命层次的人提供了无限的超越空间和可能。

父亲：是啊，但无论是老子、孔子，还是佛陀，都谆谆教诲我们首先要把人做好，要有爱心，这是基础。

儿子：对，喜欢上老祖先留下的这些经典之后，我才觉得自己真正爱国了，以前爱国只是一个概念，没有温度，现在是发自内心地爱。

父亲：可以理解。

儿子：现在才有些懂得夫子“朝闻道，夕死可矣”是什么意思了。

父亲：是吗？

儿子：您说，人到下一世后，这一世学的东西还在吗？

父亲：应该在的，不然苏东坡为什么说“书到今生读已迟”。

儿子：您说，人到下一世后，还认得他这一世的父母吗？

父亲：这要看他在换乘过程中的清醒程度。

儿子：我们在这儿坐会儿吧。

父亲：好。

儿子：今早起来我有种感觉，不知对不对。

父亲：什么感觉？

儿子：死亡可能和睡着差不多。

父亲：你最近怎么老是想这些问题？

儿子：您听着，也许对您的超越有帮助。如果我们把睡眠看作死亡，那么死亡就没有什么可怕的，因为我们天天都在死。但这并不重要，重要的是，我们在睡着之后，还有一个知道我们睡着的，那个“知道者”，是不是就是我们的本体，或者接近我们的本体呢？

父亲：不知道。

儿子：您注意听，这个我觉得很重要，由此推想，既然我们睡着了还有一个知道我们睡着了的，那么我们死去后肯定还有一个知道我们死去了的，这个“知道者”，您说是不是就是六祖讲的那个不生不灭的“自性”呢？

父亲：不知道，但你这样联想有点意思。

儿子：我想申请六千元。

母亲：干吗？

儿子：给我爷爷奶奶买个按摩椅，代替您老人家，您老以后腾出时间把我爸的生活搞好。

母亲：你是说我亏欠你爸了？

儿子：您老已经做得很好了，但他更辛苦，他做的事很有意义，我们都要全力支持他。

母亲：你看吧，反正你奶奶有老妈平时给按。

儿子：买一个，您和我爸平时也可以按嘛，我爸写累了，可以躺在上面看看书，提提神。

母亲：说白了，你还是为孝敬你老爸。

儿子：他可是您将来的老伴儿。

母亲：我将来不靠他。

儿子：那靠谁？

母亲：儿子。

儿子：还是他靠得住，儿子都是娶了媳妇忘了娘。

母亲：我儿子肯定不是那样的。

儿子：那也难说。

孙子：爷爷您知道李世民吗？

爷爷：知道，少有的明君。

孙子：可是他居然刚从地狱出来。

爷爷：是吗？你怎么知道？

孙子：他附在一个女人身上说的，网上有录像。

爷爷：他怎么能下地狱？

孙子：他自己说是因为当时杀了许多人，事实上他已经做过一次畜生，然后到地狱道。

爷爷：看来因果真是不虚。

孙子：他当时肯定不明白这个道理，不然就不会杀那么多人。

爷爷：也许知道，但他不信。

奶奶：看来还是做老百姓好，造业的机会少。

孙子：是的，但还是会造，只要是人，就要造业。老百姓锄地时，一铲子下去，多少虫被杀死了。

奶奶：照这样说，奶奶也杀过很多生。

孙子：对啊，因此您老人家要发奋念佛，只有念佛可以带业往生，不然到时要还人家命。

奶奶：那还得了。

孙子：只要您老往生西方极乐世界，它们不但不要账，还跟上沾光呢。

奶奶：那就好好念！

儿子：对于眼前流过去的水来说，这段渠和它们是什么关系？

父亲：一个是经历者，一个是被经历者。

儿子：对于这段渠来说，眼前的水只会经历一次。

父亲：一次也是所有次。

儿子：太玄奥了——您说，这渠水知道它们流向哪里吗？

父亲：那你要去问水。

儿子：等忙过这阵子后，您和我妈出去旅游一次，您的节奏也太紧了。

父亲：等你大学毕业了，带你妈出去旅游啊。

儿子：那不一样。

父亲：好吧，等把你爷爷奶奶送回家，我们就出去一次。

儿子：我知道给您说是白说，您现在已经执着于公益，要让您停下来，除非……

父亲：除非什么？

儿子：事实上，对于那些认同于声色犬马的人来说，他们还觉得搞公益的人特无聊呢。

父亲：可是有不少人已经厌倦了声色犬马的生活，又找不到超越的方向，公益倡导就有了用武之地。

儿子：这倒也是，不过实在太辛苦了，我想动员一位同学把网瘾戒掉，想了那么多办法，都没有如愿，您老也真有耐心，一茬一茬地往过扫，您有没有调查过，依教奉行的有几个？

父亲：这倒不是我们要考虑的，只要你按照你的心愿做了，你已经完成了一份责任，至于他是否愿意信受，那是他自己的事了。

儿子：这倒也是，您老人家肯定是从中尝到甜头了。

父亲：知父莫如子。

儿子：我也有体会，当时我从网上给郑君明搜寻游戏对人的危害的资料时，还差点流眼泪了，觉得挺幸福的。

父亲：是啊。

儿子：你老就这么干下去吧。

父亲：那肯定，不然，活着做什么呢？

儿子：如果上苍给您说，还有一件更重要的事要做呢？

父亲：那就听上苍安排。

儿子：您会抱怨吗？

父亲：有何怨？

儿子：等我毕业，您就把工作辞了，专门给我爸搞生活吧。

母亲：只要你能养活得了我们。

儿子：像您和我爸这种活法，能花多少钱，您辞了工作，还可以给年轻人增加一个就业岗位。

母亲：你总是替别人着想。

儿子：我爸实在需要一个人专门搞生活了，许多像他这样疯忙的，家里都请保姆了。

母亲：就是，老妈都有些受不了了，觉得日子就像是一个飞轮在转，你看他那架势，能停下来吗？

儿子：这您别愁，该停下时，自会停下来的。

母亲：你再别怂恿你爸了，他本来就觉得他做的事很崇高，你再怂恿，他更觉不着了，平时多给他泼些冷水，如果他有一天累趴下了，该怎么办。上有老下有小的，你看你爷爷，都快九十的人了，你奶奶也八十多了，你伯伯都快六十了，你两个弟弟，谁供给上大学。

儿子：这您不用愁，老天会有安排的。

爷爷：你买那么多书干啥？

孙子：这是我爸需要的。

爷爷：你爸哪能看完那么多书？

孙子：爷爷您别心疼钱，网上买这些书很便宜，有些书还不到书店的一半价钱。这些都是用得着的，他今后不用再跑书店了。

爷爷：这个书柜多少钱？

孙子：才四百，在家具城买，至少得一千元。

爷爷：大学也上木工课吗？

孙子：是啊爷爷，您看我这手艺咋样？

爷爷：我看和你大伯差不多，你大伯学木匠三年才出徒，你这一上手就能做柜子。

孙子：嘿嘿，我只是把人家做好的零件组装起来。

爷爷：那你爸也不会。

孙子：我爸啊，他宁可把书堆在地上，也不愿意去买一个柜子。

爷爷：最近花过一万了吧？

孙子：没有呢爷爷，您别心疼钱，我马上就要挣工资了。

爷爷：那个洗衣机还能用，换了怪可惜的。

孙子：都二十年了，一洗整个楼上都响，多亏人家邻居素质高，换了忍性不好的，早告到环保局了。

爷爷：和环保局有啥关系。

孙子：噪音太大了。

爷爷：那淋浴器没必要换的。

孙子：那个也快十年了，电路不好，我爸又大脑子，我怕会出事。

爷爷：那应该换，但电饭锅还能用。

孙子：电路也不好了，您没看你家媳妇子都拿透明胶带粘电源线，我怕也会出事。

爷爷：那应该换，但台灯没必要买。

孙子：哈哈，别人家像您儿子这样的，卧室比宾馆还豪华。您看我爸那卧室，跟民工宿舍一样，床头那个牛头灯，刺眼不说，还直接在墙上的插座上插着，一按开关全屋子都冒火花，也很危险。

爷爷：那应该换，他们咋这么不注意安全呢。

孙子：你家儿子平时够省的了，从来没有好好享受过，您和我奶奶来时，我妈把他平常穿的内衣藏起来了，他平常穿的内衣，都补丁摞补丁了。

爷爷：真的？

孙子：我这就去找，您正好和我奶奶参观一下。

儿子：我现在才明白真正的超越者为啥要出家。

父亲：为啥？

儿子：一个人如果有家，就不可能一心为公。

父亲：那也不一定。

儿子：一定的，您自己觉得现在一心为公，但潜意识中肯定还有一个私心。

父亲：说说看。

儿子：那就是子孙后代。

父亲：那是两个概念。

儿子：不，如果您手上有一笔钱，您是先给您的儿子还是更需要的人？

父亲：当然是更需要的人。

儿子：这不是您的真实境界，您自己也知道言不由衷。

父亲：你怎么知道？

儿子：您平时和我妈表现得特别大方，接济困难的人，我知道有时是演给我看的，是为了教育我，但你们肯定把多一半财富留给儿子。

父亲：我才不给你留呢，养下儿女比我强，要它银钱做什么，养下儿女不如我，要它银钱又做什么。

儿子：这是理论。因此，古超越者或为童男子出身，或走出家庭，不再回头，是有道理的。如果一个人还没有出家，就说明他还没有彻底放下。

父亲：那也不一定，也有一些在家出家的高人。

儿子：您是说身在家，心出家？

父亲：对。

儿子：那很难说，一个人要把亲情放下，等于把世界放下，也等于把自己的心放下。

父亲：这倒是。

儿子：因此我想，真正的大超越者是被逼出来的，就是说，有一种外力，让他看破放下，一个人要主动放下，几乎没有可能。

父亲：那也不一定，佛陀就是主动放下的。

儿子：他怎么是主动放下的，他正是看到人生无常才追求解脱的。

儿子：当初哄我爷爷奶奶念佛，是为了让他们免于死亡恐惧，但看进去后，发现那是一个大智慧境界。古人像您老这个年龄，都会放下万缘，专门解决生死大事。今后您也念念，也动员我爸念念。一念进去，烦恼就会自动脱落。我爸再惹您老生气时，您就念佛，一念，再大的火也就灭了。

母亲：你看我有时间念吗？

儿子：怎么没有，做饭时可以念，走路时可以念，睡觉时也可以念。

母亲：那我试试。

儿子：也劝我爸念念，将来碰到再大的事，一句佛号都可以顶过去。

母亲：那要你去动员，你看他有时间听我说话吗？

儿子：今后他要是不听您说话，您就满屋子大声念佛，他不想听也听到了。

母亲：知道了，你把心思好好放在学业上。

儿子：这和学业不冲突，您老人家又不是不知道，你儿的失眠就是念佛念好的。

弟弟：记着告诉大妈、姑姑，爷爷奶奶走时，千万不能哭泣，不能气还没断就给拉拉扯扯地穿衣服，那样他们就往生不了了。

姐姐：为啥？

弟弟：因为哭泣会让他们留恋，一留恋，就又回到六道中了，回到六道就要受苦。

姐姐：真的吗？

弟弟：你有空上网看看，有本书叫《临终备览》，人在咽气时非常痛苦，如生龟剥壳，那时任何人动他的身体，都会让他万箭穿心，因此古人在那时连他睡的床都不会动，但是咱们老家现在有个不好的习惯，恰恰在那时给他穿老衣，他会非常仇恨，因此好多人家在人去世后往往家里会不吉利。

姐姐：真的吗？

弟弟：《临终备览》说的，大爸和大妈都听你的话，在爷爷奶奶要往生时，家里人最好都在他们头顶念佛，提醒他们记住佛号，这才是真正地尽大孝。因为在那时会有好多趟车在他们面前，还有一些开黑车的吆喝，家人为他们念佛就会提醒他们不要搭错车。

姐姐：知道了。

弟弟：在他们咽气后，八小时内不能动他们的身体，不能打扰他们，但是咱们老家最糟糕的是人一咽气就忙着落草。

姐姐：为啥？

弟弟：因为身心分离需要一个过程，那个过程需要绝对安静。

姐姐：我怎么觉得你不像个大学生。

弟弟：那像什么？

姐姐：大先生。

弟弟：嘿嘿，看到大奶奶去世时那么痛苦，我就上网查找如何才能不痛苦，一看，才知道痛苦来自无知，你有空也上网看看，确实可以让人活得轻松。

姐姐：好的。

父亲：你说得对，当一个人看破之后，剩下的事就是放下了，但放下不是一件容易的事，人的习气太强大了，比如占小便宜，比如爱面子，比如爱听好话，比如好大喜功，包括控制欲、占有欲等等。老爸这些年通过做公益，把这些习气冲淡了一些，但老爸明白，离你说的彻底放下，还远着呢。

儿子：我觉得每天读经典是个好办法，有那么两天，如果不读经典，就觉得心收不住了。

父亲：没错，因此古人才创设早课晚课。

儿子：我们已经明白这些道理，尚且如此，您说那些一点都不知道这些道理的人，内心该是多么纠结，多么痛苦。

父亲：这正是超越者存在的因由，点亮一个是一个。

儿子：但要点亮别人，首先要把自己点亮。

父亲：是啊。

儿子：要把自己点亮，就得先放下一切，包括点亮别人的想法。

父亲：你的意思是，老爸已经进入一种点亮别人的执着？

儿子：有点儿，与其您用手中时明时暗的蜡烛一个一个地去点亮，还不如先把蜡烛换成火把。

父亲：这倒是。

儿子：正如您常说的，要把充电电池换成交流电。

父亲：这个道理我懂，但我就是着急。

儿子：人着急时还能保持清净心吗？自己都没有清净，能给别人带去清净吗？

父亲：这倒是——不说这些了，说说工作的事吧。

儿子：不是早给您说过了嘛，就给您老做助手。

父亲：那你当初为什么要学外语？

儿子：不学怎么知道它的无用？

父亲：学了不用可是造业。

儿子：在这个世界上，只要活着就是造业。

父亲：那倒是，但我们可以造善业啊。

儿子：善业也是业。

父亲：超越者可以不落善恶两边做事。

儿子：那除非是倒驾慈航者。

父亲：这不像是你的专业，怎么这么熟悉？

儿子：给您老说实话，自从看了老祖先留下的这些经典，我觉得当初选择学外语真是愚昧，真是守着金山讨饭吃，自家的宝贝都没有读，却去读别人家的东西。

父亲：这你就落于分别了，都是世界文明。

儿子：我没说外语不好，我只是说……打个比方吧，就像一个人对自家老人不管不顾，却去敬老院做义工，您说这个人是不是有神经病？

父亲：有点。

儿子：别说外文，就是中文，给您老说实话，我现在读白话文觉得如白开水一样无味，当初提出废止文言文的那些人真是中华民族的罪人。

父亲：那是潮流，不可阻挡。

儿子：所以我说，生活在潮流中，就一定要造业。

父亲：那怎么办？既然我们来到这个世上。

母亲：你把你爸的书给他们每人送一本多好。

儿子：那有炫耀的意味，还是送枸杞好，既低调又真诚，还有象征性。

母亲：你一直没有给他们送过你爸的书？

儿子：没有，我就压根没让同学们知道我爸是谁。

母亲：啊，真低调。这次买什么样的枸杞呢？

儿子：这次我自己去买吧，选些精致的，最后一次送他们了。

母亲：也对，那你多带一些，也给老师们送送。

儿子：一想到和老师同学就要分别，还怪伤感的，其实他们都对我不错——越临近毕业，越觉得自己当年没做好，无论是对老师还是对同学，孤傲、清高，如果有机会向他们忏悔一下就好了。

母亲：你心里忏悔，他们会感觉到的，送枸杞就是一种方式。

儿子：不过在大二时，我已经委婉地给大家忏悔过一次，要说也可以了，现在最觉得对不起的是郑君明，我应该更耐心一些，把他教育过来。

母亲：你已经尽力了。

儿子：我还是有私心，如果我把他看成是自己的弟弟，就会更耐心一些。

母亲：一切都是命，强求不得的。

儿子：您说他该怎么办，他已经离不开游戏了。

母亲：这个世界上有许多这样的孩子。

儿子：是的，我当时应该把他的电脑给锁起来。

母亲：那他会跟你急。

儿子：没关系啊，挨他几拳都没关系啊。

母亲：那他会到网吧去玩。

儿子：其实他刚进校时，非常棒的，就被这个游戏给害了。

母亲：他的父母知道吗？

儿子：知道，他爸特疼他的。

奶奶：这个菜架子多少钱？

孙子：二百元。

奶奶：这么便宜？

孙子：网上买就是便宜。

奶奶：这个买得好，厨房里一下子不乱了。一层放米，一层放面，一层放菜，一层放杂物，你的脑瓜子，怎么就想起买这个东西呢？将来一定是个侍候媳妇的货。

孙子：我要我媳妇过神仙一般的日子，不要像我妈，找了您儿子，除过双手能画一个八字，再什么都不会干，家务全是我妈的。

奶奶：嘿嘿，这是奶奶的错，没有教育好。

孙子：其实也是我妈给宠的，当年他还能干些呢。

奶奶：就是，小时候，他就是你这个样子。

孙子：奶奶您看，您用电饭锅时，把这个按钮一压，用微波炉时，把这个按钮一压，烧水时，把这个按钮一压，很安全，也方便，再不用拔来拔去了。

奶奶：这真方便。

孙子：这还不算方便。

奶奶：还有更方便的？

孙子：对，西方极乐世界更方便。想吃了，只要一想，食物就在眼前；不想吃了，一想又没有了；不用做饭洗碗，不用上厕所；想凉快了，一想风就来了；想热乎了，一想热就来了。

奶奶：想孙子怎么办？

孙子：也一样的，一想，孙子就到了。

奶奶：听见了吗？还不下定决心。

爷爷：下下下——这个娃娃，连厨房里的事都操心，我看你爸妈十年内再不用添置家具了。

孙子：我就是这么想的，如果我不换，他们会凑合一辈子的。

奶奶：你平时连件衣服都舍不得给自己买，给家里置办起东西来却这么大方。

孙子：反正不是我的钱，嘿嘿。

爷爷：你大爸要是看着你这样花钱，不知该咋心疼呢。

孙子：我大爸不知道，城里像我爸这样的，十年前这东西都淘汰了。其实我爸我妈够抠的了，您看小区里，车都没地方放了，我动员我爸买车，他说可以，给你两千元，买一个旧的先开吧，你们听听，两千元让我买个车。我的驾照都拿上五年了。我妈平时上班骑的那个自行车，破到什么程度？在大街上放了好几个晚上，都没人捡。

奶奶：都是我们两个拖累的，坐在这里白吃饭。

孙子：你们两个能花多少钱呢，他们是自愿过苦行僧的生活。

爷爷：每年给老家也不少呢。

孙子：那都是应该的，关键是，他们压根就没有想着过好日子。

父亲：回吧，抓紧收拾东西返校，没几天要毕业了。

儿子：再坐会儿吧——我想再陪爷爷奶奶几天，他们上来一次不容易。

父亲：看你爷爷奶奶那精神，还早着呢，倒是毕业就这一次，别耽误了和女朋友话别。

儿子：如果我有女朋友，这时还能待在家里吗？

父亲：那也要抓紧表白啊，再不表白就没机会了。

儿子：说了您老别怪儿子不孝，我已经想好这辈子不结婚。

父亲：何出如此惊人之语？

儿子：最近突然悟到的。

父亲：我想你这个想法不会长久的。

儿子：您以为我是您啊。

父亲：宿舍里没多少东西了吧？

儿子：基本都拿回来了。

父亲：能送人的就送低年级同学，就像电扇，就没必要拿回来。

儿子：我看您老人家在阁楼上快煮熟了，正好可以用——等我走了，您就搬到下面去睡，别在阁楼折磨自己了，要做公益，先要有一个好身体。

父亲：我们尽管用心给上苍打工，生死的事交给他老人家安排。

儿子：理论上可以这么讲，但生命是有规律的。

父亲：老爸已经死过几次了，没关系的。

儿子：要说也是，以前一直搞不懂“无无明，亦无无明尽，乃至无老死，亦无老死尽”，最近突然像是明白了。

父亲：是吗？说说看。

哥哥：长春现在很舒服吧？

弟弟：也有点热，但肯定比北京好多了。

哥哥：如果热你就买个小电扇，花的钱还有吗？

弟弟：有呢。

哥哥：没有了你就给二爸二妈说。

弟弟：好的。你的工作联系好了吗？

哥哥：我打算回家。

弟弟：啊，你春节不是说要出国吗？

哥哥：最后还是决定回家。

弟弟：你应该先出去几年，回来再做决定。

哥哥：我最近想明白了，只有回家才能帮上老人。

弟弟：那你当年还不如上人大。

哥哥：都是命，当初爸妈也让我上人大，但我没听他们的，这就是不听老人言付出的代价，不说这些了——来校之前我把爷爷奶奶送回老家了。

弟弟：噢，送回去好，城里已经很热了——还去谁家了？

哥哥：两个外奶奶家，大姑二姑家，还有几个舅舅家，都转了一圈。

弟弟：那你这次等于全见了。

哥哥：只有我姨，一直没打通电话，没有见上。

弟弟：那就下次再见——今年粮食怎么样？

哥哥：非常好，看来是个丰收年。

弟弟：那太好了。

哥哥：子诚，记着哥的话，世界上什么事都可以等，只有孝敬老人不能等。

弟弟：记住了。

哥哥：你的专业很好，要发奋学，到时好好治病救人。

弟弟：记住了。

哥哥：一定要把《黄帝内经》背下来，一个人肚子里装不了几部经典，就等于白来这个世上了。

弟弟：记住了。

哥哥：我穿过的衣服，用过的东西，有些还新着呢，昨天给你寄过去了，你不要嫌弃，能给老人省些就省些。

弟弟：好。

哥哥：子诚……

弟弟：嗯。

哥哥：就这样吧，你早点休息，明天还要上课。

弟弟：没关系的，哥你说吧。

哥哥：正好手机也快没电了，也再没啥说的了，挂了啊。

上岛

李小鸥给程荷锄打电话时，程荷锄正在办公室枯坐，享受下班后那种人去楼空的美好。程荷锄问李小鸥在哪里。李小鸥说就在他们办公楼下面。程荷锄说，你怎么知道我在办公室？李小鸥说，因为我吃了一礼拜素。程荷锄心里一阵热，笑着说，那要向小鸥同志致敬！李小鸥说，今晚请你听钢琴，怎么样？程荷锄问，在哪里？李小鸥说，上岛。程荷锄说，如果我说晚上有事呢？李小鸥说，那我将会很沮丧。程荷锄说，女孩子沮丧容易变老。李小鸥说，那就快点下来，迟了就没座了。

程荷锄下楼，看见身着黑皮夹克、紫底红格短裙的李小鸥背靠大门站着，马尾辫被微风轻轻地掠动，有种特别的味道，心里不由温暖了一下。但几乎在同时，他就追问自己，你动心了？程荷锄自嘲地翘了翘嘴角，轻手轻脚地出去，绕到李小鸥面前，把李小鸥惊得叫了一声天。李小鸥戴着大口罩，只把亮亮的额头和潮潮的眼睛露在外面，有种犹抱琵琶半遮面的效果。程荷锄说能不能一睹庐山真面目。李小鸥就听话地把口罩拿下来了。程荷锄发现，几个月不见，李小鸥变得有些清瘦，却有一种清瘦之后独有的简约和美丽。

李小鸥盯着程荷锄看。程荷锄说，怎么，政审啊？李小鸥没有搭理程荷锄，又看了一会儿，说，今天还算正常。程荷锄说，难道哪天不正常了？李小鸥没有回答他，问，想吃什么？程荷锄说，面，哪里的好？李小鸥说，北塔那里有一家新开的素菜馆。程荷锄激动地说，太好了。

等待上菜时，李小鸥说，你要出家了？

程荷锄笑笑说，我本无家，何以出家？

李小鸥对程荷锄说，准备什么时候剃度？

程荷锄说，空手把锄头，步行骑水牛。

李小鸥说，太深奥了。

程荷锄意识到自己走得远了，忙说，帮你做一会儿脑力体操。

李小鸥不解地看着程荷锄说，不可思议。

吃完晚餐，李小鸥说，我们打个的去吧，就两个小时，耽误了好可惜的。

程荷锄说，只要你心里有钢琴，钢琴也在路上嘛。

李小鸥看了程荷锄一眼，没再坚持要打的。

李小鸥说，你变了。

程荷锄说，怎么个变法？

李小鸥说，你从北京回来，我就发现你变了。

程荷锄说，说说看。

李小鸥说，那天在大街上，其实我早就看到你了，但我很久喊不出你的名字，我好像被什么魇怔了。

程荷锄笑着说，你什么时候学会夸张了。

李小鸥说，真的，你知道是什么把我定在那里吗？

程荷锄说，不知道。

李小鸥说，是你的目光。

程荷锄说，是吗？

李小鸥说，你那天的目光让人觉得大街上只有你一个人，换句话说，好像这大街只是你一个人的，那么目中无人地从人群中穿过，不，是飘过。

程荷锄心里一震，停下脚步，不由深情地看了李小鸥一眼，面前的李小鸥一下子变得贴心贴肺起来。

程荷锄说，是目中无人，还是视而不见？

李小鸥说，既目中无人，又视而不见。

程荷锄略作沉吟，说，其实你看到的不是我。

李小鸥说，那是天外来客？

程荷锄冲李小鸥笑笑，说，知道你看到的是什么吗？

李小鸥说，什么？

程荷锄说，是你的心。

李小鸥吃惊地看了程荷锄一眼，像是要说什么，又没有说出来。

程荷锄既高兴又遗憾，高兴是因为茫茫人海中终于有了这么一个知音，遗憾是因为他觉得李小鸥把他曲解了。

程荷锄和李小鸥的交往有些传奇。十年前，他们在基层城市有过一面之缘之后，就音讯全无。十年后，他调到这个城市工作。那天早上，办完调令，刚一出人事局的大门，就碰到了她。就是说，她是他落脚在这个城市之后碰到的第一个“熟人”。激动之后，彼此通报了近况，留了电话。然后就有奇迹频频出现，说来有些让人难以相信，但事实确实发生了。就像这次从北京回来，第一天去单位的路上，他们又是不期而遇。

但是，到这个城市已经三年了，他们的近距离接触却总共只有三次。一次是她请他去参加她的生日聚会。一次是她请他去听俄罗斯乐团音乐会。一次是他从北京学习回来在街上碰上她。不知为何，对于这个别人眼里的绝色美人，他的心里总是有种强烈的排斥。她的许多约请，他都婉言谢绝了。

程荷锄说，那么今天呢，还是那样的目中无人吗？

李小鸥说，有点，但今天好像还有一个人。

程荷锄说，你是说，我那天的表情非常漠然？

李小鸥说，是目光。

程荷锄说，你以前没有见过这样的目光吗？

李小鸥说，如果见过，就不那么震惊了。

程荷锄说，你觉得那种目光好吗？

李小鸥说，反正我喜欢。

程荷锄说，那你说说我以前的目光是怎么样的？

李小鸥说，有点杂质。

程荷锄说，今天呢？

李小鸥说，不同于那天，也不同于以前。

程荷锄在心里说，这女人真厉害。

上岛到了。程荷锄没有想到李小鸥已经订了最里面靠窗的一个咖啡座。李小鸥问程荷锄喝什么。程荷锄说，听你的。李小鸥说，那就要巴黎香榭吧，我喜欢那种甜中微苦的味道，还有它的颜色，像是悼词。程荷锄说，好，我也喜欢悼词。

第一个曲子是《梅花三弄》。

曲终，李小鸥说，可以问一个唐突的问题吗？

程荷锄说当然。

李小鸥说，你这辈子真心爱过一个人吗？

程荷锄怔了一下，说，我们今天不是来听钢琴吗？

李小鸥说，你既然同意了，就得回答我。

程荷锄沉默了一会儿，说，我觉得“爱”这个字太高贵了，为卑贱者不配，只有高贵的灵魂才有资格享用。

李小鸥说，你说一个人不能和自己最爱的人在一起，这样的生命有意义吗？

程荷锄把目光投向茶杯，双手紧剪，顶着下颌，什么也没有说。

李小鸥见状，低了头，以手衬额，良久。

过了一会儿，她又换了轻松的语气说，以后呢？以后你会真正地去爱一次吗？

程荷锄定定地盯着李小鸥看了一会儿，说，过去心不可得，未来心不可得，现在心不可得。

李小鸥抬起头，眼睛里蒙着雾，看着程荷锄，说，太深奥了，我不懂。

程荷锄说，一得永得，一失永失。

李小鸥似有所悟，但程荷锄从她的目光里能够看得出，她又曲解了他的意思。

又一曲终了时，李小鸥说，你说一个人一辈子没有真正爱过，算不算过了一辈子？

程荷锄略作沉吟，说，爱不是这辈子的事，爱是你的前世，也是你的来世。

李小鸥的神情漾了一下，说，你说真有来世？

程荷锄说，你觉得有来世不好吗？

李小鸥说，可以问一个不该问的问题吗？

程荷锄说，当然可以。

李小鸥说，你体验过高潮吗？

程荷锄一惊，心想李小鸥今天是怎么了。但随即，他又否定了自己的这一念头。他觉得自己刚才的不适真是荒唐。

程荷锄说，你呢？

李小鸥几乎没有怎么思索就说，没有。

程荷锄说，知道为什么没有吗？

李小鸥说，不知道。

程荷锄说，高潮是爱的代名词。

李小鸥赞同地看着程荷锄，有种想靠过来的感觉。但程荷锄十分强烈地觉得，李小鸥又把他曲解了。

李小鸥神情一暗，接着说，没想到你这么专业，那前天的性学讲座你为什么不去？

程荷锄笑笑，说，傻瓜，性是能够靠一二三来讲的吗？

李小鸥说，那为什么有性学专家？

程荷锄说，既然能够讲出来，请问最高级的爱是怎么做的？

李小鸥说，你肯定是说用心吧？

程荷锄说，是，也不是。

李小鸥追问，愿听高见。

程荷锄说，诞生，或者死亡。

李小鸥一下子提高了目光的湿度，盯了程荷锄看。程荷锄从李小鸥的眼睛里看到了一个水乡，或者说她的眼睛就是水乡。

随着一个强音，又一首曲子弥漫开来。两人立即同时进入状态，有点斩钉截铁，早就约定好似的，不说一句话，不制造一丁点声音。对此，程荷锄十分满意。音乐里，他觉得对面坐着的不是一个人，而是一个十分抽象的东西，或者说，就是音乐本身。

一曲结束，李小鸥问程荷锄听到了什么。

程荷锄说，你说。

李小鸥说，你先说。

程荷锄说，一个人背着行囊，行走在苍茫大地上。

李小鸥兴奋地举起酒杯，程荷锄没有急着和她碰杯，说，前不见古人，后不见来者。接着，他又说，但不是文学课上老师讲的那种“前不见古人，后不见来者”。

然后二人同饮。

李小鸥激动地说，一切都在音乐里。

程荷锄说，知道它的名字叫什么吗？

李小鸥陷入深思。程荷锄害怕李小鸥再次曲解了他的意思，抢先说，行者。

李小鸥对程荷锄的答案十分赞赏，目光里闪着水花，再次把杯子举向程荷锄，程荷锄端起杯子，接受了李小鸥的激动。

但很快，李小鸥就陷入忧伤，说，知道我平常在家里是什么时间听音乐吗？

程荷锄说，不知道。

李小鸥说，要么等我那口子不在，要么在梦里。

程荷锄翘翘嘴角，想说一句话，却打住了。这一点没有逃出李小鸥的眼睛。她说，想说什么，就说嘛。

程荷锄说，烦恼也是音乐。

音乐再次响起。出乎他们意料的是，这次他们都不约而同地把目光投向杯子。他们发现，就连杯子的把都在同一个方向，还有伏在杯子旁边的小勺，也是出奇的一致。这种一致让人觉得两个杯子是有过某种约定的。玻璃杯中梅子色的巴黎香榭，被摇曳的烛光一映，让人容易想起爱和忧伤，两个小巧的不锈钢勺静静地趴在坐着杯子的碟子旁，像酣眠中的猫一样，无比安详。

服务员要添水，两人不约而同地举手阻止。只不过李小鸥举起的是右手，程荷锄举起的是左手。服务员不解地看了一会儿他们两个，带着一丝嘲笑离去。

曲终。李小鸥问程荷锄看到了什么。

程荷锄说，你先说。

李小鸥说，你先说嘛。

程荷锄说，什么都看到了，什么也没看到。

李小鸥说，这次你错了。

程荷锄说，请你说出对的。

李小鸥说，我看到了一种美。

程荷锄说，我看到了两个杯子状的心，两个勺子状的等待。

程荷锄说这话时，李小鸥的神情出现了一个明显的落差，她说，我没有看到心，但是我看到了等待。

程荷锄笑着说，其实我们说出来的都不对。

李小鸥说，什么意思？

程荷锄说，过去心不可得，未来心不可得，现在心不可得。

李小鸥这次理解地点了点头，脸上洋溢着觉悟的喜悦。看得出来，她自认为对这句话彻底理解了。

但程荷锄仍然觉得她在曲解。

李小鸥把手伸过来，让程荷锄给她看手相。程荷锄已经很久不给人看手相了。但李小鸥已经把手伸过来，他就看了一下。他的心里吃了一惊，李小鸥的生命线是断着的。这时，李小鸥说，你不用骗我，我知道我的生命线是断着的，就是说，我在这个世界上活不到老。

程荷锄什么也说不出来，定定地看了李小鸥一会儿，说，我可以给你唱《心经》吗？李小鸥说，当然可以。

程荷锄唱得非常投入，投入得让他自己觉得已经没有了那个唱的人，只有那个“唱”。

还没有唱完，李小鸥已经泪流满面。

这次是程荷锄先举杯。杯子举起来时，程荷锄觉得，在他手里的却不是杯子。

是什么呢？

这时，李小鸥泪眼迷蒙地说，你说真有来世？

程荷锄笑笑，没有回答。他觉得他今天说得太多了，他表面上笑着，但心里却无端地对自己今天的夸夸其谈非常厌恶。他不想再多说一个字了。但随之，他觉得自己的这个想法过于自私，这时，他看到他的心中有一团火升起，就像大海。

李小鸥如果留心，肯定会从程荷锄的目光里看到这个厌恶，以及由此生出的一种坚硬，一种柔软的坚硬。但是没有，此刻的李小鸥正沉浸在自己的心事里。

就在程荷锄心里的那团火升起的刹那，李小鸥说，如果真有来世，我来这里等我要等的人，如果等不到，我会伤心死的。

程荷锄的心里一阵疼痛。几乎在同时，程荷锄意识到自己走神了，他的心里一阵羞愧。沿着羞愧，那团火走过来，款款地坐在他的心上，安详又狞厉地看着他，父亲一样。

睡在我们怀里的茶

和大多数人比起来，徐小帆觉得她的爱情还是够浪漫的。

徐小帆喜欢“说”，所以大学毕业就到广播电台应聘播音员，结果聘上了。徐小帆干得很投入。不久，徐小帆的声音就被电视台科技部的一位编导“看”中。于是徐小帆又到了电视台。编导给徐小帆分的是农业节目，主要任务是宣传农业科技，比如如何养牛养羊。徐小帆仍然干得津津有味。徐小帆的片子很快赢得了观众。徐小帆做的《鸡的生活起居》《鸡的婚姻》这些栏目因为过于人格化在台里受到人们的指责，但却受到观众的极大欢迎。那个理工科就是在看了她的节目后闯进她的生活的。

《鸡的婚姻》播出之后，接连几天，有花店的玫瑰信使给她送来鲜花，署名都是理工科。大概是第九次的时候，她向信使问了他的电话。接下来是一个庸常的认识过程，却甜蜜。和众多追求者不同，理工科的可人之处是善于“听”，他能够保持一个倾听者的姿态听她把一个又一个在别人看来也许十分无聊的故事讲完，从不走神。这是她接触过的别的男孩子所不具备的。徐小帆为此很满意。理工科的可爱之处还有很多，比如他和她一样喜欢在电影院看电影。如果晚上没事，他们大多都在电影院里度过。在离她家不远的金凤凰电影院，有时候一场电影只有他们二人在看，让人觉得这个世界就是他们二人的。那时候，常常有一种十分美妙的优越感在徐小帆心里升起，随之而来的当然还有知音一类感觉。她觉得生命中能够碰到理工科，真是她莫大的福分。

徐小帆决定嫁给他。

事情定下后，徐小帆给在南方上学的妹妹打电话说，她可能要结婚了。

妹妹说，就是那个理工科？

她说是啊。

妹妹就拍着肚皮笑起来。笑够了，说，不瞒你说，我总觉得那个理工科像是个假的。

徐小帆说，那你帮姐找一个真的啊。

妹妹说，天真，真是天真。只有流动的水不会发臭，只有转动的门轴不会生虫，这就是真。男人就像空气，需要常换常新，这就是真。知道吗？我大名鼎鼎的徐小帆同志，世界上有那么多帅哥，为什么要急着把自己挂在一棵树上，多亏啊；世界上有那么多风景要看，为什么要急着把自己关在一个屋子里，多闷啊。

徐小帆说，我和你不一样，我需要一种家的感觉。

妹妹说，是啊，但是你别忘了，当一个人无家时处处是家，有家便是无家，知道吗？

徐小帆说，太哲学了，听着让人晕。

妹妹哈哈大笑，说，结婚这个词才让人听着晕呢。

徐小帆说，你不回来参加姐的婚礼？

妹妹说，知道这边把婚礼叫什么吗？

徐小帆问叫什么。

妹妹说，死亡演习。

徐小帆说了一声放肆，就把电话挂了。

男朋友要贷款买一套新房，徐小帆说没必要。徐小帆住的是电视台分的旧房子，不大，但小两口过日子足够。男朋友说那就把房子装一下。徐小帆还是说不用。最后他们只是把房子重新粉刷了一下，然后按照徐小帆的意思，搞了一些甜蜜出来，就算是新房了。

男朋友要去买家具，徐小帆不让。男朋友坚持。徐小帆说如果一定要买，就给书房买一条大号羊毛雕花地毯吧。徐小帆喜欢喝功夫茶，而且喜欢席地而坐，她觉得只有这样才能进入茶，进入茶特有的那种时间和空间。现在要成家了，眼前的这块地毯显然太小了。

差不多把这个城市所有的商店和地毯专卖店都转到了，徐小帆也没有看中一条让她特别满意的地毯。看来，她心里的那个花色，这个世界上没有人能够生产得出来。

最后，她选择了一条钢蓝底暗镶碎紫红花的，不想拿回家来却和她的那套红木茶具珠联璧合。徐小帆才发现，有些美好，其实是搭配出来的。

徐小帆没有等到第二天。当天晚上，她就和男朋友坐在书房新买的地毯上，试了新茶，觉得真是好。

徐小帆和男朋友的第一次矛盾，发生在照相馆。徐小帆看中了一套白色的婚纱，特别喜欢，就穿了。

老板说，你穿白色的确好看，你配这身白。

徐小帆很高兴。

男朋友也高兴。

进到摄影棚，老板一边打灯光，一边感叹地说，这套衣服自进后别人都没有穿过，你是第一次。

徐小帆说，我穿它是因为我喜欢，和第一次没有关系。

老板说，是，但第一次毕竟是第一次啊。

谁想就在这时，男朋友叫停。徐小帆问为什么，男朋友说，我还是觉得你穿红色好看。

徐小帆说，可我喜欢白啊！

男朋友说，听我的，应该是红。

徐小帆说，什么是应该？

男朋友说，别闹，浪漫是有尺度的。

一句话把徐小帆的眼睛说潮了。徐小帆转过身去，稳定了一下情绪，然后去更衣间。一到更衣间，徐小帆的眼泪就下来了。

本来他们打算旅游结婚的，但父母不同意。徐小帆就动员男朋友依了他们。让徐小帆高兴的是妹妹也回来了，帮她料理了许多事情，让她心里既踏实，又温暖。

于是就有了一个皆大欢喜的婚礼。

一个当红电视台主持人的婚礼，给人的印象当然是时尚和情调，就像是一出节目。徐小帆的幸福，是洋溢在脸上的。

当爱人给她戴上戒指时，徐小帆哭了。主持人问她哭什么，徐小帆说，不为什么，就是想哭。

当丈夫深情地搂着她，轻轻地吻去她脸上的泪水时，掌声响起来。

在众人眼里，他们是天造地设的一对。

两把锁变成一把，两张床变成一张。从此，徐小帆进入了可以用美满幸福来形容的夫妻新生活。

徐小帆一点也没有想到，所谓的婚姻其实是一个个水落石出。

徐小帆喜欢在影院看电影，喜欢坐在影院里面对屏幕的那种感觉。但是丈夫没有陪她看几场就托辞不去了，和婚前判若两人。一次，朋友给了一张丈夫婚前最爱看的电影《无间道》的续集票，下班后她兴冲冲地拿给丈夫，不想从丈夫脸上没有看到一点激动。那天是周末，丈夫找不到不去看的理由，就陪她去看。不想看到中途，竟然要回。她问为什么。丈夫说，突然想起单位上有件急事要处理。她不知道说什么好。丈夫不经她同意，说，我先回了，到时来接你，然后走人。

从此，她再不约丈夫看电影。

徐小帆到工艺店，看到一个瓶塞，很好看，就买了回来。一天参加一个朋友聚会，大家喝完酒，徐小帆要一个造型别致的酒瓶，丈夫不高兴地问她要这干吗。徐小帆说回去就知道了。回到家中，徐小帆从书柜里拿出那个瓶塞，正好塞在酒瓶上。徐小帆很为自己的组合高兴，但丈夫一脸的不以为然。徐小帆没有理会丈夫，继续进行着自己的创作，她给这件作品起了个名字——“幸福的瓶塞”，放在她的床头柜上。她希望丈夫有一天能够发现她的创意，说一句肯定的话，却一直没有等到。从此，她做这些自己觉得开心的事时，就趁丈夫不在家。

徐小帆和丈夫去看老师，看到老师书房里的一个花瓶很好看。就说，太好看了太好看了。老师说喜欢就送给你。徐小帆走时真就拿上了。丈夫当时没有说她，一出门就开始埋怨。说怎么人家客气一下你就当真呢？徐小帆说，你怎么知道老师是客气？丈夫说，你怎么知道人家不是客气？徐小帆说，那我送回去！丈夫却不让她送。丈夫说，改日买个东西还还人家的情。徐小帆想，真这么复杂吗？

徐小帆喜欢在有月亮的晚上喝茶，喜欢月光洒在茶杯里的那种感觉；丈夫却喜欢在有月亮的晚上做爱，做完爱就睡觉。

丈夫喜欢把家里搞得像经理室那样整洁，而她却做不到那样。她喜欢到处写写画画，把家里弄得到处是纸片，到处都是笔，包括卫生间和厨房。

丈夫喜欢铺张，她却不喜欢浪费。就拿吃剩的菜来说，丈夫坚决要她倒掉，丈夫说吃剩菜得了病不是更大的浪费吗？她却不以为然。只好给丈夫做新的，她自己热着吃。但也在丈夫不知道时做手脚，比如偷偷地把上次剩下的虾油做在面里面，丈夫不但发现不了，而且吃得很香。由此徐小帆得出一个结论：婚姻需要一些小手脚。

十一那天，徐小帆正在洗衣服，妹妹给她打来长途，让她猜她现在在哪里。

徐小帆说别浪费电话费了，快说吧。

妹妹说，海边哎。

徐小帆说，海边有什么激动的。

妹妹说，你知道我现在在想什么吗？

徐小帆问，想什么？

妹妹说，从现在起我相信佛，相信佛说的前世今生，相信乘愿再来，我决定，下辈子一定要生活在大海边。

徐小帆笑笑，说，祝你梦想成真。

徐小帆想，妹妹等不到下一世，妹妹性子太急。果然，妹妹一回来就动员她去青岛打天下。她说她不想去。

妹妹说，你不喜欢大海？你知道每天看着大海是一种什么感觉吗？

徐小帆说，只要你心里有海，就能在任何地方看到海。

妹妹说，按你的逻辑，只要你心里有一百万，就能在任何地方拿到一百万，现在，我需要五十万在青岛买房，你有吗？

徐小帆说，有，比一百万多，但是你不认识它。

妹妹说，这话太哲学了，我听不懂。

妹妹去单位办停薪留职，单位不同意，妹妹一怒之下，炒了单位的鱿鱼。也不听徐小帆和父母的劝告，执意踏上了向海的列车。父母差点没有气死。妹妹毕业，父母差不多拿出了全部积蓄，托人分配在省计委工作，不想干了不到一年，就这样弃之而去。

不久，妹妹打来电话，说有位帅哥在大海边给她租了一间大房子，和大海朝夕相伴，怎么样，羡慕了吧？

徐小帆说，祝贺你，如果看够了大海就回来。

同学会上，同学钟如月的丈夫开着宝马送钟如月，引来同学们一阵艳羡。散会后，钟如月让丈夫带徐小帆回家。徐小帆拒绝了。第二天，徐小帆照样走路去上班，心情同以往一样好，但丈夫却是好几天闷闷不乐。

又过了几天，丈夫和她商量买车，她说哪儿来的那么多钱？

丈夫说这你就不用管了。

她说，如果我不知道钱的来路，是不会同意的。

丈夫说，同学大都有车了。

徐小帆说，如果你真有钱了，要买就买个大房子吧，我想给自己搞一个工作室。

丈夫说，房子要那么大干吗，两个人能住就行了。

徐小帆说，我知道你的意思，房子是自己住的，车子是给朋友看的，是吗？

丈夫说，也是需要嘛。

徐小帆说，反正我不需要，我需要一个自己的空间，用来听音乐，写作，画画，做 MTV，我需要的是自己快乐。

丈夫坚持买，叫徐小帆去看车。徐小帆说，如果你一定要买，那买来你自己坐吧，我是不会坐的。丈夫只好屈从，按徐小帆的意思，张罗着买大房子。

《羊的家庭生活》播出那天，省畜牧局宣传处的蒋方舟要请她吃饭。徐小帆拒绝。徐小帆从来不接受合作单位的宴请，这倒不是她有多廉洁，而是她不喜欢那种场面。每次出去，采访单位招待摄制组，她总是找个借口逃脱，自己找一个面馆，吃上一碗面，然后躺在房间看书，或者睡觉。但这次蒋方舟请她，她却没有拒绝得掉。后来她想，之所以没有拒绝掉一方面是因为对方十分执着，另一方面也是她潜意识中想应约。她不得不承认，她有点喜欢这个小伙子。

徐小帆问什么地点。

蒋方舟说，“长相忆”怎么样？

徐小帆说，吃个饭嘛，到那么高档的地方干吗？

蒋方舟说，那你推荐一个地方。

徐小帆推荐了“陕西老乡”。

蒋方舟说，那太寒酸了吧。

徐小帆说，但我喜欢。

蒋方舟让徐小帆点单，徐小帆要了碗陕西油泼面，一个小菜。

蒋方舟还要点，徐小帆就不高兴了。

徐小帆说，如果你觉得花钱少，就多请几次，怎么样？

徐小帆把一碗面吃得干干净净，然后要了一碗面汤，用筷子把碗涮了一遍，然后喝掉。

蒋方舟说，像你这样吃饭的女孩子，我还是第一次见。

徐小帆说，不入流，是不是？

蒋方舟说，哪里。

徐小帆说，不入流就不入流，反正我已经习惯了。

蒋方舟说，向你学习。说着，也把碗涮了，喝。

徐小帆说，这么汪的油，倒了岂不可惜？

蒋方舟说，是，但目光却到处流窜，他显然是留意旁人怎么看。

徐小帆略略有些失望。

吃完饭，蒋方舟提议去喝茶。徐小帆没有想到自己会答应。

蒋方舟问徐小帆喜欢哪个茶楼。

徐小帆说，我带你去一个地方吧。

蒋方舟说好。蒋方舟要打的，徐小帆不让。

蒋方舟说附近没有茶楼。

徐小帆说，有的。

蒋方舟没有想到徐小帆把他带到了她的办公室。

一到办公室，徐小帆就有些后悔把蒋方舟带上来。黄昏时分，办公室沉浸在橘黄色的阳光之中，非常美。再加上整个办公楼人都走空了，有一种空空荡荡的美好。徐小帆贪恋于下班时候一个人待在办公室，听着音乐，静静地喝一泡茶。现在，身边多了一个人，尽管喜欢，但仍然觉得多余得厉害。

但徐小帆很快就释然了。徐小帆开始进入茶。徐小帆拉开工作台的二层，是一套红木茶具。徐小帆问蒋方舟喜欢喝什么茶。

蒋方舟说，乌龙。

徐小帆就打开一包观音王。

徐小帆从电脑里放了一曲音乐。从蒋方舟的反应看，这小子压根就没有听过它。徐小帆问，喜欢吗？

蒋方舟说，太喜欢了。

徐小帆说，比茶楼里如何？

蒋方舟说，你的问题就是答案。

徐小帆很开心。

蒋方舟说，你这是变着法子为我省钱嘛。

徐小帆说，省钱不时尚是不是？

蒋方舟说，你总得给我一个表现的机会吧。

徐小帆说，难道花钱就是表现？

蒋方舟说，那倒不是。

茶沏好了。徐小帆示意蒋方舟喝茶。不想蒋方舟端起一杯，说，我敬编导一杯。徐小帆再次失望。喝第二杯时，蒋方舟又说，真美！

徐小帆就忍不住了，说，知道你身上哪一点最可爱吗？

蒋方舟说，不知道。

徐小帆说，静。

蒋方舟的脸就红了。

自此，蒋方舟再没有说一句话，直到把一泡茶喝完。徐小帆不但满意，而且感动。

蒋方舟要替徐小帆擦洗茶具，徐小帆不让。徐小帆从来不让别人给她洗茶具，她觉得，静静地把一套茶具擦完，也是一泡茶。

换句话说，能够纯粹地进入那个“擦”，那种感觉不亚于“喝”。

徐小帆说，天不早了，你太太等你了，你先回吧。

蒋方舟说，我先送你回家。

徐小帆说，谢谢，我还要编一会儿片子。

蒋方舟站在那里，有些手足无措，目光中却有复杂的内容。徐小帆装作没心没肺的样子，说，谢谢。蒋方舟往徐小帆面前走了一步，徐小帆借着拿茶巾，绕到桌子背面，向蒋方舟伸出手。蒋方舟捏住徐小帆的手，用力，把徐小帆捏疼了。徐小帆同样装作没有反应的样子，抽出手去，说，再会。

蒋方舟走后，徐小帆又觉得有些失落，有些遗憾。但她很快给自己说，对，徐小帆你做得对，对极了。然后，她拿起茶巾，进入那个“擦”。

不知是哪一天，徐小帆突然发现丈夫回来得越来越晚了，当这个发现以一种概念的形式出现在徐小帆心里，就不由让她大吃一惊。但徐小帆很快就把自己说服了。徐小帆决定适应这种晚。她想起在大学里读到过的马尔克斯的一句话：一对夫妇，重要的不是多幸福，而是多稳定。当时，她深不以为然，现在，却觉得它是一种力量，可以给她莫大的支撑。谁想不久，事情就发展到那一步。

丈夫已经有好几个晚上不回家了，调查的结果和丈夫电话上说的大相径庭。徐小帆想，难道我们的婚姻真的出现了问题？莫非在众多家庭出现的问题也要在我们家上演？徐小帆被自己的这个想法吓了一跳。

一天，丈夫又打电话说，晚上单位有事，可能回不来，让徐小帆不要等他，徐小帆就说服不了自己了。

临下班的时候，徐小帆到丈夫单位对面的咖啡馆，要了一个临窗的咖啡座，等丈夫出来。

看着窗外的车水马龙，还有马路对面的那幢大楼，徐小帆不由得一阵伤感。她问自己，有必要这么做吗？她听不到自己的回答。她的心有些乱。咖啡厅里，多是一对对情侣，他们的亲热，让她不由想到当年。

过了一会儿，丈夫出来了，没有骑车，进了一个向北的胡同。

徐小帆尾随其后。

徐小帆有些紧张，也有些滑稽。小时候看过的那些革命题材的电影镜头不听话地从脑海里闪出来。她不知道是自己变成了电影，还是电影变成了自己。

真是好笑得很呐。

胡同拐弯处，丈夫从徐小帆的视线中消失了。

徐小帆上前，发现丈夫消失的地方，有三个店面，中间是一家名叫“百眉健康快车”的皮护中心，左面是一家广告公司，右边是一家超市。广告公司已经打烊，那么，丈夫只能在超市或者“健康快车”。徐小帆在一个广告牌下等了一会儿，发现丈夫没有从超市里出来，那么丈夫在那个“百眉健康快车”已经无疑了。

徐小帆在广告牌后面，和自己做着斗争，有一百个方案在她心中翻腾。

可是不多时，一个店员模样的姑娘出来，把落地门锁上了。

徐小帆说，难道自己错了？

但直感告诉她，故事肯定不是这么简单。既然门已经锁上，她就可以实地踏勘一下了。她到左近的报刊亭买了一份报纸，轻着脚步走到“快车”窗前，做出一边看报纸一边等人的样子。

没有等到人，却等到了一种刺心的声音。徐小帆当然再熟悉不过，那是丈夫的。

徐小帆一阵恶心。

徐小帆想起了他们的初夜，想起那个让人销魂的夜晚丈夫的信誓旦旦。

第二天一早，徐小帆来到“快车”门前，等待丈夫出来。丈夫出来，一看徐小帆站在门口，当然惊惶失措。但他万万没有想到，徐小帆神态十分安详，并且还带着淡淡的微笑，就像一个母亲逮住了正在做错事的孩子。

徐小帆什么话都没有说，就那么定定地盯着丈夫看，直看得丈夫头上冒出汗来。

过了一会儿，徐小帆说，能跟我去一趟民政局吗？

丈夫眼泪汪汪地说，我错了，我是个混蛋，我承认错误行不行？

徐小帆说，我没有时间听你朗诵，去不去？

丈夫说，给我一次改过自新的机会，好吗？

徐小帆说，那我就叫你们单位领导。说着，掏出电话。

丈夫急了，说，我听你的。

和丈夫从民政局出来的时候，徐小帆看见街上到处都是流动的月饼广告，她才意识到，不久就是中秋了。

徐小帆搬回父母处住，父母问徐小帆怎么了？徐小帆说没什么，就是想回来住一段时间，如果你们不愿意，我也不麻烦你们。父母当然同意。

但纸里面终究是包不住火的。父母最终还是知道了。母亲要去丈夫单位找他们领导，被徐小帆拦住了。徐小帆说，如果你们真是为我好，就千万别这样。

差不多半年过去了，许多人还不知道徐小帆离了婚。徐小帆这种静悄悄的离婚方式，给了许多直闹到鱼死网破才不得不撕票的冤家许多感慨，一时成了有同样爱好的人们互相教育对方并最终效仿的偶像。

天渐渐凉了的时候，徐小帆意识到自己该去一趟海边了，就赶着做好了下期片子，到银行提了足够的钱，准备出发。

给蒋方舟打电话，说她要去青岛，问他愿意不愿意陪她去。蒋方舟当然求之不得。徐小帆就带着一种特别的心情订了两张软卧。

但在出发的那天，徐小帆却改变了主意，她给蒋方舟打电话说，单位有紧急采访任务，行期只能推后，以后再说。

徐小帆退掉一张票。上了火车，徐小帆把自己的下铺换成中铺，想在火车上好好睡一程。

徐小帆一上车就上铺睡觉。

火车开动了，躺在晃晃荡荡的火车上，徐小帆莫名其妙地一阵伤心，不由泪流满面。

尽管一切都在预料之中，但徐小帆没有想到，等待泪水的还是泪水。

妹妹一见徐小帆就哭。徐小帆说，你这样大海会笑话的。妹妹哭得更厉害。

妹妹果然混不下去了，已经欠着人家好几个月房租了。徐小帆替妹妹交了房租，问妹妹，继续看海，还是跟我回去？

妹妹沮丧地说，你知道我是怎么离开单位的。

徐小帆笑笑说，如果你愿意，就跟我干节目，怎么样?

妹妹说，我真没有脸回去见咱爸妈。

徐小帆说，没什么，人生浪漫一次也好嘛。

妹妹说，别讽刺我。

徐小帆说，真的，姐没有讽刺你。但你要记住，生活也是海啊。

在蒋方舟那里，徐小帆获得了一种爱情的感觉。

两年之后，徐小帆向蒋方舟降下了她高挂的寨门。但徐小帆有一个要求，不领结婚证，不办婚礼，不请客。

妹妹这次没有说蒋方舟是假的，也没有说什么是真的，妹妹的手里有了一串念珠，檀木的。

徐小帆真是觉得自己有些俗了。

但徐小帆就是喜欢有个“家”，就像是瘾君子喜欢海洛因，一点办法都没有。

两把锁变成一把，两张床变成一张。一个平常的日子，徐小帆住进了蒋方舟的公寓。

“新婚”之夜，夫妻二人免不了一番缠绵。事情到了好处，蒋方舟的激动传导到声带。可一个“我爱你”说了一半，就被徐小帆伸手堵住了。

蒋方舟显然有些扫兴。

徐小帆说，请原谅。

事后，听着蒋方舟和前夫几乎没有什么区别的鼾声，她被突然在心里生起的一个想法惹笑了。

她觉得，熟睡在自己怀里的蒋方舟，就是一泡茶。

甜根

敲门声响起时，陈子旭正在复习，准备迎接县实验中学的录用考试。对于没有背景且家境贫寒的陈子旭来说，这是跳出小镇的唯一机会。陈子旭抓得很紧。通常情况下，陈子旭是不会开门的。但现在是假期，并且是早晨，他想不会有闲人来串门吧，犹豫了一下，还是去开了。

陈子旭没有想到门外站着王雨薇。

王雨薇一身苜蓿花的确凉休闲装，胖乎乎的小胳膊和小腿肚露在外面，显得饱满又夸张，有些淘气，有些野味，同时透出一丝成熟少女的潮湿气息。加上两手抱在胸前的白底红花洋瓷盆子，就有了一种装裱的效果，一种负重的美。陈子旭不敢相信，这就是每天给他送作业的王雨薇。

王雨薇大大方方地说我给你送好吃的来了。陈子旭心里一热，一边说什么好吃的，一边接过盆子，让王雨薇进门。揭开盆盖一看，是一盆甜根。陈子旭已经有好些年没有吃过甜根了，就对着甜根，大加赞美了一番，将王雨薇带到宿舍。

到了宿舍，陈子旭又端详了王雨薇一会儿，说，真好看，真好看，新做的？

王雨薇说，不是。

陈子旭说，怎么没有见你穿啊。

王雨薇说，上学时哪里敢啊。

陈子旭说，那今天就敢了?

王雨薇用一个清纯的微笑回答了他。

王雨薇说，有些小吧。

陈子旭说，小了好，小了出效果。

王雨薇努了努小嘴，做出嗔怪的样子说，你笑话我。

陈子旭说，真的，这套衣服就是这样穿法。

王雨薇见老师是真诚的，就换了家常的口气说，是城里姑姑去年夏天送的，一直没有敢在外面穿。

陈子旭说，我还差点不想开门呢。

王雨薇说，如果你再迟开几秒钟，我还真就走了。

宿舍里只有两把椅子，一把上面搭着昨夜洗的衣服，陈子旭就让王雨薇坐在桌前的那把上。王雨薇说，你坐这儿趁热吃吧，说着自己坐在床上。

陈子旭的心里就毛了一下，床上乱且不说，被子没有叠且不说，更为糟糕的是床头还有一本《电影画报》，正翻在《一江春水向东流》，画面上有不少学生不宜的镜头。陈子旭正想采取什么措施把它拿开，不想王雨薇已经看到了，而且大大方方地翻了起来。这让陈子旭觉得有些没面子，一个人民教师的床头上居然有这种消遣读物，而且还翻在这一页。现在，它已经在王雨薇手里，也就无可奈何了。

接下来，陈子旭就想该用什么招待一下王雨薇。想来想去，能上档次的就数那盒从福建带来的金肉桂了。上次去福建学习，到了茶乡安溪，别人都买观音王，他没有带多少钱，就买了两盒金肉桂。就这金肉桂，也是五十元一盒，是他半个月的工资。回来后，一盒孝敬了父亲，另一盒就留着，准备着派更重要的用场，一直没有舍得喝。但今天陈子旭却很大方地打开了。陈子旭说，这可是上等茶。王雨薇口上说她不会喝茶，行动上却没有阻止。

陈子旭给王雨薇沏好茶，就自个儿拿了一根甜根吃起来。王雨薇是语文课代表，每天要给陈子旭送来作业，可陈子旭却没有怎么注意过她。一个在门外喊报告，一个在里边喊进来，一个放下作业，另一个或许头都不抬说一声好，就完成了交接工作。但今天陈子旭的目光却老是往王雨薇身上跑。直到事情发生了，陈子旭也没有搞清楚当时的自己是怎么回事。

王雨薇斜着身子，翻床上的杂志。在那个年月，能看到《电影画报》是件比较困难的事。王雨薇看得很入神，身子在陈子旭眼前就曲成一个弧，腰身处就露出一月动人的白。这样的画面好像在陈子旭记忆中没有过。陈子旭的身体一下子有了想法。陈子旭意识到这是一个危险的信号，忙警告自己说，你是一个人民教师，你要管住自己。陈子旭调动了许多历史上的正人君子一排排码在心里，轮流给他做思想政治工作。但陈子旭发现，今天的他有些我行我素。

王雨薇仍然在看画报，脸上的表情随着画报的内容变化着。

陈子旭把一根甜根吃完，就不知道自己该干什么了。

陈子旭看到桌上的茶杯，找到了依靠似的说，王雨薇喝茶吧。王雨薇突然惊醒似的，欠了欠身子，有些不好意思地说了声好。

陈子旭将茶递给王雨薇。王雨薇很亲近地看了陈子旭一眼，然后专注在茶里，一点一点地品。

那一月白随之消失，陈子旭就有些后悔。但他马上觉得，眼前没有了那一月白，他的心里一下子轻松了许多。喝茶的王雨薇娴静又端庄，要比刚才更耐看。他这才发现，女人的美同样需要日常生活的道具来表现。平时在课堂上，他真是一点都没有注意到王雨薇身上的这种细微的美。

王雨薇说，真香哎。

陈子旭说，是吗？香就送给你。

王雨薇说，那还不把人丢尽，一个学生哪里敢喝茶。

陈子旭说，你现在不是正在喝吗？

王雨薇有些撒娇地说，我说过不喝的嘛。

陈子旭说，政治课上又没有规定学生不能喝茶。

王雨薇的嘴角就翘了起来，脸蛋上就有了两个对称的酒窝。

陈子旭就觉得自己心中的一件什么东西一下子陷进去了。

但王雨薇马上又换了另一种表情，看着他说，听说你下学期不教我们了？

陈子旭说，你听谁说的？

王雨薇说这你别问，是不是？然后定定地看着他。目光潮湿而又追究。

陈子旭的心里就怦然一动，说，你可得给我保密啊。语气是认账的，交底的。

王雨薇体己地说，那当然。语气是理解的，平和的。接着，她说，如果你走了，大家肯定都觉得语文课没有意思了。声音有些怨。

陈子旭的心里就一酸。沉着气说，如果你们不想让我走，我就不走了。王雨薇着急地说，这可别，水往低处流，人往高处走嘛，可千万不要因为我们耽误了你的前程。

陈子旭说，我也舍不得你们，但这次不努力一下，以后就再没有机会了。

王雨薇理解地点了点头。

陈子旭接着说，你看陈老师在这里连个对象都处不上，我又是个外地人，总不能打一辈子光棍吧。陈子旭知道不应该给王雨薇说这句话，但心底里有种怪怪的东西在撺掇他，好像不单单是为了和王雨薇开玩笑。

果然，一句话把王雨薇的脖子骨说软了。陈子旭发现，王雨薇低着头害羞的样子更是好看。

王雨薇好长时间不说话，咬着嘴唇，把茶杯在手里转来转去。时间一长，就让陈子旭有些受不了。陈子旭接着说，说不定还考不上呢。起身给王雨薇添水。王雨薇接过水壶，说她自己来，动作很家常。陈子旭的心里就涌上许多亲切来。就觉得只一杯茶，有些对不住王雨薇，对不住她的理解，也对不住她对秘密的承担，就决定提高一下招待水平。就给王雨薇说，你慢慢喝，我出去办点事。王雨薇说，不会很久吧？陈子旭说，你不是很急吧？王雨薇说，我的任务是保证家里人从田里回来有饭吃。陈子旭看了看表说，那还早呢。

正是麦收时节，镇上的门市部大都关门了。陈子旭跑了很远的路，才找到一家营业的，里面却大多是油盐酱醋一类的日常用品，唯一上档次的就数当地产的一种尚未熟好的花红梨再就是菠萝罐头、橘子罐头、花生米、饼干和蜜枣一类的，他就各样要了一份，然后跑步回家。

陈子旭一进门，浑身的血一下就热了。王雨薇正蹲在地上，刺刺刺地给他洗被套。他听见自己的喉头响了一下，又响了一下，却没有说出什么成形的话。

雨薇你这是？话既出口，他吃了一惊，竟然叫她“雨薇”，竟然把“王”给省略了。但王雨薇似乎很乐意地接受了他的这一称谓，抬头，看着他甜甜地笑了笑，说，马上就洗完了。今天给你把被套洗了，改日洗床单吧。

陈子旭就觉得有种什么东西冰糖一样渗进他的心里，身体里。

陈子旭把买来的东西一样样打开来，摆在桌子上，让王雨薇停下来吃一点。王雨薇说，谁知你是去胡花钱啊？像是一个大人责备小孩子了。接着仰起头，动员似的说，你去提一桶水吧。陈子旭就去提水。路上，他想起了不久前看电影《天仙配》，听牛郎和织女在那里对唱，觉得挺无聊的，此刻，他才体会到了其中的奥妙，心里一下子被幸福充满。今天给你把被套洗了，明日洗床单吧。谁知你是去胡花钱啊。你去提一桶水吧。这话听着多舒服啊。

往回走时，陈子旭看见，王雨薇改变了姿势，不再蹲在地上，而是半弓着身子，加大了动作幅度，像是在做广播体操的屈体运动，长长的辫子从肩上滑过来，掉在胸前，一拍一打的，一下一下落在他的心上。

接着，就有一对原子弹在陈子旭眼睛里爆炸。那是王雨薇的小乳房，一对初出茅庐的小动物。陈子旭呆立在门口，酥软无力。做着屈体运动的王雨薇向他提供了一个绝好的视角，让他没有丝毫免疫力的目光通过敞开的领口畅通无阻地抵达。

怎么，连一桶水也提不动啊。王雨薇抬头看了他一眼。他忙回过神来，有些忙乱地把水提进去，倒在王雨薇已经腾好的盆子里，也倒进他一派电光火石的心里。

王雨薇开始淘最后一遍，陈子旭就端了脏水去倒，人在倒水，心却还在那对小动物上。

倒完水回来的那段路就成了他人生最幸福的时光。

然而幸福的时光马上就要结束。王雨薇已经淘完了被套，站起身来，示意他过去，和他一起把被套拧干。他就和王雨薇各拿一头拧，直把被套拧成一个麻花。然后默契地哗哗抖开，折了。王雨薇说，你自己去晒吧，我要回了。他说，那不行，先把这些东西消灭了我才能让你走。

王雨薇冲着他笑了笑，说，你先去晒被套吧。

回来时，王雨薇已经把屋子收拾干净，洗了脸，在门背后他用来放洗漱用具的玻璃架上找润脸油。陈子旭说，实在不好意思，我从来不用那个。王雨薇说，可你的皮肤怎么让人觉得不像是没有用过润脸油的啊。陈子旭说，是吗？王雨薇说，真的，像个南方人。陈子旭说，谢谢夸奖。陈子旭在心里说，没想到这小家伙还会给人上呢。但他又觉得这种上还是很滋润人的。

陈子旭先给王雨薇削了一个梨，王雨薇没有推辞，不紧不慢地吃完了。但到其他东西，却是蜻蜓点水，甚至在吃完一个蜜枣后，干脆洗了手，一副任你怎样劝，再决不动口的样子。这让陈子旭心里很疼。花了这么多钱买了来，你不吃，这钱不就白花了？但很快他就发现自己错了，人家一个女孩子，难道让人家硕齿大嚼不成？就觉得自己刚才的苦劝有些丢人，有些没有风度。但他马上有了办法，走时让她带上啊。这样一想，他的巨大心理压力就大大减轻了。

王雨薇要走，陈子旭不好坚持，就把东西打包让王雨薇带上。王雨薇显出生气的样子。陈子旭只好作罢。

谢谢雨薇啊。这次是有意省掉了“王”。这次王雨薇的反应倒是明显，一副意外的样子，深情地看了陈子旭一眼，说了声再见，就要出门。

事情是在王雨薇开门的那一刹那发生的。

多少年来，陈子旭一直在回忆，当时的自己是怎么回事，是如何做出那个让他后悔一生的决定的，不早不晚，就在人家开门的刹那，从后面抱住了人家，然后举起来，在屋子里疯狂地转圈儿。

大概在转到第三圈的时候，王雨薇似乎意识到了什么似的说，不要这样。陈子旭没有听进去。王雨薇加大了音量，说，不要这样嘛。陈子旭听到了王雨薇声音中的不高兴，才将王雨薇放到床上。王雨薇鼻翼一扇一扇的，惊兔似的看着陈子旭。陈子旭笑了笑，王雨薇却没有笑。陈子旭的嘴就出动了，像一个久未出圈的羊，急切地奔向青草。

请问你还是不是个老师?

陈子旭像被谁当头一棒似的，僵在王雨薇身边，脑海里一片空白。

就在这时，王雨薇从陈子旭手下挣脱，向大门跑去。

陈子旭突然从梦中惊醒似的开始检查自己的行为，结论在断无可赦之列。他的目光从屋子里扫过，桌上的水果刀兴奋地向他招手。

接下来他看到的情景是，人民教师陈子旭的一只手被钉在桌子上。

鲜红的血液顺着刀把流了出来，他突然觉得那只手有些冤枉，明明是眼睛惹的祸，却要手来承担。这样一想，他就用另一只手把它给释放了。

他等着王雨薇的家人来算账，却一直没有等到。

那个洋瓷盆子就成了他的难题。

九月份，陈子旭接到了县教育局的调令，通知他到县实验中学任教。同学们都来送他，唯独没有王雨薇。

他就把那个洋瓷盆子打进行囊上路了。

开学后，他给王雨薇写了封信，表达了深深的歉意，并表示如果王雨薇愿意，他能够帮她转到县实验中学学习，却一直没有收到王雨薇的回信。之后，他又写了一封，托一位可靠的同事收转，同样石沉大海。

后来，他有了女朋友。在约女朋友第一次来宿舍时，他将那个洋瓷盆子包起来，放到壁柜的最深层。

不久，他就把这事给忘了。

结婚那天，班里的同学一个个都来了，同样没有王雨薇。他就知道王雨薇此生是再也不会饶恕他了。他的心里一派悲凉。

仅此，就完全可以宣告你的教师经历是失败的。陈子旭给自己说。

晚上，躺在新婚妻子身边，那天的事情却固执地在眼前浮现。

陈子旭再一次回到这个小镇，已经是十年之后。

陈子旭已调到省城工作。这年，他被单位派到和小镇相邻的乡的一个村上扶贫半年。一个星期天，他借了辆车到小镇看望一位当年多次资助过他现已退休在家的老同事。

当车就要开进小镇时，他的心里涌上一种难以言说的东西。他将车停在路边，抽了一根烟，稳定了一下情绪。然后整了整衣帽，缓缓从街道驶过。

到了学校门口，他下意识地把车停了下来。

正在上课，校园里十分安静。他的目光急切地在校园里穿梭，却是怎么也找不见他原来的那间宿舍，操场四周的一排排杨树也看不见了，还有那几排土坯房教室，还有那个墙上写着毛主席语录的老水房，都不在了。展现在他面前的，是一个气派的全新的学校。陈子旭的心里不由涌上许多感慨。

下课铃响了，陈子旭像逃似的把车开走，不知为何，在省城时常常想念这个小镇，想念小镇上的这所学校，想念那些同事，那些同学，真到面前，却有些莫名的怕。

怕什么呢？打着这个问号，他把车开到街的尽头，却发现这里全是电焊加工土豆收购一类的店铺。只好等上课时将车再开回去，在学校偏左的一家小卖部门口停下。他要给老同事买些礼物。

买好东西，都要上车走了，听见有人喊陈老师。回头，和刚才那家小卖部相邻的水果店门前站着一个抱孩子的女人，正在看着他。

女人走上前来，说，是陈老师吧。

陈子旭的心里就打过一个闪。一个已经从记忆中淡去的名字跳出他的脑海。王雨薇。陈子旭紧张了一下。

不想女人的眼神中丝毫没有当年那件事，很亲热地看着他说，你啥时回来？他说昨天。女人用了“回来”这个词，让他心里一阵痛。他避过王雨薇的目光，看着她怀里的孩子说，这是你的孩子？话出口，才觉得太废话了，不是人家的孩子还是谁的。陈子旭的脸一阵烧，接着在身上一阵乱摸，摸出几张票子，说，第一次见你的小孩，算是我的见面礼吧。

出乎他意料的是王雨薇没有拒绝，这让他很感动。接着，王雨薇问他小孩多大了。陈子旭说上初一了。王雨薇说这么快啊。陈子旭说是啊。

就不知再说什么了。王雨薇说不在镇上待几天？陈子旭说最近单位很忙，以后吧。

接下来，陈子旭就有些仓皇地告辞了。

都要上车了，王雨薇跑过来，说，能不能把你的地址留一下？陈子旭感觉她的语气中没有不友好的因素，就留了。

陈子旭将车开出镇子，就停了下来。刚才狼吞虎咽结束的一幕撑得他心慌气短，如果不马上消化就要撑破他似的。

见到王雨薇不但意外，而且潦草。这是冒出他脑海的第一个句子。她的眼神中好像压根就没有当年那回事。第二句。或许当年本就没有发生什么事，一切都是一场梦？第三句。这时，他的手掌隐隐地痛了一下，他举起来，看到了那个伤疤。伤疤提醒他，那件事是真实发生过的。

那么，是什么，消除了她心中的仇恨？

我们心中的雪

大年初二的早上，我正和几个侄子在厢房炕上打牌，听见母亲在上房里喊。过去，有个小伙子正给父亲磕头。母亲说，这就是长生，杏花最小的弟弟。我的心中就一下子涌上许多亲切来。等他磕完头，就格外殷勤地递烟上茶。母亲也把能拿出来的干果小吃都拿出来了，显然是把长生当上宾来对待。

寒暄过后，长生问我，今天有空吗？我说没啥事。长生说，如果没啥事，我娘让你去下面家里一趟，给我姐写封信。母亲说，我正要问你呢，杏花今年又不回来了？长生犹豫了一下，吞吞吐吐地说，反正没见信。母亲问，多少年没回来了？长生说，就我爹过世那年回来过一次。母亲的神情就暗了一下，怅怅地望着长生，像是要从长生的脸上努力找出些杏花的消息来。父亲说，不过回来一趟也不容易，那地方，光想一想都觉得费力气呢。

母亲动手给长生热暖锅，被长生拦住。母亲就生气了。长生说，改天吧，我怕过会儿来了亲戚，我如意（我的乳名）哥就走不开了。父亲说，那就让他们早点去吧，过会儿改改（我姐）两口子一来，还真走不开了。说着，打开炕柜，把我给他买的工字牌卷烟拿出两条，让我给长生娘带上。长生不让。父亲说，大过年的总不能让他空着两只手进门吧。母亲帮腔说，这两条烟本来就是你东东哥给你娘买的，他昨天还给我说哪天要去看你娘呢。长生的目光就在我脸上掠了一下，说，那我就替我娘谢谢如意哥了。

和长生走在通往下庄的路上，心里有种说不出的滋味。这条当年最亲最近的路，当年糖葫芦一样结着我一个又一个美梦的路，竟然十多年没有踏上过了。是路生分了，还是我的脚生分了？抑或是别的什么？

长生始终低着头走路，不主动和我说一句话。而我则满肚的话头，却不知从何说起。就那样默默地走着。好在路不远，很快就到了。

门口站着一个人。我竟没有认出来。而对方的笑容却说明她已经认出我来了。长生说，是我姐。我的脑门上就亮了一下。是杏花？渐渐和记忆吻合的一些神态告诉我，没错，就是杏花。

我的心窝子里一下涌上许多东西。伤感而又温暖，亲切而又疼痛。

杏花的眼睛里也全是惊叹。出现在她面前的这个叫高如意的人，肯定不是当年的那个毛头小子了。

看着我在一个劲地发呆，杏花说，怎么，把你给吓着了？我说还真有点，都多少年了。

一个小女孩站在杏花面前，扑闪着眼睛，仰着头盯了我看。我说，这是你女儿？杏花说，是。我的心里又痛了一下，没有缘由的那种痛。当年我们玩过家家时，她用杏核当女儿，我用大豆当儿子，她摆一百个，我摆一百个，然后娶亲，然后生子，子子孙孙无穷尽也，直到院子里的“家”满得摆不下。不想岁月在不经意间真点豆成兵，转眼，她的女儿就在眼前了。

我说，还好吧？杏花说，还好，你呢？我说，马马虎虎。杏花说，听长生说，你都上了电视了。我说，那是闹着玩的。

杏花似乎一时找不到要说的话，就那么盯着我看。我也不知说什么好。

我当即后悔自己怎么没有把胡子剃一下，怎么没有把衣服换一下。为了让老家人容易接近，回来后，我就换上母亲做的棉袄布鞋，胡须也不修，黑茬茬的。但这一想法马上就过去了，因为站在我面前的杏花也比我洋气不到哪里去，都一个地道的农村妇女了。如果说和别人还有一点什么区别的话，就是眼神里还残留着那么一点点“文化”。

还是杏花先找到话，怎么，吃不饱还是穿不暖，这么瘦？当年的口气了。那时，我们家穷，真是吃不饱，穿不暖，上学时，杏花就常常把她的窝头给我吃。

我说，既吃不饱，又穿不暖。杏花说，那说一声啊，我给你借啊。我说，还真要向你借呢。

快进来啊。杏花突然回过神来，手往起扬了一下，像是要在我肩上拉一把，却在半路上停住了。

这一停，让我心里好一阵难过。当年她可不是这样的。冬天上学，我的脸冻僵了，她就把自己的一双手霍霍地搓热，贴在我的脸蛋上，给我暖。我就觉得全世界都在那一双手上了，伟大领袖毛主席都在那一双手上了，共产主义都在那一双手上了。现在，她的手明明到我的肩上了，却突然改变了主意。

为什么？是我的肩变了，还是她的手变了？

手也皴得不像个样子，到处都是孩子嘴一样的小口子。可以想象，这十几年的日子，就是在这一双手上展开的。给猪和食，给牛拌料，给孩子洗衣服，穿针引线，缝新补旧，春播夏收，哪一件不是这一双手！

一进院子，我的目光就脱兔似的搜寻起来。

哪儿是我们玩过家家的地方，哪儿是我们跳过房子的地方，哪儿是我们剥过玉米的地方……最后，在那个高房子上停下来。显然，那个高房子已经很久没有人住了。花格窗框里都结上蜘蛛网了。应该说，杏花看着它肯定要比我心痛得多。看着我面对高房子出神，杏花说，前些年她回来还把上面收拾一下，住几天，今年却没那个心劲了。再说，也漏雨了。

就有滴答滴答的雨一声声落在我的心里。

雨滴滴答答地在房顶上落着，我和杏花趴在热炕上写作业，身子挨着身子，脚丫碰着脚丫，多好啊。作业还没有写完，炕洞里的土豆却熟了。杏花跳下炕去，拿了长长的灰耙，猫着腰，七上八下，它们就一个个乖爽地躺在炕洞口了。她拿起一个，噗的一口，拿起一个，噗的一口，直吹得一脸的灰。一个个土豆在杏花撮成喇叭的双唇前显出本来面目——黄脆黄脆的，看着就让人流口水。杏花捡了最大的给我，说，吃吧。我说吃就吃吧。一口下去，没有散尽的热气扑出来，那个酥啊，胜过苏联的面包。杏花吃土豆的样子可真是好看，真是要多好看有多好看。你看，她的嘴皮只是往土豆上一搭，并不咬，就有一块自动落在她的嘴里。一搭两搭，土豆的肉就没了，手里只剩下一个金碗一样的壳儿，举在我的鼻梁面前，说，我老汉牙不行，送给你娃娃吧。那时，我还真以为是她的牙不行，现在想来，她还是想让我多吃一点。吃完土豆，心思一时无法回到作业上，就趴在窗前看雨。整个村子躺在雨的怀里睡觉，缠绵的鼻息结成一层层雨雾。窗前的杏树同样在雨中做着最甜的梦，安恬而又幸福。还有生产队里的玉米，眼看就要熟了。雨把玉米的味道送过来，直往我们的鼻子里钻，往我们的骨头里渗。

现在，我还能看见，茫茫秋雨中，有那么一个高房子，高房子上有那么一个小木窗，小木窗里有那么一对小脑袋，拼在一起，四只黑眼珠上长长的睫毛眨呀眨的，看雨。

他们看到了什么？

他们懂雨吗？

他们的目光到底有多长？

是目光长还是岁月长？

是岁月长还是雨长？

……

下雪了，我们并排站在院里，比赛着伸出长长的舌头，屏着呼吸，耐着性子，等待着天上的雪花一片一片落下来，落下来。然后用心体会雪花留在舌头上的轻浅的脚步，体会着一种带着淡淡温热的冰凉的美好，一种无声无息心甘情愿的消失的美好。

啥味道？

好像是甜的。

不，是苦的。

那是你的舌头苦。

明明是雪花苦。

就是你的舌头苦。

谁说我的舌头苦？

我说。

你敢打赌？

当然。

如果输了呢？

输了就做你媳妇。

我就挺着肚子把舌头伸给杏花。杏花的舌头就在我的舌头上点了一下，又一下，然后正着神色，咂咂嘴，像是品茶。最后宣布：经本大人检查，不是苦的，不是甜的，而是咸的。

雪下大了。纷纷扬扬的雪花落在我们的头上，睫毛上，鼻子上，身上。关于舌头和雪的争论仍在继续。想想看，一对雪人儿，站在白茫茫的雪地里，热火朝天地争论雪。

这时，从大门外跑进来一个水灵灵的女孩，杏花说是她的大丫头。

这不是当年的杏花吗？我在心里说，杏花还在，逝去的只是日子。

就有些后悔没有把儿子带了来，让杏花看看。

杏花问，你几个？我说，一个班。她笑了笑，男孩女孩？我说男孩。杏花说，没有想着再生一个丫头？我说，丫头不是你给我们生下了么。杏花就笑，是当年我拉着她的衣角说“杏花杏花你当我媳妇吧”时的那种笑。

我掏出五十元钱给丫头，丫头却撒开腿跑了。杏花有些不高兴地说，不要这样。语气很重。我就觉得自己不小心做了一件错事。现在，城里人春节串门子，不就是这样做的吗？但是面对杏花，面对杏花的孩子，我却无缘无故地觉得，那五十元是脏的，见不得人的。我不记得自己是如何把那五十元钱重新装进兜里的。我的手很尴尬。

杏花意识到话说重了，忙换了口气说，就这样唱露天戏啊？进屋啊。说着用手揭起门帘。但我却觉得杏花的手上不是门帘，而是一片铿锵的锣鼓声。

村里的戏台上正在演已经演过十几遍的革命样板戏。下着雪，雪水渗进我们的脖颈里，单布鞋里，却无法浇灭我们的一腔革命热情。铁梅的红灯照过来，照过来，直照到杏花的脸上。把杏花冻得通红的小脸蛋照成一盘月亮，把穿着花棉袄的杏花照成一棵月亮树。

那盘月亮就挂在我当时直冻得打战的心上。

我的心里是多么甜啊，铁梅的红灯不左不右，偏偏照在杏花身上。那可是革命的光辉啊，就有无数金光闪闪的五角星鸽子一样在我心里啪啪啪地飞。

很冻，但我们没有谁希望戏快点演完。

但胜利的枪声还是不可抗拒地响起。

满腔的激动需要时间来消化。铁梅就像月亮一样被我们带到回家的路上。路程走了一半，杏花才从刚才的幸福中喘过气来，对我说，你说共产主义一实现，我们的生活该有多幸福？我说，大概每个人都有一双新棉鞋吧？杏花显然对我的回答不满意，认为我的革命觉悟不高，说，一双新棉鞋算个啥，是四个现代化，是点灯不要油，耕地不要牛，找媳妇不用愁，天天坐着飞机天上游。我就后悔得不行，本来这些我也知道，可是我怎么就说了那么一句没有水平的话？现在想来，肯定是我快要冻坏的双脚让我那样说的。到了杏花家门口，杏花像从前大多看完电影时一样说，不回去了吧？这当然是我求之不得的。到杏花家里，我忍着脚痛，无比夸张地添油加醋地给杏花父母讲铁梅的红灯是如何照到杏花身上，直讲得杏花脸上红梅花儿开，朵朵放光彩。又是给我端来热水，又是拿来饼子。直到两位老人的鼾声响起，我们还在兴奋地谈论着，谈论着那个密电码，谈论着那个扳道工，谈论着革命胜利之后的幸福美满生活。那时，我们是多么希望快点长大啊，长大过无比幸福美好的生活啊。

到了屋里，地生娘却没有在。我问长生，你娘呢？长生一笑，说去他舅家了。我说，你不是说你娘叫我给你姐写信吗？长生就抿了嘴笑。杏花的脸上也多少有些不自然。长生忙着给我倒茶，端油饼，还有我们从小就吃不够的“甜醅子”（用莜麦发酵而成）。我就端了一碗吃起来。那时，我们家很少做得起甜醅子，即使在过年的时候。杏花家做好了，就悄悄地来叫我。那个甜啊。当时我想，怎么就没有生在杏花家呢？要是成为杏花家的一口人就好了，要是让杏花做我的媳妇就好了，就可以想啥时吃甜醅子就啥时吃了。

一天，我拉着杏花的衣襟说，杏花杏花你做我媳妇吧。

杏花红了脸说，那要看你的心肠好不好。我就把上衣扣子解开，把肚子挺给杏花，让杏花看。杏花像侦察员一样左瞧瞧，右看看，然后拿出钢笔，无比庄严地在我的肚皮上写道：

抓革命，促生产

备战备荒为人民

经革命委员会检查：合格

接着，我又在杏花的肚皮上写：

日落西山红霞飞

战士打靶把营归把营归

就在我快要写到肚脐眼那儿时，杏花说，好了，把我的肚皮当本子写啊。我说，吃亏了你也写嘛。说着，嗵的一下躺在炕上，双手把衣襟揭开，看着房顶，等待着杏花在上面抒写最新最美的画卷。

杏花拿起笔，却不知写什么好，自言自语地说，写个什么呢？

我说，你就写“跑步进入共产主义”吧。

杏花就写。可是她只写到“入”就把笔停下了。只见她的鼻子抽了抽。说，不对，差点上了阶级敌人的当，本大人要重新检查你的心肠问题。我虎地从炕上翻起来，盯着杏花问，为什么？杏花说，你闻，你的肚脐眼那儿有股馊味，像是什么东西坏了。听我爷爷说，每个人都是从那个地方开始变坏的，看来你也要变坏了。然后一脸的严肃。

我就把头弯到肚脐眼那儿闻，果然有股馊味。头上一下子冒出涔涔热汗来。

我腾的一下跳下炕，一口气跑到沟里的泉边，把肚脐眼儿洗了一百遍，直到闻不到馊味，再去让杏花闻。

差点没有把杏花笑死。

后来，杏花就不让我在她的肚皮上写字了。再后来，她又不让我和她同一个被窝写作业了。再后来，等我说“杏花杏花你是我媳妇”时，就要招打了。

杏花上完小学，她爹就不让她念书了，我的上学路上就少了一个伴儿。我上学早，加之身体单薄，常受外村孩子欺负。杏花就护着我。杏花一走，我的日子就不好过了。父亲去给杏花爹做工作，却一直没有做通。为此，我把眼睛都哭肿了。父亲无奈，就让我住校。但杏花却没有就此死心，顽强地坚持自学初中课程，钉了几个大本子，一本一本地抄我的课本。我放学一回家，她就找我给她讲。为此，我每周放学后，都是跑着回家的。能够为杏花做点什么，我觉得很幸福。

谁想我们的两人课堂不久就夭折了。

杏花是我上初三那年的春天被人领走的。

等我从学校回来，杏花已经走了。

一个很远很远的地方。

母亲给我转来一支钢笔，说是杏花留下的。我问杏花还说什么来着。母亲说什么也没有说。

从此之后，我再没有见到杏花，也没有听到杏花的消息。倒是那支英雄牌钢笔，我一直没有舍得用，到现在还存着。

长生给我用茶罐炖了几杯茶，就借故出去了，屋子里只剩下我们两个。又不知说什么好了。我没话找话地问，日子过得还好吧？杏花说，还好，就是想家。我说，我也想，每天晚上做梦都在这个山沟沟里，都是我们在玩过家家，跳房子，唱革命样板戏。杏花说，我也同样，可是要回一趟家，实在是不容易啊，就是这次，也不知下了多少次决心。我说，说起来惭愧，我比你近得多，但回家的次数也比你多不到哪里去。总想找个空档，在老家，在父母身边多待几天，可是每次回来屁股坐不热就起身了，像我们小时候被狼追赶着似的，总觉得手边有干不完的活儿。杏花说，你说得太对了，我们都被狼追赶着。不过，你总算忙出名堂来了。我说，还不是瞎忙。杏花说，听地生说你都出书了，带回来了吗，让我看看？我说，正好没带，到时给你寄吧。是的，怎么就没有想到给杏花寄本书呢？

我问孩子的学习怎么样？她说还行。我问她老公对她还好吧。她说还好，不打不骂就是好了。我说是啊，能遇上一个不打不骂的丈夫也真不容易呢。杏花的嘴角动了一下，像是要笑，却没有展开。

接着，杏花问我啥时走。我说，明天就要动身了。杏花说，这么紧张？我说，人在江湖，身不由已。杏花的目光就重了一下，又重了一下，像是要说什么，却打住了。我说，正好，我们一块走，在我那里住几天。杏花说，那还不给你把人丢尽。我说，看你说的。杏花说，弟妹长得肯定非常漂亮吧。我说，还可以。杏花说，一定很贤惠吧。我说，不是母老虎就是贤惠了。

还真想带杏花到城里住几天，在这方面，妻子还算通达。就真诚地邀请。杏花说，不了，马上要种地了，我得赶着回去。我说，看来，我们都放不下啊。杏花笑着说，如果能放下就好了。说着，起身从炕柜上拿下一个花布背包，犹疑了一下，放在我面前，说，这是我给你、你媳妇和儿子带的一点东西，不要嫌弃。我说，啥好东西？打开一看，是两包葡萄干，一枝雪莲，一条羊毛围巾，一个羊毛织花书包。我的心里突然一阵难过。那么我该给杏花送些什么呢，我总不能再给她送钱吧。

我拿起羊毛围巾，在脸上贴了贴，然后围在脖子里，身上不禁涌起一股暖流。

抬起头，正迎上杏花甘甜、满足而又潮湿的目光。心就变成一个舌头，一个童年伸向天空的舌头，任凭杏花目光的雪花，落下来，落下来。

门

如意揭开被子，看见鸡鸡正在向天瞄准，就在心里下达了射击令。就有一万发想象的炮弹射向空中。炮弹一一在天上开花，把那些苍蝇一样的敌人打得稀巴烂，打得落花流水。

水就真流了出来。

如意一个跟斗翻到地下，对准门转窝就是一阵扫射。

有风从门缝里吹进来，把如意的尿线吹成一个弧，也把如意的小身子吹成一个弧。如意没有等最后一滴尿水落地，就像猫一样钻进被窝。

哎呀呀那个冷，比张寡妇的尻蛋子还冷。

张寡妇何许人也，如意并不知道。如意是从父亲口里听到这句话的。父亲从外面回来，一边刺刺刺地搓着手，一边吸着气，一边跺着脚，一边说，哎呀呀这天，比张寡妇的尻蛋子还冷。母亲就笑。

你知道张寡妇的尻蛋子比天还冷？

父亲上炕，把脚伸进被子里，说，那当然。

有一股风随着父亲的脚钻进被子里来，舔如意的肚皮。如意伸手拉了一下被子，就碰到了父亲的脚。父亲的脚像冰一样凉。如意不由打了一个冷战。

那么，啥地方热着呢？母亲问。

如意感觉到父亲的脚在笑。笑了一会儿，父亲说，那还用问。

母亲突然吸了一口冷气。如意觉得母亲的这口冷气吸得有点岔。如意陡地想看一眼母亲，就用头悄悄地把被子顶起一个缝。

母亲坐在窗前，就着窗台上的煤油灯给他的棉袄上扣子。棉袄当然是三面新的，面子是青缎子的，里子是大红洋布的，棉花也是当年下来的。看着母亲手中的棉袄，如意心里一阵热。父亲今年早早地就准备着给他扯新棉袄了。父亲说，我就这么一个老孙胎（最小的），可不能让他受罪。

棉袄是父亲交了土豆给他扯的。

父亲为了把那车土豆交到淀粉厂，光排队就排了三天。母亲说交不进去就算了。可是父亲不。父亲一定要让如意今年穿上新棉袄。

母亲的脸被棉袄里子映得红彤彤的。如意发现，母亲的脸上停着一种谷红色的笑，就像是谁把一把红谷子撒在上面。

如意的视线沿着红谷子下移，到了脖子那里被被角堵住了。如意又把被子顶起一些，就发现谷子一直红到母亲的脖子那里。如意继续往起顶着被子。突然，如意的心里跳了一下。母亲的当胸衣襟下面有个什么东西在动。

像是揣着一只兔子。

如意把另一只眼睛放出被窝，看见母亲正在穿针引线。

父亲说，我看这天，怕是不敢去了。

兔子突然静下来，那就别去。

我想再交一车子，给老二也扯一身新的。

兔子又动开了，那就去交，啥时动身？

如意猛然把头探出被子：母亲的衣襟下面竟然是父亲的手。

如意虎地翻起来，一把把父亲的手从母亲衣襟下拽出来，说，暖一会儿对了，炕这么热的，要暖在炕上暖。

父亲讪讪地袖着手说，热炕你占着呢。

如意挪了挪身子说，我让给你。

父亲就把那只手放在如意挪开的炕上暖，直暖到如意拉起鼾声来。

如意就喜欢撒完尿后带着一阵凉重新钻进被窝的那种感觉，就像是口渴了美美地喝一口凉水那么美。如意像是含着冰糖一样细细地品味着这种美。

如意的目光在房顶上停下来。如意首先看到的是檩子。檩子上有一副对联：

左青龙扶起玉柱

右白虎架起金梁

如意突然嗨的一下笑起来。明明是个木的，还说什么玉柱金梁。

那天，如意问父亲那两行字念啥。父亲就给他讲。

他说他咋看不见青龙和白虎?

父亲说，等你长大就看见了。

如意说，如果青龙和白虎睡着了咋办?

父亲说，睡着了就睡着了呗。

如意说，那房不就塌了?

父亲说，青龙睡着了还有青龙儿子么，白虎睡着了还有白虎儿子么。

如果青龙和白虎的儿子也睡着了呢？

还有孙子么。

那天如意忘了问父亲为什么叫玉柱金梁，明明是个木檩子，又怎么叫玉柱金梁。

如意的目光落到那些椽上。如意从房檐数到房背，又从房背数到房檐。一畦总共是三十六根。如意不知道这些椽是活的还是死的。如果是死的，这房怎么不塌？如果是活的，它怎么不发芽？如意再一次嗨的一声笑起来。如意在想，如果这些椽都发起芽来，那才有意思呢。你想想，一房的柳条榆条，最好还有杏条。一到夏天，他就可以躲在炕上吃榆钱，吃杏子。只要一张口，杏子就会自动掉到他的嘴里。这样想时，如意的嘴里就来了酸水，小肚子那里就汩汩汩地响起来。

如意用被角擦去嘴角的涎水。想起杏花。杏花该是醒了吧。他急于想把这个新发现告诉杏花，却动员不了自己的身子。他抬头看了看窗外，太阳才从院墙角上照过来，寒森森的。如意重新躺下。如意想，杏花怎么就不睡到他们家来呢？还有杏花娘，大家睡到一起该是多好啊。爹中间，娘左边，杏花娘右边，他下炕，杏花也下炕。杏花爹呢？杏花爹虽然现在不在家，可是他总有个回来的时候，如果他回来了呢？那就睡到爹旁边。爹不是说男人要和男人睡到一起，女人要和女人睡到一起。

可是，爹怎么和娘睡到一起？

如意突然发现爹在骗人。

爹，你怎么骗人，你不是说男人要和男人睡到一起，女人要和女人睡到一起。可是，你怎么和娘睡到一起？看爹怎么回答。

如意同样想把这个想法尽快告诉杏花。可是如意依然发动不了自己的身子。如意的目光就穿过前墙，又穿过院墙，到了杏花身边。嗨嗨，看那个傻样，还在黑城子（睡觉）呢。如意拿了一根鸡毛在杏花鼻孔里搔，可是杏花睡得实在太死。如意就索性一把揭掉杏花身上的被子。嗨嗨，看那熊样，纯粹是一个五八年生的，比本将军差远了。如意突然想伸手摸一下杏花，如意的手就出去了。

谁想摸到的却是前墙。

如意简直恨死这前墙了。如果没有它，就没有房，没有房，他就可以想啥时摸到杏花就啥时摸到杏花。

可是，如果没有这前墙，这“玉柱”和“金梁”往哪里放？“玉柱”和“金梁”没地方放，这椽就没地方放，椽没地方放，房顶就没地方放，没有房顶，下雨的时候怎么办？刮风的时候怎么办？

要是有土行孙那套本领就好了。唰地一下穿墙而过，唰的一下又回来。

来回飞的是如意的一双手。如意的眼前就出现了无数彩条。

如意的手就停了下来。如意突然发现他的手指是红色的，差点是透明的。如意奇怪，这手怎么就突然间变成红色的呢？

如意突然渴望身边有个人，好让他把这又一个新发现告诉他。可是如意的身边没有人。如意的眼前只有阳光。有了阳光也好，有了阳光就不那么冷了。如意把一双手变着花样在阳光里玩了一会儿。终觉无趣。

如意突然有点孤独，如意想和人说话。如意一骨碌从炕上翻起来，几下穿上衣服。

又嗨的一声笑了。这不是新棉袄吗，让杏花看我的新棉袄啊。

如意向杏花家飞去。

如意敲杏花家的门。

杏花跑了过来。杏花从门缝里递出钥匙，如意把钥匙拿在手里，却够不着锁子。

如意搬了土块过来，站在上面，还是够不着。

如意恨不能一下子长高，长得比门还高。

如意就把钥匙还给杏花。

杏花说，那该咋办呢？

如意说，你在门缝里看一下我。

杏花就在门缝里看了一下如意。杏花啊地叫了一声，你穿新棉袄了？！

如意说，那当然。你娘给你缝新棉袄了吗？

杏花说，还没有，不过也快了。

你得让你娘快点，我爹说，这天比张寡妇的屁蛋子还冷。

张寡妇的屁蛋子有多冷呢？

我爹说张寡妇的屁蛋子能把小伙子冻死呢。

是吗，反正我们不是小伙子。

对，我们不是小伙子，她就冻不着咱。

穿上新棉袄啥感觉？

就像穿上新棉袄一样。

等于没说么。

我们玩个啥吧。

隔着一道门能玩啥呢？

如意想了想说，我们猜谜吧。

杏花问怎么猜？

如意说，我在外面门上画画，你猜我画的啥。

如意几下子画好了一个奶头，然后问杏花画的啥。

杏花说，太阳。

如意说不是天上的。

杏花说，土豆。

如意说不是地上的。

杏花说，特务。

如意说不是书上的。

那么你说是啥？

如意启发杏花说，你爹平时爱用啥暖手？

杏花说，羊毛手套。

那是在外面，家里呢？

炉子。

那不是暖，是烤，我说的是暖。

炕。

除过炕呢？

除过炕还有啥呢？

你真笨，你咋就这么笨呢？

杏花说，你骂人我还不猜了，说着做出转身往回走的样子。

如意忙说，来来来，我告诉你。

杏花说，快说。

如意说，是你娘的奶。

杏花生气地说，是你娘的奶。

如意说，不对，你爹的手冻了，怎么能在我娘的奶上暖呢？

杏花想了想，觉得如意说得有道理。说，现在轮到我画你猜了。

杏花还是画了一个奶，让如意猜。

如意说是大炮。

杏花说不对。

坦克。

不对。

手枪。

不对。

那么你说是啥？

你咋这么笨啊，你爹平常最爱吃啥呢？

烧土豆。

除过烧土豆呢？

还有荞面搅团。

除过荞面搅团呢？

还有豆面糁饭。

除过豆面糁饭呢？

还有粘蛋。

还差一点点。

你就直说吧。

不是粘蛋，是你娘的奶蛋。

奶蛋？我爹最爱吃我娘的奶蛋？你咋知道的？

你不知道？

如意正要追问杏花到底怎么知道的，天上飞过一个飞机。

如意看了飞机，就把猜谜的事给忘了。

飞机飞过，在天上留下一道烟。如意问杏花，你说这是苏联的飞机，还是美帝的飞机？

杏花说，不是苏联的，也不是美帝的，是咱们西吉的。

你还日能，你咋知道是咱们西吉的？

你不看它尿（放）了那么长的一个屁，如果不是天天吃土豆，怎么能有那么长的一个屁？

差点没有把如意笑死。如意笑得栽跟打斗的。

如意好不容易稳住自己。然后从门缝里往进看杏花。如意发现杏花也笑着，可是杏花的笑上带着一层霜。

如意突然觉得身上有点冷。如意同时发现自己的牙在打战。看来再新的棉袄也有冻透的时候。

杏花说，如意你冷吗？

如意说，冷。

杏花说，我们家的炕可热了。

如意说，可是进不去啊，你说你娘讨厌不讨厌，把个门锁住干啥嘛。

杏花说，不说你没有本事，还怨人家。

如意说，我爹说再有十年我就长得像枪杆那么高了。那时，就是你娘锁上一百个锁子，我也能开开。

杏花笑着说哪里能等到十年。

如意问为啥等不到十年。

杏花说再有七八年我早过门了。

过啥门？

我爹说，再有七八年，我就要过门，给别人家当媳妇子。

给别人家当媳妇子？

是。

当媳妇子干啥呢？

我咋知道干啥呢。

我知道了，是去别人家给你儿子缝棉袄。

那我可不会。

让我娘教你嘛。

你娘教我吗?

那当然。如意的牙颤得连话都说不清楚了。

如意你很冷吗?听得出杏花的牙也在打战。

是。

那你回去啊。

可是我不想回去。

那怎么办呢?

如意突然不说话。

过了一会儿,如意说,杏花你知道我现在想干啥吗?

杏花问,想干啥?

我想在你的奶上暖一下手。

最上面的那只梨

满屯和满年是在那年秋天的一个傍晚看到那个酸梨子的。酸梨子树在老院的墙根下。满屯和满年不知道那地方为什么叫老院，也不知道那棵酸梨子树是什么人栽下的。他们差不多每天都在那里开展战争。那个傍晚，满屯和满年玩累了，躺在一个石碾盘上休息。太阳从酸梨子树上照过来，非常非常的美。满屯和满年沉浸在那种美中。突然，满年跳起来，猫腰指着酸梨子树说，那里有一个酸梨子。满屯同样猫着腰，顺了满年的手指去看，果然看到了一个酸梨子。那个酸梨子在那棵老高老高的酸梨子树的最顶上。他们没有想到那棵酸梨子树还结酸梨子。

满屯看了看，翻起身，虎地一下爬到树上去，像一个爬鼠，唰唰唰不几下就到了半腰处。可是到了半腰处，满屯向下看了一下。这下完了，满屯的腿颤起来，像筛糠一样。满屯倏的一下溜下来，一个仰八叉。满年拍着手在树下跳，边跳边说，噢，钻头出来了，噢，钻头出来了。满屯一看，钻头果然在外面，并且擦破了皮。娘的烧火棍就在满屯眼前晃。满屯把祸闯下了。娘攒了三年头发，仍然没有给他攒够一条裤子，那次货郎子来时，娘就把她的头发齐耳剪下来，才给他换了这么一条裤子，他穿在身上，总觉得像是穿着娘的头。现在，他把娘的头弄破了，满屯好像能够看见弄破了的娘的头里面冒出了森森热气来。

满屯的气就上来了，他虎地翻起来，继续爬树，一下子爬到顶着那个梨的枝上。满屯稳了身子够梨，够得很艰难。满年看见满屯的脖子像娘手里的面团一样往长里伸，比平时至少伸长了两三倍。满年的脖子跟着满屯往上伸。满年看见满屯的手指快要够着那个酸梨子了。满年的心里就有一百只兔子跑过。

那枝就被兔子压得闪起来。

树枝一闪，又一闪。满年看见，满屯够酸梨子的手胶皮一样缩回来，死死地抱了树枝。可是那枝却依然闪个不停。满年急得手心都抓出汗来。满年说，如果你万一要掉下来，就先把气门关住。满年就看见满屯吸了长长的一口气，像是要把整个村子都吸到肚里去。满年接着看见，整个满屯像吹胀的猪尿泡似的鼓起来。

那枝越发闪得厉害。

满年想说满屯你还可以退啊，你就不能往回退吗？可是满屯已经飞起来。

飞啊飞。满年看见满屯把傍晚的阳光搞得一团糟，就像是雨后他们向蓄满水的涝坝里扔了一块大石头。

满屯没有来得及感觉这种飞的美好，就听到咣的一声响。他睁开眼睛一看，满年在他眼前跳舞，身上全是光圈。接着，他听到满年说，你的嘴里怎么流红颜色。满屯伸手一摸，手心里是一颗血红的牙。满屯就哭。这是他最好看的一个前门牙啊。满年说，赶快安上。满屯这才想到怎么不能重新安上呢。就安。安上之后，满屯的头就不敢勾，直挺挺的。满年说，你没有关气门？满屯含糊不清地说，关了，可是不顶用。满年说，环环不是说，如果关好气门，从一万丈深的崖上跳下去都没事么。满屯说，环环狗日的肯定哄我们呢。说着，抬头看那个酸梨子。这一看，气就把肺冲炸了。就脱了裤子，唰地跳到树上，继续爬。满屯爬得无比凶狠，像是要把整棵树都吞到肚里去。太阳在满屯的光屁股上一闪一闪，满年觉得美极了。满屯带着一闪一闪的太阳向上攀升。

满屯就要爬到酸梨子跟前了，谁想满年却忍不住笑起来。这一笑，就坏了事。满屯再次在空中飞。

这次满屯的眼前不再是跳舞的满年，而是满天闪烁的繁星。满屯觉得十分美妙。

满年见满屯好长时间趴在地上不起来。就说，满屯你怕是要死了。经满年这么一说，满屯的心里突然害怕起来，心想他怕真的要死了。娘说队里马上就要分玉米了，他还没有吃呢，就这样死了，多遗憾啊。这种遗憾让他忘了自己的死正是满年造成的。在死的前一刻，满屯别无他求，满屯的心里只有一个玉米。满屯给满年说，你快去给哥掰一个玉米来。满年问掰玉米干啥。他说，你总得让哥吃一个玉米再死吧。

满年想想也对，就飞也似的往生产队的玉米地里跑。满年忍着疼痛，越过了王大爷的铁丝网，一下子掰了几个玉米往回跑。满年没有想到他今天会跑得这么快，简直比苏联的火车还要快。就在满年体会这种速度感时，头上突然嗡地响了一下，满年看见怀里的几个玉米在眼前像松鼠一样一跳一跳。接着，满年就什么都不知道了。

满屯等不见满年，就断定满年被王大爷截获了。满屯决定去营救。满屯想不到自己竟然能够站起来。这个平时谁也不在乎的动作此刻却让满屯高兴得直哭。满屯哭了一会儿，又想起满年还在敌人的手里，就化悲痛为力量，擦了眼泪向敌人挺进。

向前进，向前进，战士的责任重，妇女的冤仇深……

满年果然躺在离玉米地不远的一块糜地里。满年中了王大爷的“流弹”。满屯叫了几声满年，满年没有答应。满屯急得哭起来。满屯想，满年是为了他而死的，这个仇非报不可。他的脑海里出现了许多报仇的方案。他又叫了几声满年，满年还是没有答应。满屯就把满年的头搬正，掰开嘴，掏出钻头往里撒尿。

满年果然就活过来了。

满年蓦地翻起来，朝满屯的干腿梁骨踢了一脚。满屯被满年踢懵了。就在他站着发懵时，满年又来了一脚。满年的这一脚比较重，踢得满屯想哭。可是满屯没有哭。满屯想，只要你活着，你就再踢一脚吧。可是满年的脚再没有来。

来的是泪。满年一哭，嘴里的尿水就沿着嘴角流出来。满屯这才记起自己的一泡尿还没有尿完，就背过身去，继续尿。可是无论如何却尿不出来。满屯想，满年踢的是他的腿，又不是钻头，这水门怎么就失灵了呢？满屯心里有些急，回头问满年。不想满年还在生气。满年的一张小嘴像一把老镰刀似的瘪着，以致眼泪流到鼻翼处不得不向两边改道。满屯笑了一下，突然有了尿意。谁想就在这时，满年突然“倒地身亡”。满屯顾不得收起钻头，上前抢救。不想迎接他的却是一声断喝：走开！满屯没有走开。满屯盯了满年看。满屯说，满年你可千万不能自绝于人民，支书不是说共产主义马上就要实现了吗？不是说马上就要点灯不要油，耕地不要牛吗？不是说一到十八岁就可以上大队部凭票领媳妇了吗？想领多少就领多少，想领多漂亮的就领多漂亮的吗……走开！不想满年翻起来，又朝满屯的干腿梁一脚。这次满屯的气就上来了。满年看见满屯挺着钻头，紧握拳头，向他逼来，忙说，那会儿我正梦着吃玉米呢，谁让你把我灌醒？满屯没有想到是这样，就很后悔，就让满年躺下继续梦。满年再次躺在地上，梦啊梦，可是怎么也梦不见，反而觉得头痛得厉害。我的头怎么这么痛？满屯说你肯定中了敌人的“流弹”了。满年说，是吗？

是你娘的个蛋。满屯的屁股上挨了一脚。回头，原来是王大爷站在身后。这次满屯没有跑，反而表现出十分勇敢的样子和王大爷练目功。满屯的目光铁骨铮铮，风雪飘飘，就像狼牙山五壮士。王大爷被看得怕起来，说，这次就饶过你们，如果下次再让我逮住，那就别怪大爷不客气。说着，转身离去。满屯捡了一个瓦片向王大爷瞄了一会儿，终究没有扔出去。满屯不知自己为什么没有扔出去。

满屯问满年还痛吗。满年没有回答他，而是问，我的头是不是破了？满屯凑上前抓住满年的头，拨开头发看。满屯在满年的头发里找到了一撮土。满屯用手往下一抠，满年就疼得叫起来。满屯想，说不定把这撮土一拿掉血就会出来，就再没有动它。满屯让满年起来。满年起来，却是步履蹒跚，就像刚学会走路的样子。满屯忙上前扶住，满年就索性靠在满屯的怀里。满屯就扶着满年，无限深情地往家里走去。

可是到了那棵酸梨子树下面，他们的头都不约而同地仰起来。一切都是因为这个酸梨子。满屯想。老子如果不把你弄下来，就誓不为人。满屯在想办法。满年说，我们得找个长东西。满屯被满年的话提醒，满年看见满屯的眼珠子转了转。果然，满屯有了主意，你等着，我给咱们弄个家伙去。满年说，我也去。满屯问，你的头不痛了？满年说，不痛了。

二人就去弄家伙。

满屯把满年领到自家后院，满年就知道满屯要干什么。满屯选中的目标是一棵新疆杨，据说那是队里从一个叫新疆的地方买来的，一家分了一棵，队长说用它盖上房一百年都不得折。满屯想了想队长说的话，就不忍心对它下手。可是如果不对它下手那个酸梨子就下不来。满年问满屯在想什么。满屯说，队长说用它盖上房一百年都不得折。满年说，谁能等到一百年啊。满屯说，可是咱们那房也快塌了。满年说，没关系，我们打完酸梨子还可以再栽上么。满年就看见满屯的眼睛里射出一道光彩。满屯在满年的肩膀上拍了一把，说，你比“侦察员”还聪明。满年自豪地笑了笑，觉得很开心。满屯就猫了身子往出拔。满年也搭上了手。可那新疆杨却岿然不动。满屯脱掉上衣，一边呸呸地往手心吐唾沫，一边说，石油工人一声吼。满年接上说，地球也要抖八抖。说着，满年也把上衣脱了，弟兄二人光着身子，左拧拧，右努努，不想新疆杨还是岿然不动。满年说，得弄个铲子。满屯说，对，得弄个铲子。满屯就到家里拿铲子。

新疆杨最终被弄了出来。

满屯和满年顾不得擦一下淋漓的汗水，掮着新疆杨向酸梨子出发。斗志昂扬，步伐豪迈。

满年说，这下子敌人非投降不可。满屯说，人民军队是不可战胜的。就齐声唱：

大刀向鬼子们的头上砍去
全国武装的弟兄们
抗战的一天来到了
……

满屯爬到树上，满年把新疆杨接上去，可是满屯怎么也没有想到，他在树上无法把那根新疆杨成功地举起来。满屯折腾了半天，丝毫没有进展。就在他再一次调整身体时，新疆杨从他手里滑走，满屯下意识地用脚一挤，把新疆杨的头挤在树杈里。谁想就坏事了。只见被队长吹得神乎其神的新疆杨的下身在满屯脚下一个挣扎，就噌的一声折了。满屯一下子软得像面条一样。满年看见满屯像一滴清鼻涕一样从树上溜下来。满屯拿起新疆杨，把断茬按在一起，试图接上。可是新疆杨不听他的话，他的手一松，新疆杨的口就照旧裂开来。满屯往地上尿了泡尿，和了些泥，抹在断茬上，然后和满年一人执了一头用劲摁，直摁得头上热气腾腾。可是才一放开手，那口还是跟着张开来。满屯和满年反复接了几次，终于没有接到一起。满屯就哇的一声哭起来。满年跟上哭。哭声让他们回想起半天来的种种遭遇，弟兄二人不禁大放悲声。突然，满屯止了哭声，说，我们这样会暴露了目标。

娘回到家里，发现新疆杨不见了，就把满屯和满年叫到跟前问。满屯和满年说他们不知道。娘说，真的不知道？满屯和满年说，真的不知道。娘问，那么你们说是谁弄的？满年说，是王大爷。满屯立即附和说，对，是王大爷。娘吃惊地说，怎么是他，你们看见了？满年和满屯说，我们看见了。娘就去找王大爷。

满屯就看着满年吐舌头。满年噘起嘴，把鼻子顶到下眼皮上，正在从眉头往出挤主意。

果然，就在娘走出大门时，满年妈哟叫了一声。娘回过头来，满年已经在地上打滚。娘忙问满年怎么了。满年什么也不说，只是抱着肚子妈哟妈哟地叫。娘就忙去叫保健员。看见娘一出去，满年给满屯说，赶快把那两截新疆杨扔到王大爷院背后去。满屯心领神会，立即去办。等娘回来，他们连怎么对付保健员都商量好了。满屯无比欣赏地对满年说，你已不是一个普通的战士，而是一个无产阶级先锋战士了。满年唰地立正，给满屯敬了一个军礼。

娘叫来了保健员。保健员检查了好一会儿，也没有检查出什么病。倒是在满年的头上发现了一个肿块。保健员问是不是摔了一下。满年说，没有啊。保健员说，肯定是摔了，你看头顶还有土呢。满屯说，是中了王大爷的“流弹”，我们两个在场里跳房子，突然满年就倒下了。我一看，正是王大爷的“流弹”。

满屯看见娘脸上的仇恨像汗水一样流下来。

保健员给满年留了些药走了。娘就去找王大爷，不想中途被爹堵了回来。满屯和满年就觉得爹堵得既英明又不英明。至于为什么英明又不英明，他们也说不清楚，总之，他们觉得有点遗憾。

娘上厨房做饭，让满屯去后院背柴，满屯叫了满年，可是到了柴垛下满屯就一屁股坐在地上起不来。哎呀，我老汉是乏得连凉水都咬不动了。满年同样一屁股坐到地上，说，我老汉也是乏得连凉水都咬不动了。娘等也不见等也不见，就到后院去看，原来他们靠在柴垛上睡着了。

吃完晚饭，满屯和满年又开始为那个酸梨子费神。满年说，如果有个向日葵秆子就好了。满屯心里一亮，说，是啊，可是葵园的墙太高了，过不去啊。二人经过密谋，得出了一个可行的计划。

那晚的月亮就像是从《渡江侦察记》里照过来的，就像是敌人的一个探照灯，满屯和满年好像能够听见它在什么地方咳嗽。满屯和满年用蒿草编了两顶防空帽戴在头上，然后猫着腰沿着地埂向葵园匍匐前进。满屯的怀里揣的是爹的套牛鞭子，只不过进行了改装，即在鞭梢上又接了一截细麻绳。

不一会儿，满屯和满年就站在果园的墙上。只见满屯掏出鞭子，抡了几圈，然后向向日葵秆放去。那鞭梢就缠住了一个向日葵秆。接着，满屯把绳子一收，向日葵秆就随着鞭梢飞出墙外。

满屯跳下墙，抱着满年亲了一下，然后拿着向日葵秆迅速逃离。

谁想又中了敌人的埋伏。敌人在葵园外埋了“地雷”。满屯被“地雷”炸得臭不可闻。满屯在那里抱着腿呻吟，满年却在研究敌人的“地雷”是怎么设计的。满年发现，敌人挖了一个大坑，把屎埋在里边，然后在上面搭了树枝，铺上草，再敷上土。满年为自己的发现高兴得不得了。他想这下子可以报那一弹之仇了。

就在满年给满屯报告他的计划时，看园的兔生站在了他们面前。兔生比王大爷温柔些，没有揍他们，而是让他们吃羊粪蛋。起初，他们怎么也吃不下去。后来，满屯问如果吃了羊粪蛋可以把这个向日葵秆给他们吗？兔生说可以。满屯就吃。满屯觉得羊粪蛋像梨一样香甜。

满屯和满年总算得到了一根向日葵秆。他们拿了秆子向酸梨子树飞奔而去。

向前进，向前进，战士的责任重，妇女的冤仇深……

满屯和满年高唱“进行曲”，飞速接近目标。跑了一会儿，满屯就把满年扔到后面。满年看见，满屯像一股烟一样在落满了月光的路上飘。满年喊了几声满屯，他都没有听见。满年又喊了几声满屯，他还是没有听见。满年的眼泪就出来了，眼泪模糊了满年的视线。满年觉得自己就要爆炸了。

就在满年感到自己将要爆炸的那一刻，突然发现满屯站在他面前。满屯什么话也没有说，一把抓了满年的手，继续飞奔。被满屯拉着的满年像个拖挂一样身不由己地在后面掠着。他的两条腿已经不属于自己，而是满屯的两个后轮胎。满年看见满屯的头顶有无数的敌机在呼啸，听见满屯的胸膛里先是鸡鸣狗吠，继而一片杀猪宰羊声。满年着急地说，满……满屯，你慢……慢点好么，你就没有觉……觉出来？你的腔子里，已经乱……乱套了。

满屯对满年的话没有丝毫反应。满年想满屯的耳朵肯定也乱套了。接着，满年觉得自己也乱套了。

快到目的地时，满年感到满屯抓着他的手开始泄气。果然，满屯慢慢停了下来。满屯放开满年，蹲在地上，大口大口地喘气。满年被满屯放开后，就像一件衣服一样落到地上。落在地上的满年看见满屯在说话，可是他却什么也听不见。满年上气不接下气地问，满屯，你在说话吗？满屯同样看见满年像在说话，可是什么也听不见。满年，你在说话吗？满屯问。突然，满屯哇哇哇地吐起来。

满年忙在满屯的背子上拍。拍了一会儿，满屯终于止住了吐。满年看见，满屯连眼泪都吐出来了。满屯停了吐，把嘴张成一个夏天的大蛤蟆，一个一个地往出扇字，你说，我们该怎么分，那个酸梨子？

满年想了想，说，你说，是往下打重要呢，还是发现重要呢？

满屯笑了笑说，你说呢？

满年说，你说吧。

满屯说，打下来后，你先别动，咱们回家，用刃子，切成四份，让爹和娘，也尝尝。

满年无比佩服地点点头，觉得还是满屯想得周到。

说着，满屯拉了满年，继续向目标挺进。

谁想到了树下，满屯却迟迟不肯动手。满年看满屯，满屯的目光搭在梨上，眼睛却是空的。再看，还是空的。满年不知满屯怎么了。满年想问满屯怎么还不动手，话到嘴边，却打住了。满屯的神情中有一种他从未见过的东西，难以琢磨的东西，汪在月光里，有点冰凉，又有些炙人。

这时，满屯开口说话了。满屯问，满年你能不能忍住？

满年没有想到满屯会问这个问题，强咽着口水说，你呢？

满屯说，如果能忍住，就明天吧。

满年被满屯的话震了一下。满年当然不能显得没水平，就以一种加强了的领袖的口气说，那就明天吧。

清晨

六月的眼睛比人醒得早。六月醒来，发现自己的目光已经在花瓶上，可是花瓶里什么都没有。睁大眼睛看了一会儿，就看到一种声音，唰啊唰啊的，水滟一样。再听，发现它是从窗外进来的。趴在窗口一看，原来是娘在扫院。六月就笑了。我这个老娘真是奇怪，这么冷的天，放着热炕不睡，偏要早早地起来干这些没用的事，又不是炕，扫那么净干啥，而且每早要扫一遍，即使农忙时节，也要扫完院才上地。再说，院里啥脏东西都没有，还要扫，真是劲多，真是闲得没事干，而且，恰恰没扫的半面比扫了的半面看上去干净，扫过的半面，倒留下一道道扫帚印儿。不过六月觉得，那些扫帚印儿非常好看，花纹一样，也许，它们就是院子开出的花。但是，它明明是娘扫出来的呢。就在这时，六月发现了一个问题，娘的手所到之处，就有花出现。这一发现让六月吃惊不小。六月开始认真地打量娘的手，可是凭他怎么看，都看不出花的消息，娘的手里，只有一把竹子扫帚。

娘扫完院，进屋来，把手伸进被窝暖了一阵，又开始下一个节目：打扫屋子。好多个清晨，六月睁开眼睛，娘不是扫地就是擦柜子，抹桌子，还要把桌子上所有的东西揩一遍，那两对花瓶当然是娘的重点节目。姐说，娘天天早上都如此，更多的时候，他们还在梦中，娘已经把这些活都干完了。娘难道就不烦吗？现在，娘又在擦桌子上的那两对梨木花瓶。阳光从地窗上照进来，落在娘身上，桌面上，让人觉得娘和桌子都在一个阳光做的美梦里。花瓶在娘手里转着，抹布从上面揩过，那种贴切、亲昵的样子，就像那花瓶不是花瓶，而是娘的一个乖孙子。

娘你为啥每天要擦它们呢？

娘怔了一下，有点吃惊地看了六月一眼，说，小懒虫睡醒了？

你为啥每天要擦它们呢？

你说娘为啥每天要擦它们呢？

我在问你呢。

因为上面有灰尘。

有灰尘有啥关系，再说，过一会儿不就又有了吗？

娘又看了一眼六月，说，是啊，灰尘是擦不尽的，但现在擦着娘心里舒坦。

为啥擦着你心里就舒坦呢？

娘想了想，说，大概是人喜欢个净。

为啥人就喜欢个净呢？

这娘倒没想过，你说人为啥就喜欢个净呢？

大概是因为人不喜欢脏。

娘笑了一下，等于没有回答，小鬼精。

我爹呢？

压粪去了。

为啥要压粪呢？

种庄稼啊。

为啥种庄稼就要压粪呢？

因为没粪庄稼就不长啊。

那说明庄稼喜欢脏，对吗？

娘像是被六月的话吓着了似的，停下手里的活，看着六月，说，你的个小脑瓜该不是科学家造的吧，怎么尽想些科学家才想的事呢？

我就是一个科学家，你说，庄稼为啥就喜欢脏呢？

我也不知道，你去问庄稼吧。

其实这是前天早晨的事情。六月昨天起迟了。屋子里特别地静，也特别地空，阳光像一块白布从门缝里斜拉进来，把屋子隔成两面，一面阴，一面阳。有一个花瓶在阴里，有一个在阳里，还有两个在半阴半阳里，左边的阴多，右边的阳多。六月把眼睛眯成一条缝，用目光量着阴阳在花瓶上的比例，量着量着，一个花瓶里就探出一个小脑袋，接着第二个，接着第三个，接着第四个，样子像极了爹给他教的那个“心”字，然后啪的一下齐刷刷地绽开。啊，那样子好熟悉，好像在哪里见过的，但又说不上名字，显然不是狗尾巴，也不是杜鹃花，也不是杏花，更不是桃花，总之，他去过的山上和沟里都是没有的。

六月一跃从炕上跳起来，下地，花却不见了。这是怎么回事呢？六月复又回到炕上，钻到被窝里。花又回到花瓶里。真是怪事，这次本大人要来个突然袭击，直接跳到地上去，但就在自己打算跳的那一刻，花已经不见了。六月终于认定，花的动作要比他快得多。只好老老实实地躺在被窝里看着它。看着看着，六月就发现，每个花心里是有一个小人儿的，样子和他像极了，只不过是把自己缩小了一百倍。六月急于想把这个发现告诉爹和娘，但又舍不得离开这些小人儿。过了会儿，六月问，你们是从哪里来的？小人儿说，我们是从“净”那里来的。六月说，是吗，“净”是一个啥地方？小人儿说，“净”是一个没有灰尘的地方。六月问，你们叫啥名字？小人儿说，你咋这么话多呢？说着，倏的一下就没了。六月就后悔自己不该话多。说，你们出来吧，我再不问了。但它们再也没有出来。六月就第一次体会到了什么叫怅然若失，也第一次对“话”这种东西有了看法。

几下穿上衣服，跑到后院。爹和娘在给牛铡草。六月就把刚看到花瓶里开出花来的事给他们说了。爹说肯定是你看花了眼，花瓶里怎么能够平白无故地开出花来呢。六月说，跟你们这些人没说的，那我现在咋不看花眼呢，难道我眼前的你们不是你们吗，难道我眼前的麦草不是麦草吗？爹说，那你给爹折一朵来啊，折一朵来爹就说你没有看花眼。六月说，别说折，我一下地人家就藏起来了，我一说话人家就回去了呢。

娘就看爹。六月从娘的目光中看到了一个从怀疑到相信的过程。娘说，你的意思是说，那花只让人看，却不能动手，而且只能安静地看，不能烦人家是吗？六月说，正是的。娘说，那说明我儿子心是花做的，你奶奶说，所有看到的，都是你心里的。六月说，可是我现在看到的是麦草，难道我心里就是麦草吗？娘就笑了。

今天早上，六月醒来，爹和娘都在。爹坐在火炉边读经，娘在做针线。六月问爹今天咋没有上山去压粪呢。爹说，今天老天爷替爹压着呢。六月说，你还面子大，老天爷都替你压粪呢。爹说，怎么，你觉得爹连这么一点面子都没有？六月说，我说牛在天上飞，原来爹在地上吹。爹就笑了。六月又问娘今天咋不去扫院呢。娘说，今天老天爷替娘扫着呢。六月说，是吗，说着起身向窗外一看，原来天在下雪，云层里果然有一个白胡子老汉，头戴白来身穿白，浑身上下一片白，长胡子白得满天飞。六月向白胡子老天爷做了一个鬼脸，下炕，出门，站在房槛上向外撒尿，尿水落在雪上，刺喇喇响，有种特别的爽。

回到炕上，弓身顶了被子，凑在爹身边，仰头看爹手中的书名，又是那本《五灯会元》，六月想不通，一本老掉牙的《五灯会元》，爹都看了无数遍了，为什么还要看。

爹你为啥要老看《五灯会元》呢？

因为它能擦人心上的灰尘呢。

六月扑哧一声笑了，它又不是抹布，怎么能擦人心上的灰尘呢？

它是世上最好的抹布。

明明是一本书，怎么是最好的抹布呢？如果是最好的抹布，我娘为啥每天早上不用它抹桌子呢？

爹笑着说，它是人心的抹布。

那你在你心上抹一下，我看看？

爹正在抹着呢。

我咋看不见？

因为你还没有“一目了然”。

啥叫“一目了然”呢？

字面意思是一眼就看得清清楚楚；目，眼睛也；了然，清楚也。

我两只眼睛看，还不如“一目了然”？

对，两只眼睛就是不如“一目了然”，只有“一目”才能“了然”，就像只有“无聊”才能“透顶”，就像只有“无中”才能“生有”，就像只有“忍辱”才能“负重”，就像只有“安贫”才能“乐道”，就像只有“心花”才能“怒放”，所以你长大要好好读经。

我才不读呢，地生爹说天下读书人最穷了，要不怎么说穷书生。

差矣！此言差矣！孔子曰，无道为贫，失道为困，天下最穷的人是那些不明道理的人。

啥叫道理？

爹像是没有听到他的话，继续摇头晃脑：

我有明珠一颗
久被尘劳关锁
今朝尘尽光生
照破山河万朵
何言穷也

爹一背诗，六月又觉得爹是世界上最富有的人。

六月回到窗边，披了被子看雪。看着看着，就觉得那雪不是雪，而是一大群人在赶路，大概是赶着回家过年吧。再看，又觉得雪就是雪。这么好的雪，姐却看不到，可惜了。我姐啥时回来？娘说，快了。六月问，快了有多快？娘笑笑说，就像刃子那么快。六月说，那你还不如说就像刀快。娘说，想你姐了？六月的心里一软，他真有些想姐了，姐出门已经一个月了。当这个“想”经过心里时，六月蓦然发现，这从天而降的鹅毛大雪，就是那个“想”。

小心把脖子冻掉了，娘说。六月就觉得脖子真要掉了，就又躺回被窝里。一会看看爹，一会看看娘，有意思，一个在读经，一个在做针线。等我将来娶了媳妇，也让她像娘这样做针线，我呢，也像爹一样坐在火炉边读经，我儿子呢，就让他躺在被窝里看我读经，看我媳妇做针线，天呢，最好下雪，或者下雨也可以。

爹你啥时给我娶媳妇呢？

爹把眼睛从经上拿开来，说，你想啥时娶？

我想今天就娶。

爹和娘齐声笑起来，笑得雪花一样，栽跟打斗的。

爹说，等你能当家做主时，爹就给你娶。

我现在就能当家做主。

好大的口气，知道什么叫当家做主吗？

就是掌柜的嘛。

嗨嗨，是，也不是，老实给你小子说，这天下的人啊，没有几个能当得家，做得主。

你能够当得家，做得主吗？

爹才到家门口，还没有登堂入室。

六月的心里就哎哟了一声，连爹才在家门口，那当家做主该是一个什么样儿呢？想想又觉得不对啊，你明明在炕上坐着，怎么说还在家门口？

爹笑着说，这个问题留给你去想，为啥爹在炕上坐着，却还在家门口。

这个问题让我娘去想吧，那啥叫登堂入室呢？

登堂入室就是到炕上坐了。

那你现在已经登堂入室了啊。

才到家门口，怎么叫登堂入室呢？

你说登堂入室就是炕上坐啊。总算把爹给套住了，看他怎么回答。

爹果然认输，说，你小子还学会拾人牙慧了。

啥叫拾人牙慧呢？

就是学着别人说话。

那你读经也是拾人牙慧了？

爹伸手在六月头上抚了一下，说，对，爹就是在拾人牙慧，不过这个牙慧全是舍利子。

啥叫舍利子？

舍利子是佛的骨头。

六月就倒吸了一口冷气，原来你读的是佛的骨头啊！

也能这么说。

花瓶里终于开出花来，接着，四朵花变戏法似的开起来开起来，都快要把屋子开破了。最后，整个屋子都成了一个花海，他躺在花瓣铺成的软绵绵的海面上，左看看，右看看，目光却被一堵堵花墙挡回来。最后，六月发现，自己躺在一个巨大的花的世界里，但四面花墙却是落满花瓣的水面。六月的小身子随着花浪一漾一漾，心也随着花浪一漾一漾，那个美啊，那个舒服啊。

六月享受够了，突然觉得这是被花劫持了，他已经找不到回家的路了。他大声地喊娘，不想一张口就被花瓣塞满。最后，六月被改造成一朵花。你就在我们这里落户吧，花王说。你就在我们这里落户吧，花群众说。六月想，落户就落户，落在花的国家也不是什么坏事，但我先得给我爹和娘说一声。花王说，休想。六月说，你们怎么这么无理？花王说，我们就这样无理。六月说，你们再无理我就问你叫啥名字了。花王说，我们不怕你问，我们就是名字变成的。六月说，那你告诉我你们叫啥名字？谁想花屋就呼啦啦一声倒塌了。六月眼看着一个花的世界坏了，后悔得要死，自己怎么老是犯同样的错误呢？

六月把刚才的梦向爹和娘说了。娘说，那个花真是奇怪，不愿意让人问它叫什么名字，就像过去那些行脚郎中一样。爹说，看来名字不是一个好东西。六月问，名字怎么就不是好东西呢？爹说，如果你再看到那花，你也就变成一朵花，他们就欢迎你了。六月说，是吗，那我试试。说着，闭上眼睛续梦。

但他却什么都没梦见。醒来，爹还在读经，娘却不在了。六月问，我娘呢？爹说，你到窗子前看。六月一看，娘在院子里扫雪，都成了个雪人儿。六月一阵心疼，这么好看的雪被面，却被娘扫掉了，多可惜。但六月又想，扫掉还会下的，好看的雪被面还会铺上的。既然还会铺上，娘为什么要扫呢？而且下得那么大，娘能扫到哪里去呢？但娘就是扫。那雪像是故意和娘闹着玩似的，娘在前面扫，它在后面跟，就像一个尾巴。

六月扑哧一声笑了。娘回过头来，看了他一眼，说，你狗日的笑啥呢？六月说，我笑你不能当家做主。娘说，娘当然不能当家做主。六月问，为啥？娘说，娘如果当了家做了主，让你爹去干啥呢？六月知道娘说的当家做主和爹说的不是一个意思。六月说，娘你回头看看。娘回头，刚才扫过的地方已经被雪盖上了。娘笑笑，说，那也得扫，不然一厚就扫不动了。

原来如此，六月的心里就有了一个“明白”。

看着看着，娘手里的扫帚就变成一只猫，雪花则是一群淘气的老鼠，在逗猫玩。这些大胆的白老鼠，居然不怕猫。不但不怕猫，连人也不怕，趴得娘满身都是。还霸道，不让娘在院里扫出花纹来。嗨，本大人终于明白了！这雪，不就是一种既干净又美丽的灰尘吗？

爹眼睛一亮，脑门大放光明，说，哎呀我儿这话说得好啊，完全可以收进《五灯会元》里。六月的开心就不用说了，他没有想到自己的话也能够当抹布，他终于知道《五灯会元》里都装着些什么东西了。六月说，那你别读了，听我给你说。爹说，好啊，那就不叫《五灯会元》了。

那叫啥呢?

《六灯会元》。

嘻嘻。

那样我们老祖先的灯就不怕没有传人了。

啥叫椽人，是椽做的人吗?

爹说，对，就是椽做的人。

我才不做椽做的人呢。

那你要做什么样的人?

我要做能够当家做主的人。

那就穿上衣服到院里帮你娘扫雪啊。

扫雪就能当家做主吗?

扫雪不能当家做主，但可以让你接近当家做主。

六月就迅速地穿上衣服，拿了笤帚和娘一起扫雪。

一扫，六月就把当家做主给忘了。

却第一次感觉到了一种扫的美好。

雨水

傍晚时分，雨停了。扣扣拿着刃子和竹篮，绕过门场上狂欢的人群，到韭菜地里割韭菜。刚刚经历了透雨的村子润润的、鲜鲜的、晃晃荡荡的，同时又生生的，让扣扣觉得谁在不经意间将天地重新换了一次，使人在惊喜之余不由生出许多陌生感。往日生硬而又焦黄的韭菜地也变得酥酥的青青的，如同一个方才出浴的农家姐姐，蓬蓬勃勃地散发着一股青草味，看着让人心里往外直渗水。

扣扣蓦然觉得执着刃子的她像个杀屠。这韭菜非割不可吗?

扣扣将刃子扔在竹篮里，自个儿跪在地里生起气来。

这韭菜非割不可吗?

可是谁也没有强迫你来割啊。

这样想时，扣扣觉得小腹处隐隐有些胀。扣扣不知道是因为自己在生气还是潮湿的地气穿过鞋底涌上来。

扣扣想找个地方方便一下，就放下刃子和竹篮，向地头走去。

地头是村里的打麦场，打麦场的四周是高高低低的土围墙。土围墙的北面是一片柳林，南面是一块苜蓿地。每天割完韭菜，绕过麦场到苜蓿地里小便，然后依在苜蓿地边的杏树下看一会儿孩子们玩游戏，已经成了扣扣的习惯。之所以去苜蓿地，是因为一泡尿能救活几株苜蓿呢。今天，那些苜蓿再不需要她的一泡尿水，可她仍然向那里走去。

绕过墙角，扣扣的心里突然痛了一下。扣扣被面前的景象惊呆了。她的面前是一片落红。一树的杏花就这么落了，它们静静地躺在地上，像是已经长眠，又像是刚刚睡定。

扣扣的眼里就汪了泪。她蹲下身去，捡了一朵杏花放在手心里。心里就响起一片雨声，眼前就挂起一个雨帘，雨帘里飞着点点红。

那一刻，她也许正在灶前想心事，也许正在被窝里睡懒觉，也许正在凭窗看雨，看雨如何将一缕缕炊烟绾成麻花……

怎么就没有想起去给它们打一把伞呢？

抬头看天，天已经放晴，好像刚才的那场雨压根就不是它下的似的。扣扣的目光落在杏树上，就有一粒青杏进入她的视线。她的心猛地跳了一下，她说不清这是为什么，但是她的心的确在咚咚咚地跳。

扣扣又看了看脚下的杏花，隐隐觉得杏花和青杏之间似乎有一种什么联系。但有一点是明确的，风雨之中，花会落去，而杏子却留在了枝头。她不知花的落是因为花，还是雨，抑或是杏？

恍惚之间，扣扣觉得杏树枝头上的那些青杏其实也是一滴滴雨水。

扣扣的思绪在雨水中穿行。

记不清是春天还是冬天，反正天很冷。她和地生几个玩“跟集”，同样记不清谁是“一四七”，谁是“二五八”，谁是“三六九”，反正是地生先“赶完集”。照游戏规则，先“赶完集”的要蒙了后“赶完集”的眼睛，让另一个中间人去藏“赶集”赢的“羊”。等藏好了再打开被蒙者的眼睛，让他去找那些“羊”。那一天她输了。双晴就站在她身后用双手蒙了她的眼睛，地生就去藏。她让双晴将指头放开一条缝，让她看看地生将“羊”藏在什么地方，谁想双晴非但没有将手放开，反而双手用力，捂得更严实了。扣扣没有怪罪双晴，倒是觉得双晴的小肚子贴在她的后背上很暖和。那种暖和在她的心里莫名地产生了一种无法言说的美好，被双晴定定捂着的双眼像放大器一样将这种美好加倍地放大。最后，扣扣觉得她就要像雪一样被化掉了。

就在这时，地生站在她眼前说，好了。

她在心里埋怨地生过于急了一点。几乎在同时，双晴松开了手。不知为何，眼前的世界竟有一种不真实的感觉，晃晃荡荡的，包括地生和双晴。地生见扣扣定定地看着他，问她怎么了。她说，我怎么看着你们像假的。

地生说，你才是假的呢。

她就带着这种不真实的感觉在麦场里找。她在一个墙缝里找见了三个羊粪蛋，在韭菜地边上找见了三颗石子儿，在苜蓿地边上找见了一个麻钱，但是无论如何却找不见那个杏核。

地生和双晴就“打砂锅”决定谁来刮她的鼻梁。她心里拿不准应该让谁赢让谁输。双晴刮起来柔柔的，不痛。地生过于冒失了，指头在你鼻梁上虎虎生风，一指头下去，虽然刮在鼻梁上，可是脚心都发麻。可她却有点喜欢这种刮法。

那一天好像是双晴赢了，双晴就将唾沫唾到指头上刮她的鼻梁。双晴的指头软绵绵的，没有他的肚皮给她的感觉好。要是将地生的指头长在双晴的手上就好了，或者将双晴的肚皮长在地生的肚子上也可以。地生捂她眼睛时总喜欢动，让她不能静静地体会那种黑。

不想第二年苜蓿地边上就长出一棵杏树来。

看着那棵杏树，扣扣觉得那分明是地生呼啸而来的一个手指头。

杏树长得追上他们时，地生和双晴被他们的父母赶到学校去了。“跟集”的游戏只能等到他们放学回来玩。扣扣就觉得日子被谁挖了一块去。扣扣忙完家里的活，就到杏树下等地生和双晴回来。

再玩“跟集”时，扣扣发现，事情有了不小的变化。地生和双晴一下子客气了许多。不再因为出错了指头争得脸红脖子粗，也不再因为谁做了假就罚谁去“买水”。更让她难过的是地生和双晴的肚皮和指头也变了。地生的指头上更多的是虚张声势，如同挥舞着一根鸡毛，而双晴的温柔里也掺了不少水分，让人感到不真实。捂着她眼睛的手指里好像有无数兔子在奔跑，曾经给她温暖的肚皮也被一片空代替。

是谁带走了地生指头上虎虎的风声？是谁在她和双晴的肚皮之间加了一层空？

杏树长得超过他们时，他们基本上告别了“跟集”的游戏。每次割完韭菜到场背后小便时，看到他们曾经埋过“牛羊”的地方，扣扣心里就一阵难过。韭菜割了一茬又上来一茬，可是他们的日子却一去不复返了。

一次，她到场里去揽草，在她和地生几个玩过的地方，妹妹环环和几个小孩在玩同样的游戏。一个叫从从的男孩犯规了，同样被罚去“买水”，他顺从地从环环的裆下钻过去。蓦然间，扣扣觉得叉着双腿立在那里的不是妹妹，而是她自己。

地生从她的裆下往过钻时，她会趁机骑在他身上。地生不是一个前翻就是一个后仰，将她压在身底下，用他的后脑勺在她的鼻梁上碾小米。双晴则不然，他会像一个听话的小驴驹一样驮着她左走走，右走走。她一手抓着他的项圈，一手背过去在他的屁股上拍着，随着她大声地喝喊，双晴的小身子一起一伏。她心里的快乐也一起一伏。“小驴驹”乐呵呵地走着，走了一圈又一圈，直到汗水将她的裤裆湿成一片。“小驴驹”从她的裆下出来，衣服都变成水了。

你那时怎么那么狠心啊。

这时，妹妹环环跑过来，不等扣扣回过神来，揭起她的衣襟，将一个杏核藏到她的肚兜里。看来是从从又输了。

看着从从找啊找的，扣扣的心里有些急。从从的眼睛睁得圆圆的，鸭子嘴一样东啄啄，西啄啄，就是啄不到地方上。你怎么就想不到女孩子总是喜欢将东西往肚兜里藏呢?

要说肚兜还是不保险，如果再往深里藏一些，凭你再聪明也是找不见。扣扣的心里就被后悔填满。当初自己怎么就没有想到将杏核藏到她的那个地方去？总是让地生他们赢。

可是，如果藏到那个地方，长出一棵杏树怎么办?

那样的话，春天一来，她的肚皮就会开花；杏子熟时，她一弯腰就可以吃一个，一弯腰就可以吃一个。那该多么让人高兴。

也许他们压根就不知道女子娃的那个地方能够藏下一个杏核呢，或者两个?

想到这里，扣扣的心里一阵惊喜，这个秘密可以告诉地生和双晴呀。但只能告诉他们中间的一个人。是告诉地生呢，还是双晴?

思想间，环环将从从领到她面前揭谜，环环将手从她的衣襟下伸进去，拿出那个杏核，在从从面前一晃，从从惊得眼仁子快要跳出来。

好长一段时间，扣扣拿不准应该将这个秘密告诉地生还是双晴。

随着星期天的一天天临近，扣扣心事重重。

最后，扣扣决定让他们两个“打砂锅”，谁赢了她就告诉谁。

然而，扣扣没有等到那一天。

地生和双晴家要搬了。说是要搬到一个叫吊庄的地方去。扣扣问爹吊庄有啥好。爹说，吊庄吃自来水。扣扣问啥叫自来水。爹想了想说，就是你想叫天啥时下雨他老人家就啥时下雨。扣扣说，这么说窖里的水永远是满的？爹说，非但窖里的水永远是满的，还有一根管子接到炕头上呢。扣扣说，那该多好啊，我们也去呀。爹的脸上就挂了愁云，要先交五千块呢。扣扣不知道五千块到底是多少，也许是一竹篮，也许是半窖吧。扣扣的心里就生出一条河来，河水变戏法似的由小到大，不由分说将她和地生、双晴分到两岸。

再次见到地生和双晴时，扣扣的心里有了许多不自在。地生和双晴也是整日沉浸在搬家的兴奋中，见了她只是匆匆打个招呼，根本没有再和她玩一次“跟集”的意思。这让扣扣很伤心。

多亏他们搬了家，如果不搬，她早已将丢人的事做下了，如果真是那样，那还不将人羞死。

太阳唰地一下从云层里娩出来，给雨后的西天涂了半边红，整个世界蓦然间变得不真实起来，让人觉得像是在梦里。扣扣突然有点伤感。她的脑海里莫名其妙地闪过一个地名，里望。

那个叫里望的地方如一头巨大的猛兽向她扑过来。

她突然觉得十分无助，十分虚弱，忙靠了杏树。

自从走了地生和双晴，她就觉得这个村子是空的，空得让她心里像是被什么堵着。村里人发现，扣扣常常在那棵杏树下站着。扣扣的思念就在那棵杏树上开花，结果，由青变黄。春天，看着一个个青杏挑破花瓣，她就会想起他们；夏天，看着黄透的杏子一颗一颗落下来，她就会想起他们。想得伤心时，她会对自己说，不想了不想了，可是过上一会会儿，还是想。那棵杏树就成了扣扣的日子。

每次吊庄来人，她都会找个借口跑过去，希望能够从他们口中听到一些地生和双晴的消息，可是结果常常让她失望。

杏花几度开过。

一天傍晚，扣扣同样依在那棵杏树下发呆，将黄未黄的杏子散发出的气味让她迷醉，她不由自主地靠在杏树上，微微闭上眼睛，有点放任自流。她的心里，也是一个将黄未黄的杏子。那杏子，像一味烛光一样亮在她的心里，让她完全忽略了沉沉落下的暮色，悄悄升起的弯月。

扣扣心里有几个字，快要被身后的杏树长破了。

那一天，扣扣给羊捋树叶时，发现杏树上有一行字。别的她不认识，但是扣扣两个字妹妹曾经教过她。扣扣啥啥啥啥啥？扣扣猜了半天，没有猜出个结果来。妹妹放学一回来，她就叫妹妹去看。妹妹一看就笑起来，笑得七扭八歪的。她问妹妹到底写的啥。妹妹说，我给你念吧：扣，扣，你，是，我，媳，妇，吗？扣扣就追着打妹妹。扣扣看上去是追着打妹妹，实际上是让妹妹分享她的甜蜜。扣扣的心里是多么甜啊。扣扣的心都快要被迅速上涨的甜蜜淹过了。扣扣的心里有一条甜蜜的大河在奔涌。蓦然间，她觉得被双晴和地生挖空的村子一下子充实起来。

那时双晴和地生还没有上学。早上，她还睡着，地生和双晴就等在她的炕头。她往往还要在他们的等待中再睡上一会会儿，然后才慢腾腾地起来穿衣服。这时，地生和双晴就拉着她的衣角问，扣扣你是我媳妇吗，扣扣你是我媳妇吗？她往往不耐烦地说，等我尿完尿再告诉你们……

突然，扣扣的眼前一黑。接着，她就意识到发生了什么。可是她给自己说，不可能，绝不可能。有一双从杏树后面伸过来的手捂住了她的眼睛。随之而来的记忆告诉她，是双晴。她在心里祈祷着那双手千万不要放开，可是就在这时，他却偏偏放开了双手，闪在她面前。扣扣事后回想，首先进入她眼帘的是一双眼睛，一双新填了许多内容的眼睛，有一种吊庄的味道。之后是一双手，同样比从前多了许多内容，但是这次扣扣没有细想，因为双晴的手里有一个东西在发光。

借着月光，扣扣看见，那是一个漂亮的蝴蝶结。

如果扣扣稍微细心一些，就会发现双晴的目光中充满着期待，期待她惊喜地叫一声，然后双手攀了他的脖子，至少深情地看着他。可是他的期待落空了。这时的扣扣产生了一个连她自己都觉得十分不应该的想法，怎么不是地生呢？

双晴是第二天走的。双晴走到村外时，扣扣追了上来。双晴停住脚步，等扣扣近前。可是扣扣也停下了，像是在思考是不是要改变主意。双晴看见，扣扣的手里拿着一件东西，心里一喜，就迎上前去。双晴看见，扣扣的眼睛红得要滴血。双晴正要开口说句什么，却被扣扣抢在前面，她说，我们家的小羯羊找不见了。

就是那天晚上，爹将扣扣叫到他屋里，说，爹老了，你娘身体也不好，环环在上学，家里没个得力人不行。听到这里，扣扣的心就跳起来。爹继续说，平峰的四娃你知道，这几年生意做得还可以，有人说他愿意和咱们家搭灶过，你看……爹还没有把话说完，扣扣就双手掩面跑出去。扣扣风一样跑着，跑着，仍然跑不出爹一张一合的双唇，爹的话像尾巴一样跟在她的屁股后。然而，扣扣现在能够做的只有跑。她一口气跑到麦场里，心都要从腔子里跳出来了。这是怎么一回事呢？爹这是干啥呢？他老人家怎么能向女儿说这种话呢？

从一团乱麻中，扣扣理出了一个事实，一个女孩子到了这个年龄必须接受的事实：嫁人。

爹再次提起这事时，扣扣说，你的心事我知道，这事你老人家别急，我保证不让你老人家断了香火就是。之后，陆续有人来提亲，都被扣扣一一拒绝了。

扣扣爹就有点急。他每次让老伴去问扣扣，扣扣都是一副仓里有粮，心里不慌的口气，也就赌气不再问。

直到有一天扣扣莫名其妙地病倒。

扣扣同样是在去地里割韭菜时听到地生伯伯说的。地生伯伯敲开从从家的门，向从从爹借他们家的黑骟驴。从从爹说，天干火着的，要驴干啥。地生伯伯说，地生和双晴明天娶媳妇着呢。

扣扣不防就被半空里落下的一记闷棍给打愣了。他们娶媳妇我咋不知道？人家娶媳妇为啥要让你知道？扣扣你是多么羞多么羞啊，让你再骚情让你再骚情。扣扣在心里啪啪啪地扇着自己耳光。

一切都完结了，只有一串蹄声落在扣扣心里。

完结了也就完结了，只是可怜了那些正在做梦的七彩蝶，还没有来得及从梦中醒来，就死于这个畜生的蹄下。扣扣的眼前是一片七彩蝶的花泥，真是惨不忍睹。

那些七彩蝶在扣扣的心里藏了多年。那是她这么多年来一针一线绣出来的。每个深夜，她都要打开箱子看看它们。看着它们静静地卧在那里，扣扣的心里是多么甜啊。现在，却被这个畜生的一阵飞蹄给踩死了，扣扣觉得她一下子成了一个空巢。扣扣能够看见它们被踩死时的不情愿，可是又有什么办法呢？那是她的多少个不眠之夜啊。

黑骟驴像个干部似的走着，蹄上带着花泥。

黑骟驴啊，我把你妈 × 死了。

已经记不清自己是怎样回到家里的，只记得她气急败坏地找了剪刀，打开箱子剪鞋垫。通过狂欢的剪刀，扣扣看见了两双脚，被她一针一线绣在心里的两双脚，被她的心事一遍遍丈量过的两双脚，将她手里的鞋垫一只只撑大的两双脚。不一会儿，这两双脚就在她的剪刀下变得面目全非。

这时，如果七彩蝶回一下头，就一定会看见，扣扣的眼泪悄然落下来。

也许那天就应该将鞋垫送到双晴手里的，可是当时怎么就变卦了呢？扣扣突然想起小时候玩过的一个游戏来。她和双晴（还是地生？）拉着手转圈儿，转着转着，她就突然松了手，给他一个仰八叉。当时她是多么开心啊。不想这次却被他们抢在前面松了手。

扣扣已给人高不可攀的印象。好长一段时间里，没有人来家里提亲，村里比她小的女孩子都一个一个地嫁出去了，环环都到了嫁人的时候了，可是扣扣的事却一点动静都没有。扣扣爹再也坐不住了，只好拉下脸面倒央媒。庄里能说起话的几个“专业媒婆”由于屡次碰扣扣的钉子，心里都有气，不愿接受这个任务。扣扣爹想来想去，就想到了远在盐池的表姐。大年一过，扣扣爹借了从从家的黑骟驴，北上盐池去给表姐拜年，表姐一见妹夫大老远地来，知道是下达任务来了。

表姐同样借拜年四处搜罗，最后在更北边的里望选定了一个叫得水的小伙子。

扣扣爹就叫扣扣去看人。扣扣说她不去，让爹看着办，只要能给他老人家续住香火就行。扣扣爹去看了人，觉得还过得去，小伙子长得像一株旱地里的高粱，虽不讨人喜欢，却也不惹人憎恶。让扣扣爹感到不满意的地方是，这里吃水比他们那里更困难。这从小伙子本身就可以看出来。小伙子的脸和手显然都是突击洗的，个别地方白生生的，并且带着毛茬儿，像是刚刚刮了皮的树。可是另一想，反正是招女婿，以后小两口又不在这里过，也就不必太计较。

扣扣爹就请了邻村的张乡佬做媒人，让他通知对方来订亲。张乡佬问彩礼要多少。扣扣爹说由对方给吧。乡佬说，这你得想好。他说想好着呢，反正在女子身上发不了财。再说是人家倒插门。临行，他告诉媒人，他只有一个心愿，那就是早上订婚，最好下午就办事。

正月十五那天，对方来订亲。由于双方都好说话，没有打任何麻烦。扣扣爹在心里说，看来是一个可靠的亲戚。在乡佬的撮合下，双方说定在正月二十办事。让扣扣爹没有想到的是，就在办事的前一天，乡佬带过话来，让他们等一等，说是那边有些事情还没有办好。扣扣爹问啥事，乡佬说，他也不知道。

在扣扣爹焦急的等待中，立春过了，雨水也过了，接着惊蛰也过了，对方却迟迟不肯给话。

惊蛰过后，乡佬来了，说他刚去过里望，得水爹说天太早了，等落上一场透雨，他就张罗。扣扣爹说，照这么说，如果天一直不下雨，还让我养老女不成？如果是一时拿不上来彩礼，就先欠着吧，可是事情是不能再等了。乡佬说他再去催。

可是一催就催到清明。扣扣爹实在坐不住了，就去找乡佬。乡佬说，他刚从得水家回来，实在是因为没水啊。这么大的事，家里总要来几个贺喜的人吧，可是窖里的水连自家吃的都没有了。得水到外村去偷水，被派出所抓去关了一星期。你就再等等，你亲家说了，他没有别的意思，只要早上下一场透雨，他下午就给人。

谁想这鬼地方就是落不下一场透雨。种下去的粮食一颗也没有出来，即使你把眼睛瞅得滴血，也从山上找不见一星半点的绿色。整个村子如同一个过了年龄却怀不上娃娃的女人，就这么白花花地闲着。能出去的都出去逃荒了，出不去的，就整天窝在家里望着下火的天唉声叹气。如果天是一堆干柴，终有一天会被人们直冒火星的目光点着。

扣扣爹病倒了，可他却拗着不让扣扣送水送饭。他给扣扣娘说，他一看见扣扣心里就着火。扣扣娘说，天爷的事，急也没用，你就想开些。扣扣爹说，粮食黄得咯吧咯吧直掉穗，你说让人急不急。扣扣娘说，这女子娃一大，还真要早搭镰呢。

可是扣扣却是一副有心没肺的样子，好像不知道她这辈子有嫁人这么一回事。相反，看着爹焦炭一样的目光，倒很开心，倒希望天一直这么旱着，最好能够将整个村子都点着，轰的一声。

整整一个春天出来，天都没有落下一个雨星子。谁想都立夏了，老天却像睡醒似的下起雨来，而且是一场透雨。扣扣不由想起里望那个叫得水的男人来。订亲那天，他到她屋里将一个玉石坠子放在炕头上，那一刻，她竟想起小时候“跟集”的事情来。谁也没有想到赢家竟是他。天地间原来还有那么一个杏核一直隐藏着，难以捉摸而又无法抗拒，让人不由心生绝望。

带扣扣走出绝望的是一阵奇怪的声音。声音来自麦场里，乍一听像是一个男人在打女人。扣扣正要翻过土墙到场里去拉架，不想打架的人却说话了：

好么?

好。

咋么个好?

就像看着天下雨那么好。

你呢?

我也是。

就是有些迟了。

总比不下的好。

就是，糜子跟不上了，荞麦还来得及呢。

要下就扯展了下吧。

那种声音又传过来。扣扣的心里不由一阵慌乱。不防碰了一下杏树，头上便落下一阵雨来。扣扣想拔腿走，又想起她的刃子和竹篮还在韭菜地里呢。犹豫之间，那种声音又响了。

好么?

好。

咋么个好?

就像一场透雨那么好。

好个一场透雨，真把人美死了。

你声音小点。

那人恶作剧似的故意将嗓门放大：真把人美——

“死”字没有出来，像是被什么突然捂住了。

扣扣老公公死了。

咋死的？

为了给我姐办喜事，到川里去驮水，死在半路上。

我说你爹一直催呢，他们就是不给话。

再过三天就是老汉的百日，听说白事红事一起办呢。

那行吗？

有啥不行的，天这么旱，咋都行。

扣扣才听出来，是从从和环环。

扣扣的心里就起了风，风里，有一千只兔子在奔跑。

环环呀环环，你啥时学会的割青苗啊，你的胆子可真够大啊，大得把天都能装下。环环呀环环，天还没有黑透你就敢将那个小叫驴往麦垛里领，你是从哪里学来的这一手呢？环环不会绣鞋垫，却能把从从那个小叫驴拴在自己槽上，真是叫人佩服啊。

不知过了多长时间，扣扣才意识到，太阳已经像一只倦鸟似的归窝了。天地重归于静。扣扣被这种静打击了一下，这种打击使她重新回到现实中来。她蓦然觉得眼前的这个世界是这么新鲜。村头村尾的灯火次第亮起来，一家两家的炊烟次第升起来，随风而来的清香夹杂着从从和环环制造的气息把她的身子注满。

扣扣的目光落到一柱柱炊烟上。扣扣发现，眼前的炊烟竟比往日嫩了许多，丰满了许多，也妖娆了许多。

你不就是一缕炊烟吗？

这样想时，就有一处农家小院鸟一样落在扣扣的心里，小院向阳的一面有房子，房前有窗，窗前有灯，那是扣扣的忧伤和感动。

曾经的胡思乱想是多么无聊啊。

糜子跟不上了，荞麦还来得及呢。

再看那些铺在地上的杏花时，扣扣觉得那是一面花床单。

接下来，扣扣的所有思想都被小腹处的一种感觉代替。扣扣决定痛痛快快地撒一泡尿，就在这棵杏树下。扣扣开始撒尿，扣扣听见，尿水落在地上的声音无比悦耳。

难道，它就不是一场透雨吗?

扣扣被自己的这个想法惹笑了。

玉米

听见红红喊时，东东都从红红家门前走过了。东东回头，看见红红追上来。到了东东面前，红红的脸突地红了一下。半天才说，东东你说我现在去上学老师要吗？东东惊喜地说，要呀，肯定要呀。红红说，你别哄姐，如果我去人家不要，可就把人羞死了。东东说，我敢保证，肯定要的。红红盯着东东看了一会儿，说，那你等等，我换件衣裳。

红红转身向家里跑去，两个又粗又长的辫子在屁股上生动地舞着。

东东激动得简直要爆炸了。红红终于要上学了！

红红穿了一身半新旧的军装出来，一下子像换了一个人。

红红转身锁大门。东东问，小红呢。红红说，还在“黑城子”（睡觉）呢。东东说，把她一个人留在家里？红红说，她天天都是一个人在家里。东东说，那不等于把小红专政了。红红说，专政了少费五谷。说着，手里的铜锁咔嚓一声。

那个院子一下子孤立起来，还有正在做梦的小红。东东看见小红的梦炊烟一样从院子里蒸腾出来，散发着烧炕味。心里有种说不出的滋味。可是很快他就把小红忘了，因为红红正在向他走来。

红红上前，冲东东笑笑，把一颗水果糖塞在东东手里，然后揽了东东的肩向学校走去。东东就觉得被红红揽着的肩上有一百个伟大领袖毛主席。

不想红红却忽然停了脚步，紧着脸说，可是我该咋上呢？我总不能和卫兵他们坐在一起吧。东东想想也是，卫兵今年才报名上学，比他还低一个头，而他又要比红红低一个头。但东东马上就有了主意，你可以插到我们班啊。红红说，这行吗？东东说，有啥不行的，还有一下子插到四年级的呢。

红红就又揽了东东走。

走着走着，又停下来。东东问，又咋了？红红说，我咋觉得不好意思的。东东说，有啥不好意思的。不知从哪里来的胆量，竟不由分说拉了红红走。

借了东东的力量，红红走走停停地到了学校。

东东领红红到老师跟前。东东发现老师看见红红时怔了一下，像是被谁从身后抽了一棍。好在老师马上正常了。东东说，报告老师，她叫红红。老师问，有事吗？东东说，她想插班。老师说，欢迎欢迎，热烈欢迎！东东就看见红红的脸变成一张红纸。

一切都出乎红红的意料之外。老师不但收下了她，还让她当了三年级的班长。

红红上任第二天班里就出了事。老师正神采飞扬地讲课，东东的同桌李东升却哎哟了一声，从座位上闪出来哭。老师问怎么了。李东升不说话，只是哭。老师问东东。东东说他也不知道咋回事。老师又问李东升，李东升还是不说话。老师就说东东故意捣乱课堂纪律。就让班长打东东竹棍。红红就拿了竹棍走到东东跟前。老师让东东伸出手。东东就伸出手。红红看见东东的指头竹棍一般细。执行！老师命令。红红就狠狠地举起竹棍，狠狠地抽下去，却轻轻地落。老师问，谢红红你吃饭了没有？红红就更狠地举起竹棍，更狠地抽下去，却仍然轻轻地落。

老师生气了，从红红手中夺过竹棍，只听嗖的一声，竹棍在东东手上断去一截。红红就看见东东咬了一下牙齿，小身子抖了一下，挂在脸上的泪水清凉凉地落下来。红红忙说，东东你给老师交代。东东仍缄着口。竹棍就又一次落下来。这时，李东升又哎哟了一声，从座位上闪出来，哭。红红忙去座位上看，就看见一个很大的蛤蟆，蹲在李东升的桌仓里向她眨眼睛呢。

回家时，红红说，东东你咋不给老师说么。东东说，肯定是“一撮毛”放的，班里只有他敢捉蛤蟆。红红说，你咋不给老师说么。东东复又缄了口。红红就举起东东的手。东东的手上肿起两条，青休休的，好像肉皮底下趴着两条虫，好怕人。红红问，疼吗？东东说，不疼。红红说，你真能忍，你说了，他就吃了你？东东低了头，不说话。红红说，我明天告老师。东东忙说，别别别。那种过分的惊恐，让红红看着心里好一阵痛。

但“一撮毛”并没有领东东的情。东东依然是他们军事演习的主要目标。蛤蟆事件过去不几天，东东再次进入他们的埋伏圈，中了他们设在沟底的“地雷”。红红像拔树一样把东东从“地雷”里拔出来。东东痛得差点闭了气。东东想他的腿肯定是断了。红红给东东揉了揉，效果不大。红红说，我背你走吧。东东忙说，不不不。红红说，那咋办，前不着村后不着店的？

后来还是红红背了东东走。太阳早已落山了，沟底已是一片蛙鸣。红红两步并作一步地走着。东东努力忍着疼痛，配合着红红的步伐。不多时红红的身子就被汗洗过。东东要下来自己走。红红不让。东东的眼泪就下来了。红红说，东东你真能忍啊，我没见过像你这么能忍的人。你难道就不气？别人都把你害成这样了，你就不想咒他们一下？你可以咒他们吃炒面呛死，喝凉水噎死，找的媳妇塌鼻子，养下娃娃没屁眼。东东说，我咒不出来。红红说，少见，真是少见。

就在这时，沟岸上响起一片吼叫声：

噢……噢，行驹着呢。

噢……噢，行驹着呢。

……

吼叫声鸟阵一样压下来。红红气得像一个引燃的炸弹滋滋作响，东东仿佛已经从红红的身体里听到了那一声巨响。随着这一声巨响，红红的脚下呼地生起一阵风来，十几个小鬼同时趴到红红的脚下，抬着红红飞起来。

等东东回过神来，红红已经在岸上。然而那个鸟阵已经不在。红红的眼泪就下来了。

东方动时，红红照例到后庄去叫东东。不想东东的腿肿得像面口袋。红红说，我去叫我爷爷。东东奶奶说算了，弄不好，连累了他老人家。红红说，天还没亮，我悄悄去叫。东东奶奶的眼睛就潮了。东东隐约知道红红爷爷是个能得很的人，能坐鬼抬轿，能让死人给他放羊，啥都胜，只是胜不过工作组和批判会。

让东东万万没有想到的是红红爷爷的手段竟是如此简单，只是趁他不注意在他的肩膀上拍了几巴掌，然后就告辞。

爷爷走后，红红让东东试着起。东东就试着起。果然起来了，也不疼了。东东皱了一下鼻，哧哧一笑。红红咧咧嘴，哧哧一笑。东东说，真神，比红嫂还神。红红忙正了脸色说，可不敢给别人说。东东忙点了点头，接受了一个特大任务似的，一边到炕台上拿书包。奶奶说，东东你就歇一天吧。红红说，对，你就歇一天吧。

东东奶奶送红红到大门口，千谢万谢。

过了一会儿，红红又回来，领着妹妹小红。红红说，我给你领了个伴儿。你们两个好好耍，别淘气。东东说，炕热热的，上来吧。小红就上去。东东把被子揭了一个洞，小红顺势钻进去，嘴里吸溜着。红红问，奶奶呢？东东说，上工去了。红红问，中午回来吗？东东说，说不上。

红红一走，小红机密地说，我爷爷昨晚来你家了？东东想起红红让给谁也不许说，那么这个小红是不是这个“谁”呢？正想着，小红说别装相了，我都听见了，他们还以为我睡着呢。我爷爷骂我姐多管闲事，不来。我姐就哭。东东问，你见过你爷爷坐鬼抬轿吗？小红说，你猜？东东说，肯定没有。小红说，你才没见过呢。东东说，那么你说鬼是个啥样儿？小红就把眼一翻，舌一吐，吓得东东忙捂了眼睛。小红问，我爷爷给你咋治的？东东说，他只念了句毛主席万岁万万岁。小红说，真的？东东说，真的。小红就在东东的手上掐一下，东东疼得直吸溜。小红口里念念有词：毛主席万岁万万岁……

红红进门，小红就虎地从被窝里翻起来，让红红给她讲故事。红红脱鞋上炕，先是看了看东东的伤，肿已经消下去了，就钻进被筒。红红说，讲个啥呢？小红说，就讲《半夜鸡叫》吧。红红就讲，万恶的旧社会，没有钟表，人们起床干活呀，都靠鸡叫……

小红说现在也没有钟表啊。

红红说听着——长工高玉宝给地主周扒皮家干活，就靠鸡叫。每天鸡叫头次，长工上地干活。

和咱们上学一样早。

听着——可是长工干了好长时间，天还没亮。又干了好长时间，天还没亮。

鸡叫错了吧？

听着——有一天，高玉宝刚睡下，鸡就叫了，高玉宝想啊，连鸡也压迫人，就悄悄地去鸡窝里看。高玉宝擦着火柴，你猜怎么着，是周扒皮拿着烂簸箕一拍一拍地学鸡叫呢。

周扒皮真能！

住口——伟大领袖毛主席教导我们，千万不要忘记阶级斗争！

小红跟上说，住口，千万不要忘记姐的肚子！

笑得红红差点闭过气去。

突然，红红正了脸色说，可不敢在外面这样胡说。

地雷事件之后，红红时刻像一只母鸡一样护着东东，像一位侦察兵一样提防着敌人，让"一撮毛"的许多阴谋一时无法得逞，东东受人欺负的生活暂时告一段落。东东感动得不知如何是好，就以用心给红红补课来投桃报李，从一年级直补到三年级。

现在，红红都能读下来爹的信了。上学之前，每次爹来信，娘都让她叫来东东读。东东读信的声音真是好听啊，东东读信的神态真是惹人啊，红红能够从东东的声音中闻到知识的香味儿，就像刚出锅的玉米一样，就像冒热气的白面馒头一样。后来的日子里，每次东东来家里时，她都向东东问些学校里的情况，东东就给她讲。时间一长，红红只有一个家那么大的心，只有一个村子那么大的心，摆满了锄头粪筐柴米油盐锅碗瓢盆的心，就被东东捅开了无数的窗子，无产阶级的春风吹进来，社会主义的阳光洒进来。真是"广阔天地，大有作为"啊，"做人就要做这样的人"。红红上学的念头就是这样慢慢地从心里萌发出来的。

今天，她能成为明星小学的一名学生，一个班长，一个共产主义事业的接班人，胸前飘着先烈们的鲜血染成的红领巾，肩上挎着绣有伟大领袖毛主席的教导“好好学习，天天向上”的花书包，还真要谢谢人家东东呢。同时，心底里还为能和东东做同学感到自豪，为能成为东东“最亲密的战友”感到自豪。是谁每天和学习尖子走在一起？是我谢红红。尽管学校不给他评“三好”，尽管“一撮毛”一伙骂他狗崽子，但老师对他的器重她还是能感觉出来的，爱学习的同学对他的羡慕她还是能感觉出来的。

上学真好，和东东在一起上学，真好。

这天放学，小红早早地在村头等红红，说爷爷被队长派到油坊去了。红红吃惊地问，队长为啥让爷爷去油坊？小红说，听说油坊闹鬼，别人都不敢去。东东说，我咋没听我舅说过。红红说，就是啊，你舅就在油坊里啊。东东问，你爹你娘啥时回来？红红说，说不上。红红问，你爹你娘回来过吗？东东说，前天晚上回来了一次，天没亮就走了。红红说，看来大会战比打日本鬼子还难缠呢。东东说，我爹说支书让他们今年就实现共产主义。红红说，那么迟啊，我爹说他们支书让他们这一月就实现呢。

大家的神情里便都有了期待，好像共产主义已经敲着锣打着鼓进村了。无数的白面馒头，无数的肉菜，无数的黄军大衣，无数的翻毛皮鞋，无数的电影，无数的铁梅，无数的李玉和……他们都吃得快要撑破肚皮了，卡脖眼了；都穿得比座山雕阔气了，即使北风扬雪也能像在自家被窝里一样坐在场里看电影了，再不必啪啪啪地跺脚了……爹已经从大会战的地方回来，整天坐在家里过年；阶级已经消灭了，“一撮毛”已经被正法了……他们想啥时上北京天安门就啥时上北京天安门，想啥时见到伟大领袖毛主席就啥时见伟大领袖毛主席……

红红情不自禁地唱了起来：

大海航行靠舵手

一副忘我的神态，小红和东东跟着，同样一副忘我的神态：

——靠舵手
万物生长靠太阳
雨露滋润禾苗壮
干革命靠的是毛泽东思想
……

到了红红家门口，红红问，东东不回去行吗？东东说，我奶奶没人做伴儿。红红说，你奶奶是大人做啥伴儿。东东说，但我得给我奶奶说一声。红红说，说一声就来，在我家吃饭，正好我外奶奶前天偷着捎来一碗莜面，我给咱搅搅团。东东说，我奶奶要是不让我来呢？红红说，小红去跟上叫。

东东和小红没有屁大工夫就来。红红说，你们两个给咱们剥蒜，看谁剥得快。两人就比赛着剥。蒜辣得指甲疼，但东东坚持着，因为小红没有叫唤指甲疼。

红红一手拿了擀杖在锅里搅，一手从碗里抓了莜面，一撮一撮往锅里氽，氽完了又很快地往灶里喂一把柴，又抓面……面在锅里熬得吧嗒嗒响。莜面的味道就弥漫了一屋子。

今天的饭真香啊。三人就着蒜汁，把碗里的搅团吃成山，又削平，又吃尖。吃啊吃。小红说，她都吃到脖子那儿了。用手指着。东东说，他到嗓门那儿了。

吃完饭，天就黑尽了。红红边洗锅边说小红你去把大门关上。小红不敢去。东东说，我去。小红说，有鬼呢。东东说，我不怕，但心里却咚咚跳着，脊背凉飕飕的。红红说，哪里的鬼呢，老师说要信伟大领袖毛主席不要信牛鬼蛇神。

红红和东东趴在炕上读课文，小红在被筒里捣蛋，红红就一边读一边伸手把小红压住。小红身子拱起来。红红压下去。暮色苍茫看劲松——压下去，乱云飞渡仍从容——压下去，天生一个仙人洞——压下去。

小红就要脾气背过身去睡，一边嘟囔，我看你就像个仙人洞。

红红一下子笑得像个下蛋母鸡似的。母鸡一把把小红抱住，一个劲地咯咯咯。东东不知道红红为什么这么高兴，反而怔住了。

小红没有领红红的情，继续说，我看你就像个仙人洞，里面钻着个谢东东。

红红的笑就突然打住，就像是一个骑飞车的人突然发现前面跑过一个小孩，一把拉死了车闸。小红意识到自己说错了话，就悄了声，等待着红红的处理。就在这时，红红转脸看了东东一眼，接着松开车闸，再次变成一个下蛋的母鸡。咯咯咯，咯咯咯，咯咯咯。东东就觉得他的心里摆满了鸡蛋，白花花的一片，又一片。

突然，红红止了笑，把脖子伸到窗前听了听，悄声说，外面啥响着呢。二人就都耸了耳朵听。红红一口吹了灯说，悄悄睡。

不一会儿，红红就听见东东和小红睡着了。月亮从窗缝里挤进来，在对面墙上划了一道窄窄的白，在被子上留了一个尾巴儿。听得见谁家的狗在叫。就有一袭伤感无端地涌上红红的心头。这时，窗子哐啷一下开了。红红吓了一跳。伸进来的却是老花猫的头。老花猫腾地跳到炕上，月亮跟了进来，照到东东的脸上，让红红觉得东东就像一缕烟要飘走似的。这种感觉真是奇怪，课堂上，东东领读课文时，读着读着，她就觉得东东飘起来飘起来，轻烟一般，收也收不住。她不由伸手给东东拽了拽被角。一拽，竟拽出了心事。突然想揭起被子看看。揭开，才知道三个人都和衣而卧。猫到地上转了一圈儿，又跳到炕上，从她和东东中间钻进去。她一把抓出来，放在她和小红中间。

红红下地小便，不知怎地就碰着了顶门的长凳。她忙看了东东一眼，东东睡得很死。就在她小完便上炕时，东东伸长脖子看了她一眼，又睡着了。红红这才发现东东枕着爹的枕头，梗着脖子，就把自己的换过去。托着东东的头时，红红的心里蓦然间升起一种奇怪的东西，十分十分缠绵，十分十分纤细，十分十分宽厚，十分十分深沉，又十分十分高贵，像是要把人的心融化。现在，不知陪伴了自己多少个夜晚的枕头就在东东头下。这是多么好啊。看着眼前这个瘦长瘦长的脖子上吊着的大脑袋，这个瘦削的双肩不堪重负的大脑袋，这个总是考全校第一名的大脑袋，这个秘密似的，让人着迷，让人猜想，又让人可怜的大脑袋，刚才给他换枕头时在心里升起的那种东西就蓬蓬勃勃地生长起来，变成一种十分美好的东西，一丝一丝地在她身体里流淌，让她无端地感动，几乎都要流泪了。

不知为何，经过这么一夜，他们一下子成了亲人似的。等东东和小红洗完，红红把一个高粱面饼掰成三块儿，一大块给东东装上，中等给小红，小的留给她。关上房门，锁上大门，一个拖一个走进黎明。

星期天中午，东东给红红去送信。红红家的大门锁着，几个小孩说红红和小红去沟里洗衣服去了。东东就去沟里。他找不见到沟里的路。左走走，右走走，总是找不见。前庄里他不常来，生着。庄里一点声音都没有，只有几只鸽子从沟这边飞到那边，又从那边飞到这边。蓦地，东东看见了一个黑头顶儿，像蘑菇一样贴在沟岸上。往前走了几步，正是小红。就想吓小红一下，从后边捂住她的眼睛，让她猜是谁，她肯定猜不着。

就悄悄地走过去。

沟岸一点点近了，对面沟帮一点一点往下掉着。

他轻着脚步儿，就要到小红跟前了。

不想却把小红给忘了，一下子就忘了。

他看见了红红。红红在泉边上。红红弯一下腰从盆里捞一把水到身上，弯一下腰从盆里捞一把水到身上。

东东正看得出神，不想红红突然一个仰脖，东东愿意相信他是在红红仰起脖子前就缩下身子的。

等东东再次探起头来，红红已端了一盆水从头上往下浇，阳光在红红身上闪闪烁烁。

当东东再次把目光投向沟底时，红红已穿上了衣裳。东东就后悔得不行，当时怎么就看起太阳来了呢。这时，他才意识到他本来是要吓一下小红的，就悄悄地走过去，捂了小红的眼睛，小红却没有反应。原来，小红睡着了。

红红从沟底上来，说，东东你咋在这里？东东说，送信。说着把信给红红。红红惊喜地问，谁的？东东说，你爷爷的。

红红当即拆封，不想爷爷的信只有一句话：

红红：

晚上千万不能出去，睡觉前一定要把大门顶好。

大队长说这月底让爷爷回家，快了。

记住爷爷的话。

红红才放心了，折了信，装在兜里。

东东问，你下午做啥去？红红说，挣工分啊。东东说，那我也去。小红突然跳起来说，我也去。红红说，好吧，收工你就不回去了，正好再给我们做一晚上伴儿。

收工，天已黑实了。红红让小红帮她烧火做饭。小红问，做啥饭？红红说，当然是“红烧”啊。小红不高兴地说，又是“红烧”！红红说，“红烧”咋了，老红军说毛主席最爱吃“红烧”了。小红说，别骗人，人家毛主席天天吃的是土豆烧牛肉。红红说，你问东东，老红军是不是这样说的？东东抿着嘴点了点头。小红说，我才不信呢，毛主席如果吃“红烧”，那还不把北京人民臭死，说着，很响地放了一个屁。红红笑着说请注意公共卫生。小红一本正经地说，管天管地，管不了老爷放屁。

红红往锅里放红薯时，东东说，他回去一下。红红说，没啥事么回去做啥？东东说，我一会儿就来。

东东走后，红红生气地给小红说，明知道家里早就没面了，还胡嚷。小红就抬头看红红，目光软软的。红红的心里就痛了一下。不要说小红，就连她，也实在是不爱吃“红烧”（煮红薯片）了。但又一想，就这“红烧”，也不是人人都能吃上的，就像东东这些高成分家，就忙把心里的埋怨打住。爷爷常说，无论啥时候都不能埋怨，即便是灾难；要时常心存感念，即便是灾难。这样想时，红红的心中就又平和下来。就换了玩笑的口气给小红说，都怪你，一个臭屁把人家东东冲走了。小红说，屁能把人冲走？屁如果能把人冲走，苏联的飞机过来，咱们就用屁冲，让全国人民把屁眼对着天上，看它苏联再讨厌，还省得修防空洞。红红笑得把一把红薯片都捏成碎末儿了。直到小红喊红薯片红薯片！红红才顺过气来，说这倒是个好想法，我一定让民兵连长报告伟大领袖毛主席。小红的黑眼珠就转到眼角上，问，东东能想出来这样的好办法吗？红红笑笑，说，小红我正要和你商量件事呢。小红听红红要和她商量事，一下子做出一副大人的样子，正了神色看着红红。红红说，东东已经好几天没有拿馍馍了。小红问，为啥？红红说，还能为啥，没啥拿了呗。小红说，那还不饿趴下？红红说，东东是硬撑着，我看他快要撑不住了。小红说，你的意思呢？红红说，姐有个想法，你看行不行。小红说，你说。

红红犹豫了半天，最后下定决心说，如果我们两人每天吃个半饱，就能给东东省一顿，你看咋样？出乎红红的意料，小红十分爽快地说行啊，就从今天开始。口气斩钉截铁。红红说，看来小红真是长大了。小红就觉得自己一下子长高了一寸，又一寸，都快赶上铁梅了。红红说，但这事可千万不能让外人知道。小红就学着江姐的样子庄严地点了点头，脸上泛出动人的革命红色。

突然，小红说，我去叫东东吃红薯吧。说着，一下子跳出门去。

不想东东正在喝菜汤。小红说，你咋哄人呢。东东笑笑，说，小红你喝点汤。小红说，说好了在我们家吃的么。东东奶奶给小红端了一碗汤。小红不喝。东东说，你不喝我就不去你家。小红就喝。小红喝时，看见她在汤里，才发现东东家的汤是能当镜子照的。忙给东东说，你看我在你家的汤里面呢。东东就低下头。东东奶奶也低下头。小红就觉得东东和奶奶也像两碗绿菜汤。

小红一进门就兴冲冲地给红红说，东东家的汤能当镜子照呢。不想红红厉声说，住口！一边看东东。东东做错了事似的。红红忙把给东东留着的红薯片端了出来，让东东吃。东东说他吃饱了。红红就生气了，挤也挤着吃些么，有多饱呢。东东就拿了一片，但吃得很慢很慢，就像饱得了不得的样子。

红红果然发现，小红吃到平时饭量的一半时，就停了下来。看着她那副坚决和自己的胃口作斗争的样子，红红心里好一阵难过。

红红洗锅时，东东已关好了大门，小红已提来了尿盆。

都乏了，三人早早地上了炕。红红从书包里往出掏书。小红说，咱们耍一会儿吧，书有啥看头。红红问，耍啥呢？小红说，耍领新媳妇吧。红红问，谁当新娘？小红说，你当。红红问，谁当新郎？小红说，当然东东啊。红红问，驴呢？小红说，我。

说着，小红已给红红头上盖上了头巾，让红红哭；给东东交叉绑了两个红领巾，说是挂红。红红不哭。小红说，不哭也得淌眼泪。说着在手指上唾了唾液往红红脸上抹。红红就忍不住笑。小红说，不准笑，一笑就不像了。红红就忍住。然后小红趴在炕上，让红红骑。红红就骑了。驴就把新娘驮到新郎家。

小红让新郎给新娘揭盖头。东东就咬了嘴唇，十分小心地揭，好像手里是一块玉，不小心就被打碎了似的；好像头巾下面是一个小鸟，不小心就飞了似的；好像头巾上有一个梦，不小心就惊醒了似的。平常的红红一点点一点点露出来，还真有些新娘的味道呢。就在头巾揭到一半时，红红蓦地瞥了东东一眼。东东的小身子就不由得颤栗了一下，东东觉得有一百只百灵鸟从红红的眼睛里飞出来。

突然，红红又笑起来。小红说要么嗄，不要了算了。红红咬住笑。小红给东东端来一碗白头到老饭，让给新娘喂。东东就喂。东东就把一片红薯片喂进红红的嘴里。

然后是打头。红红和东东只是笑，却不肯打。小红说要么嗄，不要了算球子咧。东东说那么来来来，就先主动趴下用两只手撑了炕，羊的样子。小红就把红红的头压下去压下去，然后一手按住东东的头一手按住红红的头，压水瓢似的，猛一用力。然后无比开心地看着搓着额头的红红和东东，笑。

下来是圆房。小红让红红和东东背靠背坐了。把红红的头发从肩上搭过去，让东东抓住，她拿了一把梳子一边梳，一边念念有词：

头一梳子短
后一梳子长
张家的女儿跳过李家的墙
一梳子，两篦子
两口子好上一辈子
……

念完，一把从东东手里把红红的辫子夺走，说，攥上一会儿对了，还像真的一样了。东东的脸就红了。

下来是撒核桃枣儿。小红跳到地上找了几个杏核，让新娘新郎互相捂了对方的眼睛，然后，一边往被窝里撒，一边念念有词：

双双核桃双双枣

双双儿女满地跑

坐下一板凳

站下一大阵

红红的眼睫毛在东东手心里毛茸茸地扑闪着。

生女子，要巧的

石榴牡丹冒姣的

生小子，要好的

戴顶子，穿袍子

下来是宣誓。东东说他不会，小红就把东东的手捏成一把拳头，举在头顶，然后领读：

恋爱要走红色路线！

红红和东东跟读：

恋爱要走红色路线！

红红和东东笑得七扭八歪，无法把胳膊伸直。小红就老师一样在这个腿上踢一脚，说，严肃一点；在那个手上敲一下，说，严肃一点。

小红领读：

结婚不误革命生产！

红红和东东跟读：

结婚不误革命生产！

最后是吹灯。红红不吹。小红又生气了，说，不吹灯还当个啥两口子呢，吹！红红的脸就一下子红透了。吹，谁家当两口子的不吹灯？吹！说着掌了红红的下巴。红红吹了一口，没有吹灭。小红让再吹。红红说假装着耍着呢么，吹灭要费一个洋火（火柴）呢。小红才没有坚持。

要完领新媳妇，小红还要耍埋人。红红问，谁当死人呢？小红说，你当。红红说，我不当。小红说，那就东东当。东东说，我不会。小红说，那就我当。说着长挺挺地躺下闭上眼睛一动不动。可红红和东东都不哭。小红说该埋了还不哭。红红说，咱不要埋人了吧我心烦。东东看了红红一眼，红红的神态有点陌生。小红说，那么要看病吧。我和东东当大夫，你当病人。红红说，算了，睡吧。小红说，这个要完就睡。红红看了一眼东东，说，那就要完吧。

小红就让红红脱裤子，红红不好意思地趴在炕上，解了裤带。小红往下拉裤子，红红紧紧抓着裤腰。小红说，病得上了还怕害羞，害羞就不得病了，说着双手往下拉。红红就让了一点点，露出一点点屁股来。小红就拿了一支铅笔在红红屁股上给东东做了一番示范，然后给东东。东东接过去，有点不好意思地学着“注射”。就在东东把铅笔搭在红红屁股上时，小红惊叫，还没消毒呢。说着从被子烂了的一个角儿上撕了一丝棉花给东东。东东就往棉花上唾了些唾液在红红屁股上拭，然后把左手轻按在红红的屁股上，就有一股凉透过手心渗进他的心里。

东东草草“注射”完，马上闪开。小红说，还没摸肚子呢。东东说，我不会摸。小红说，我给你教，一边摸着红红的肚皮说，正常。东东就学着摸摸红红的肚皮说，正常。小红说，请做好定期检查。东东说，请做好定期检查。东东才想起这是前不久北京来的医疗队说过的，他怎么就没记住呢？让小红占了便宜似的。

红红说，睡吧，我乏了。小红说，还没戴环呢。红红说，戴啥环，睡觉！小红说，戴环总比结扎好。红红说，算了算了，快睡，明天还要挣工分呢。小红说，戴完环谁不睡就是狗娃子。东东说，红红姐说睡就睡吧，正好我也不会。小红说，我给你教么。就拿了一个钥匙链上的环儿，要给红红戴。

红红说，行了，耍得时间长了肚子不得到天亮。小红一惊，平时吃饱着呢耍得时间一长半夜都被饿醒来，今天吃了个半饱，又耍了这么长时间，还不把人饿死。就乖乖地躺下，身上的疯劲一点都没有了。

红红和东东就看书。东东看语文，红红看算术。红红有一道题不会。这道题是：

红旗公社东方红大队太阳升生产队遵照伟大领袖毛主席的教导，发扬人定胜天的革命精神，深抓革命，狠促生产，今年的玉米产量比去年提高了999%，去年的玉米产量是500公斤，请问今年的产量是多少。

红红就让东东给她讲。东东说他也不会。红红说，学习委员还架子大起来了。东东一笑。就接过红红的笔在草纸上几下子算出来。小红说，东东还日能。红红说，你还当啥呢。

这时，小红说，睡吧睡吧，灯里都没油了。红红一看，灯里果然没油了。就睡。红红让东东睡下炕，她上炕，小红中间。红红见小红和东东都囫囵身子睡，说，都把衣裳脱了，磨坏了。红红就看见被子下的东东和小红一阵动，衣裳像杏核似的蜕出来。

就睡。东东很快就睡着了。接着是小红。比烟还轻的鼾声让红红的心里再次升起一种十分动人的东西，红红这才明白，那就是柔肠。

二十多年后的一个晚上，妻子小红才把实情告诉东东，就是那天后半夜，红红去偷生产队里的玉米，被人强奸了。

剪刀

你得想办法给我看病，女人说。

知道，男人说，我这就给你叫医生去。

你再别哄我了，我再不想吃那些“牛饲料”（中药面）了。

那我怎么给你看？

你别给我装聋作哑，你给我把病看好，那些钱我能给你挣回来。

我知道，给你看病的钱，你早就挣回来了。

你把头抬起来，让我看看你的眼睛，我就知道你心里是怎么想的。

男人没有把头抬起来，男人蹲在地上编竹席，两条竹篾在手指间跳跃，像是两条飞鱼。

你得再想想别的办法，靠你打席，就算有十个我，早都死过手了，你听见没有？

听见着呢。

你白天上哪里去了，我让娃娃把村子的肠肠肚肚都找到了，就是找不见个你，如果你烦我，你现在就动手，把我阴治了算了。

你声音小点，娃娃刚睡着，明天还要去学校呢。

女人像是被什么吓了一下似的，侧过脸去看两个孩子，看着看着，眼泪就下来了，就再不说话。

男人把一顶席子打完，侍候女人吃药，女人不吃。我知道，你盼着我死，我就成全了你。

你可千万别吓我，我的胆小。说着，左手把女人的嘴捏开，右手把半杯汤药灌进女人嘴里。一边给女人用毛巾擦嘴，一边说，你就别嚷了，老实给你说吧，我没钱给你看，你知道，医院那鬼地方，是个专门吃钱的地方，上次我们才住了几天？七天，知道吗？就五千。不就动一刀子吗？就五千，五千，我们两个躺下吃，能吃五年，为啥要把这么多钱给医院呢？

男人这样说时，女人的神情反倒好了一些。她帮男人脱下汗褂，脱下臭气冲天的袜子，揭起被子，把男人让进被窝，然后在男人背上挠。男人说，向上，左，再向左，好。再说你要想开些，你都五十的人了，动上一刀子，再活上五年，花上五千元，值得吗？

男人的腰上就挨了一掐，又一掐。

富贵娘四十五就死了，吉祥娘也没有活到四十，和她们比起来，你都算高寿了，再活，还是这么个样儿，还能活出个啥名堂来？还能活成个黄花闺女？还能跟一次男人？还能上台唱戏？显然不行么。不行就凑合着，能多赚一年是一年，一天是一天，省着那些钱，我给你买吃，买穿，供给儿子上学，你总不愿意看着儿子失学吧，如果你是因为舍不得我，我们现在就说好，下辈子还睡一个炕，咋样？

想得美，下辈子我跟牛跟马也不跟你。

那我就做牛做马。

女人说，你真要气死我吗，那我现在就死给你看。

女人就真死了。

男人忙从箱子里取出老衣给女人穿。不想女人一把把男人打开。女人一看男人手里是一个枕巾，知道上了男人的当，说，把你想得美，我才不死呢，我还要活二十年，活到儿子上大学，上完大学娶媳妇，娶了媳妇生孙子，生了孙子过满月，把你老干气死，你总不至于把我活埋吧，把我掐死吧，给我灌老鼠药吧，往头顶钉钉子吧？

那也说不定，如果等急了也说不定。

如果你真这样做了，还算一个孝子呢。

你以为我就不敢？如果我今天把你弄死，明天就可以出丧，后天就可以出葬，七天烧一七，十四天烧二七，二十一天烧三七……七七之后，我就能出门了，我再不用每天给你倒尿壶，不用给你喂那些“牛饲料”，不用听你烦人的唠叨，知道你的唠叨有多烦吗？能把鸡烦得不下蛋，把猪烦得不吃食，把牛烦得脱毛，把虱子烦得不咬人……

往出滚。男人的腰上就真挨了一重掐，又一重掐。男人感觉出女人真的生气了，就有些后悔。这样拌嘴是他们夫妻几十年的家常菜，可现在女人犯病了，自己是不该这么损的，但他就是想说。他觉得只有这样说上一通才能轻松一下，要不他都快要支撑不住了。

我知道你为啥盼着我死，你以为我不知道？

男人提着的心就放了下来，女人接他的茬，就说明她没有把他的话放到心里去，这让男人再度轻松一下的念头又冒出来。我就是要让你知道，一过七七，我就可以出门了，说不定还有黄花闺女看上我，不是说男人五十一朵花吗？

我知道你老簧胀了，你舍不得钱给我看病，原来就是省着买尻子。你也不怕把你老挣死？

男人嘿嘿嘿笑，一边说，也没听说谁干那事给挣死了。

女人说，就算挣不死，就算有黄花闺女给你干，就算换上一百个，也就是那么二分地，还能是银尻子不成？还能是金尻子不成？还会是双眼皮不成？还会长舌头不成？还会开花不成？一次还得一百元。咳，咳咳。女人咳嗽。

男人在女人背上拍着。女人接着说，给别人一次你就舍得一百元，老娘呢？我们结婚都二十八年了。二十八年啊，你把老娘干了多少次？你也不算算？一月少算四次，一年就是四十八次，结婚二十八年了，算算，多少？至少一千次吧。你得给我多少钱？少说也得一百万吧。我动十次手术都够了。还不算刚结婚那几月，一晚上不停地拱，像个饿了几辈子的猪。那时你是怎么说的？

男人笑得把一根烟都捏成了末末子，说，你算得好，真是好，这么简单的一件事，闭上眼睛都能做的事，我们竟然干了一千次。其实你算保守了，两千次都冒过了。两千次，就这么一件事，就和你一个人，就那么两下子，竟然做了两千次，你说傻帽不傻帽，寡味不寡味？再说干来干去，干了个啥结果呢？

这话把女人给惹笑了。

男人说，你叫我掏五千元把你治好，就是为了再干这个，我才不干呢。

我还真想再和你好好干一次呢。那事长人精神呢。干上一次，第二天干啥都是有劲头的。

还劲头呢，腰都直不起来，就那一锅烟工夫的美，剩下的时间都是后悔。

儿子突然从被窝里把头伸出来说，娘，你刚才算错了，不是一百万，是十万，我爹应该给你十万。

原来儿子还醒着，夫妻俩就觉得把人丢大了，一时面面相觑。

男人就索性给儿子说，你说有这十万是给你娘动手术呢，还是留着给你娶媳妇呢?

儿子说给我娘动手术。

为啥?

我不想和我媳妇干，干了腰都直不起来。

女人睡了，可男人却无论如何睡不着。大前天，他去北集把一头猪卖了三百元；前天，他去南集把几根准备盖房用的檩条卖了六百元；昨天，他去东集把老黄牛卖了一千元，但离动手术需要的钱还差着一大截。这可怎么办呢?我总不能抢银行吧，总不能去偷人吧。如果是女人，我还可以卖身；如果是过去，我还可以卖水。而现在呢?上次动手术时，他把能借的亲戚邻居都借到了，这次实在是再也开不了口了，即便是两个出嫁的女儿。再说她们都在农村，还得过日子啊，总不能把嘴封起来给娘看病吧。但女人的病是不能再耽误了，看来只有卖口粮了。

就在这时，女人把男人搂进怀里。温存了一会儿，女人说，我想通了，你就把这五千元省下，供儿子上学，给儿子娶媳妇。

男人说，这才像个当娘的。

女人说，上次动手术时欠的账还有多少?

男人说，那早还清了。

女人说，你别骗我，我全知道。就像你说的，我就这样试着活，能活几天算几天，说不定老天爷一睁眼，还好起来呢。

男人说，那也说不定，世上的奇事多着呢。

女人说，我得早些给你察访着找一个可心的，万一我这病好不了，好歹给你父子有个动锅动灶的。

男人说，对，我就按你说的办，要找，就找个和你一样的。

女人说，你就不想换个口味?

男人说，我就觉得你顺口。

女人说顺口你就再吃一次。

男人看了看儿子的被窝，轻声说，等你好了，我还像刚结婚时那样吃你。

天快亮时，男人醒来，发现女人坐在炕头梳头。男人惊异，女人今天的精神怎么如此好，平常下个地都十分困难的。接着，男人又发现女人给他将火炉生着了，这是女人几十年不变的功课。女人病了后，男人就自己生，却总是不得手，把个屋子弄得烟熏火燎的。几十年了，男人的火总是女人生，都成了习惯了。女人不像别人家的女人，早早地就将男人赶起来干活，自己却窝在被筒里睡懒觉。女人喜欢在男人还在炕上睡着时起床干活，喜欢男人从被窝里散发出来的带着汗腥味的梦的气息。女人从不主动将男人叫醒。农闲时节，等女人将早上要干的活干完，如果男人还睡着，她就上炕偎在男人身边做针线。有时不防就被男人扳倒，拉进被窝里，女人就将一双冻得冰凉的手伸在男人那个地方，把男人的火焰凉下去。其实女人也想，但女人疼男人。女人想，日子长着呢，不要将男人三下两下刮干。男人就将女人的两只手抓住，一边握着，一边寻找话头和女人拌嘴。农忙时，女人将火生着时，男人也就起来了。等男人喝完茶，女人已经将牛套好了。天还没亮，露水尚未散去，但有女人和牛伴着，男人就不觉得天有多黑，地有多湿。

女人病后，这事就颠倒过来，每天早上都是男人早早起来，给女人生火熬药，给儿子收拾吃喝。现在女人起来给他生火，倒让他觉得不习惯的。端起茶杯，手上像是有什么东西在蹿，心里有种说不出的感觉。

女人将一把剪刀拿在男人面前，让男人一边喝茶，一边磨一下。

男人问女人磨剪刀干啥。

女人说她想做点针线。

男人说，你就歇着吧，都做了一辈子针线了，又不在乎这两天。

女人说，你以为我是给你表现干活？我是想做针线改个心慌，这样窝在炕上，都要把人闷死了。

男人就找磨石磨。

男人磨剪刀时，女人问男人今天干啥去。

男人说去集上。

女人说，天天去集上干啥？

男人说，眼看就要开春了，想买些菜籽。

女人说，也真到买菜籽的时候了。

男人说，大夫说你这病要多吃菜。

女人说，大夫还说什么了？

男人说，大夫还说，今年的气候潮湿，说不定你能躲过那一刀子。

女人说，是吗，如果能躲过那一刀子，也真把天叫喘了。说着把床头糖盒里的白糖全倒到男人茶杯里。

男人吃惊地看着女人说，那是给你喝药的，你怎么？

女人用勺子把糖搅化，双手递给男人说，你看你的嘴皮干的，都要成十八瓣桃花了，到了集上，还有谁家的女人看得上啊。

男人的心里就潮了一下，说，也好，今天再给你买些红糖，大夫说，红糖补血。

女人说，难得你有这份心，买就买些吧，买着备一些也好。说着打开地柜，拿出小铝锅，在炉子上打鸡蛋。

男人见女人一次打了两个鸡蛋，说，今天有胃口了？

女人说，今天有胃口了。

男人说，只要有胃口了就好。

女人说，开春了，鸡也到下蛋的时候了。

男人就再没有说什么，继续哧哧哧地磨剪刀。

炉火正着到旺处，鸡蛋不一会儿就打好了。女人盛在碗里，却端到男人面前。

男人说，你今天怎么了，你知道我不吃鸡蛋。

女人说，就学着吃一次吧。女人知道，男人是舍不得吃，刚结婚那几年，男人一次能吃八个鸡蛋。

男人说，我最近胃里满，一点都不想吃，你就吃了吧。

女人说，正是春乏的时候，你把身子吊倒了，我们娘们靠谁去啊，谁给我挣钱治病啊。说着，从男人手里拿过剪刀，把毛巾递给男人，让男人擦了手。男人端起茶杯，失神地看了看，喝了一口，显得有些不忍心。

女人已经端着鸡蛋碗等着了，看架势是不看着他吃下去决不罢休。男人只好接过去，吃了一个，将另一个放下了。

女人说，赶快吃了我洗碗。

男人说，如果你不吃，就留给得富和得贵吧。女人看了看还在熟睡的两个儿子，说，就剩一个鸡蛋，他们两个谁吃？再说，他们吃的时间还长着呢，你就吃了吧。男人的眼睛就湿了，端起碗，几下刨到口里。

男人把茶杯里的茶喝完，背上席出门。

女人送男人到大门口。天还没有亮透，背着席的男人看上去隐隐约约的。男人都到门口了，女人叫了一声三亿儿。男人一惊，三亿儿是他的小名，已经好多年没有人叫过了。按当地的习俗，男人有了孩子后，人们称呼男人都是用儿子的名字，包括自己的女人。女人今天却怪怪地叫了一声。男人心里一惊，回头看女人。男人想，女人肯定有啥心事。女人果然走上前来，一下子抓住他，拼命地亲。搞得男人一阵慌乱。结婚这么多年，他们还没有这样站着亲热过，这让他觉得有些生，有些难以适应。

男人觉得，女人都快要把他的骨头啃出来了。

路上，男人想，她这是怎么了？是病好转了，还是因为打春了？

男人出门后，女人就奔到厨房打饼子，女人一口气打了七七四十九个大饼。

打啊，打啊，直打得瓷白瓷白的饼子整整摆了一面板。

看着眼前热气腾腾晃人眼扎人心的饼子，女人想，等他们父子把这四十九个大饼吃完，也就出了七七了。

女人是在儿子放学之前动手的，用的就是那把剪刀。

开花的牙

早晨起来，牧牧发现爷爷不见了。

牧牧喊了声爷爷，没有人应。牧牧又喊了声爷爷，还是没有人应。

每天早晨，牧牧起来首先干的事就是喊爷爷。但现在凭他怎么喊，爷爷就是不答应。

牧牧爬到窗口，看见院里全是人，上房角子那里还搭了一个大帐篷。帐篷里有人拿着斧子，有人提着锯子，弄出一片叮叮当当的响声。同时，牧牧还发现厨房里有人在出出进进。更让牧牧惊奇的是，有人将爷爷喝茶用的红泥火炉也搬到当院。搬到当院的红泥火炉有一种特别的意思，似乎比平日放在炕头上一下子多了许多东西，至于多了些什么，牧牧不大明白。就像那个花灯，平时挂在墙上就那么回事，可是等到大年三十挂到院里，在里边点上灯，就一下子美气多了。这种美气让牧牧兴奋异常，他一丈子跳下炕奔到院里，看见放放在大门口，还穿着一个白衫子，就跑过去。

牧牧觉得爹有点不对劲，可是到底不对劲在哪里，他也说不清楚。转眼，他看见大门边上立着一个门扇，上面写了许多字。有的字上画了红圈儿。门扇的下边有个香炉，里边点着一炷香。香烟歪歪斜斜的，比平时从爷爷烟锅里冒出来的那股细多了。

爷爷。

哎。

你说你的烟锅里为啥要冒烟？

因为烟锅里装着烟叶子。

那这个烟盒怎么不冒烟？

它是烟盒怎么会冒烟。

可它里面也装着烟叶子啊。

爷爷被牧牧惹笑了。

光烟叶子也不会冒烟。

那怎么才能冒？

还得这样吸。

牧牧就将一个手指头伸进嘴里学爷爷吸，可是怎么没有烟啊？

爷爷就差点笑死过去。

……

放放见牧牧对着香炉出神，问他看什么。牧牧没有回答。他在想，这个香明明在冒烟，那么是谁在吸它呢？

这时，放放附在他的耳朵上说，爷爷死了。

牧牧觉得他的耳朵凉了一下。他抬起头，看见放放的眼睛红红的。他的脑瓜里突然过了一下电，转身向院里跑去，非常非常地快，快得连比他大两岁的放放都追不上。

等放放扯住他的后衣襟时，他已经到了上房地下。一股特别的芳香唰唰地钻进他的鼻孔。

他看见上墙根的桌子被挪到门口，上面摆了许多东西，桌子后面挂了长长的一溜纸，让他看不见里面。下面露着几个人的脚，他们在里边干啥呢？

就在牧牧往起揭纸时，放放一把将他拽住。他一边往外走，一边回头打量着桌子上的东西。桌子上同样有一个香炉，里边同样有一炷香。香炉的前边有一个碗，里边装着清油，碗上面横放着两根竹子，夹着一枚铜钱，钱孔里穿着一个棉线搓的捻子，捻子头上挑着一星火，一晃一晃的。牧牧纳闷，大白天点灯干啥？

到了当院时，他突然记起当时跑进上房是要问件事的。可是怎么一来就给忘了。他要问件什么事呢？

牧牧和放放在大门外“跳房子”，看见老辈子抱着一只公鸡往沟里走。牧牧喊，老辈子你抱公鸡做啥呢？老辈子说，给你爷爷带路呢。牧牧问，我爷爷去哪儿呢？老辈子说，回老家呢。牧牧一边往过追，一边大声喊：

老家在哪儿呢？

这你得问鸡。

牧牧撵上老辈子，叫了几声鸡，鸡没有应。

鸡咋不说话？

黏球个蛋，鸡怎么能够说话。

那它怎么给我爷爷带路？

你爷爷能听见它的话。

咱们为啥听不见？

咱们活着呢，当然听不见。

我知道了，我们睡着了就听见了。

睡着了还能听见个屁。

我爷爷说，人死了就像睡着了。

放放插话说，爷爷说是像，只是像。

就是么，那还不是睡着了就像死了。

放放说，你个黏蛋，睡着了还能够醒来，可是死了就再也不能醒来了。

老辈子说，咋不能？你爷爷早已经在人家媳妇子肚子里扭秧歌呢。

你不要骗人。

谁骗你个碎仔仔，不信你去问你爷爷。

那么大的一个人，怎么能进人家媳妇子的肚子里呢？

他拿钥匙着呢。

牧牧想了想，突然转身往回跑。放放问他干啥去呢。他也不回答。放放就追。

直到家里才追上。放放还是像上次一样从后衣襟子上将他往出拽。他就猛地转身向放放小腿踢了一脚。放放就抱了腿在院里哭。他才脱身跑进上房里，他边跑边喊娘，娘问咋了。他问，我爷爷在吗？娘出来，十分吃惊地看着他。牧牧又问，我爷爷还在吗？娘说，你胡说啥呢。牧牧没有理娘，一把揭开纸帐。爷爷果然还在。

老辈子怎么哄人呢。

就又拔腿往沟边上跑。不想老辈子正在往回走，看到他就问，见鸡了吗？他说没有。老辈子说，鸡跑了。他说，你咋哄人呢。老辈子说，我哪里哄你个球仔了。我爷爷明明还在家里呢，你说到人家媳妇子肚子里去了。老辈子就差点笑得岔过气去。你个碎仔，快去给我找鸡，找来了你就明白了。

牧牧找了半天，也没有将鸡找见。老辈子又差了几个娃娃，也没有将鸡找见。

老辈子说，难道它真给老人家看路去了不成？

无奈，他又让放放和牧牧去家里捉了一只来。

老辈子再次往沟岸上走时，牧牧依然跟着，因为老辈子还没有回答他的问题。

你说等找见鸡我就明白了，可我还不明白。

鸡没有找见，你咋能明白。

那么鸡也去了人家媳妇子的肚子里了？

老辈子又笑得差点岔过气去。他哈哈大笑着说，到人家媳妇子肚里去的是你的那个鸡。

我的鸡？牧牧不明白，你是说我们家的吧。

不对，就是你的那个鸡。

你是说，我用泥捏的那个？

是你爹给你捏的那个。

我爹没有给我捏过鸡啊？

到了沟岸上，老辈子将刀子从帽檐上取下来，在鞋底上擦了两下，说，要怪就怪刀子，不要怪本人……突然，老辈子就连人带鸡跌到沟里去了。牧牧吓得直哭，边哭边往回跑。

牧牧叫了爹和蛮子到沟岸上时，正遇上一个泥人往回走。牧牧吓得抱了爹的腿。

泥人看见他们几个，哈哈笑了一下，牧牧才听出是老辈子。近前，老辈子说，看来今天的鸡是杀不成了。爹说，那都是闲事，只要你老人家好着。爹去看老辈子掉下去的地方，吓得一个劲地抽冷气。老辈子问，看见鸡了没有？爹说，没有。老辈子说，这就怪了，沟里没有，岸上没有，难道它上天去了不成？爹说，这都是闲事，一点没摔着？老辈子说，没有，一点没有，真像驾了一次云。

爹说，没摔着就好。

老辈子说，人家早留下话他走后不许杀引路鸡，这个阴阳硬犟呢。

爹说，就是。

老辈子说，你不好说了我给他说。

爹说，好。

牧牧赶在老辈子前面回到家里，兴冲冲地向人们讲述着老辈子掉到沟里去的过程。大家非常感兴趣，这让牧牧很高兴。于是，他力争将整个过程讲得更加生动一些。

那么鸡呢？

鸡坐着飞机上天了。

你看见它坐着飞机上天了？

我看见它坐着飞机上天了。

是鸡先上天呢，还是老辈子先掉到沟里去？

是鸡先上天。

是吗，老辈子？见老辈子进来，人们问。

不想老辈子却说，赶快出迎。

牧牧不知道出迎是什么意思。只见院里的人突然慌张起来，有人拿着盘子，有人端着酒壶，还有人提了一大串鞭炮，都在往出跑。爹倒踏着一双蒙着白布的鞋，穿着长长的白褂子，戴着一种很可笑的帽子，手里拄着一根缠着白纸条的柳木棒，腰弓着，鸡啄米一样往出跑。

牧牧和放放出去时，刚才的那些人已经跪在大门上了。放放用手压着他的头让他跪下，他就跪下。可是一跪下他就什么都看不见。他趁放放不注意，一下子跑到最前面跪下。爹喊他到后面来，他没有理。爹就一下子将他抱到后面去，并且在他的屁股上狠狠地抽了一巴掌。他就哭，边哭边喊爷爷。让他想不通的是喊了半天，爷爷竟没有应。平时，要是爹打他，只要他一喊爷爷，爷爷就会咳嗽一声，爹就会马上停下他的“爪子”，虽然继续龇牙咧嘴，可是再也不敢动手。今天这是怎么了？爷爷怎么就不咳嗽一声呢？他又放大声喊了声爷爷，还是没有人应，他就彻底失望了。这种失望让他心里很难受。他突然产生了一种真正哭一场的想法，就大放悲声哭起来。惹得在场的人都掉泪。

他放大了声叫爷爷，他想借助这种哭的力量将爷爷从什么地方喊出来。他觉得他的身上一下子全是嘴，有一万张那么多，喊一声就是月亮也能听得见。

爷爷果然出来了。

爷爷在一个长长的队伍里。队伍前面的一个人用一根高高的棍子顶着一面红绸子，上面写着些字，在风中飘啊飘的。旁边的两个人顶着两面小的。后面的一个人举着一个比天还高的东西，纸做的，一层层一圈圈一串串，很好看。再后面的人都举着些小的。牧牧唰地一下跑过去，在里边找。从前面找到后面，又从后面找到前面。

可是没有爷爷。

突然，鞭炮响起来。他有点害怕，忙捂了耳朵。这时，他看见前面跪着的那些人都在向他这边磕头。他觉得很有意思。前不久，爷爷过八十岁大寿，他们就这样给爷爷磕头。山那边的堂哥新院边磕头边给爷爷说，爷爷你怎么还活着啊，麻烦的，还要我们每年来给你磕头。爷爷笑着说，我去阎王爷那儿报到，可阎王爷串门子去了。

现在这些人倒给他磕头，莫非爷爷一死他们让他接班不成？他就学着爷爷的样子说，起来起来，地上土厚的。一下子将大家惹得笑起来。他也笑起来。突然，他看见爹在向他翻白眼。这时，跪在最前面烧纸的老辈子说，孝子们给纸火磕头！

爹就顾不得瞪他，赶忙磕起头来。

磕完头的爹站起来。他以为又要来揍他，拔腿就跑。跑了一气，回头一看，爹正在鸡啄米似的回家去，好像将他忘了一样。这又让他很失望。但是很快他就快活起来，因为有许多纸东西供他一个劲地看。他挨齐问放放这是啥那是啥，放放有的能够认出来，比如金银斗，是专门给爷爷装钱的，爷爷到那边会有用不完的钱。比如童男童女，是专门伺候爷爷的，爷爷要怎么伺候他们就怎么伺候。比如白龙马，是供爷爷骑上跟集串门子的，爷爷想让它走多远它就走多远。比如这往生船，是供爷爷过河用的，爷爷想过多少河就过多少河。比如这白仙鹤，是供爷爷在天上飞用的，爷爷想飞到哪里它就飞到哪里。牧牧问，能飞到共产主义吗？放放说，当然可以……

听着听着，牧牧就羡慕起爷爷来。他突然产生了个想法，不知道爷爷走时能不能带上他。他想问放放，可是又怕提醒了放放，放放肯定像他一样非常想让爷爷带上自己。

是村头的狗叫打断了牧牧在纸火前的想入非非，他很快就将放放刚才给他描绘的美好世界忘了。

他放开步子往村头跑。

原来是几个舅舅来了。他们每人提着一个篮子，里面装着献瓜瓜。二舅舅要给他一个，大舅舅说还没献呢。二舅舅就又将献瓜瓜收回去。大舅舅说，牧牧你咋没有哭。牧牧说，我刚哭过。大舅舅说，你是伤心着哭呢，还是装洋相着呢。牧牧说，伤心着哭呢。这时，蛮子迎了过来，将献瓜瓜篮子接了过去。牧牧觉得不对，就上前去要篮子。蛮子呵他走开。牧牧理直气壮地说，又不是你爷爷死了。惹得大家笑起来。

舅舅们一进大门，站在上房门口的老辈子就喊：亲戚来了。跟着，上房里就响起了哭声。牧牧跑进去，揭过桌子后面的纸一看，原来是娘、大妈和几个姑姑在哭。

她们的后面躺着一个人，脸上苫着一张白纸，张着的胸口上面放着一个面圈圈，圈着一圈圈水，肋巴两边立着两块水生生的砖。他突然意识到这就是爷爷。他大声地喊了一声爷爷。爷爷就翻起来。他又喊了一声爷爷，爷爷就飞起来。爷爷在他的头顶眯眯笑着，就像他平时突然睁开眼睛时看到的一样。

那么我吃肉的牙啥时候才能长上来啊？

等共产主义实现了就长上来了。

共产主义啥时才能实现啊？

等你吃肉的牙长上来那一天就实现了。

……

爷爷——

娘将牧牧抱在怀里。大娘说，怎么没有给牧牧鞋上缝孝？娘说，我还给忘了。娘就掏出针给他往鞋面上缝了一片白布。他问，缝白布做啥？娘说，这是孝。他问，啥是孝？娘说，你爷爷死了，你是他的孙子，孙子就要戴孝。他还是不明白，问，死了还能活过来吗？他没有想到娘会非常紧张地一把将他的嘴捂住。大娘说，牧牧，出去看你姑父来了没有，给他堵狗去。

牧牧想想也对，是该出去看看，不然蛮子也许会将献瓜瓜拿到他们家去。牧牧出去，果然看见蛮子在大门上站着。他想，是我爷爷死了，关你啥事，站在这里出闲劲。但又一想，这样也好，反正他又没有将献瓜瓜拿到他们家去。

村头的狗咬起来。牧牧放开步子往村头跑。原来是几个姑父来了。他们手里同样提着篮子，里面同样是献瓜瓜。牧牧就想到死了人的好处来。要是有几百个爷爷就好了，一天死一个，那就会天天吃上献瓜瓜。或者爷爷一天死一次也可以。就像爹和娘一样，隔几晚上就说美死了美死了。

“美”是个谁呢？

牧牧这次学聪明了，他没有像前次那样撵上前去拉着他们的手傻笑，而是学着蛮子的样子将姑父的篮子从手中接过来。这样就不必担心蛮子在他不注意时将献瓜瓜提到他们家去。姑父问牧牧，爷爷啥时死的？牧牧想了想说，昨晚上。姑父问，看见爷爷咽气了吗？牧牧说，看见了。姑父问，爷爷怎么个咽法？牧牧想了想说，就像喝茶一样。

他们一进院子，站在上房门口的老辈子就喊，来亲戚了。上房里一下子传出哭声。牧牧本来要给姑父说老辈子没有换衣裳之前的可笑样子，描述一下他掉进沟里去的过程，谁想娘她们恰恰就在这时哭起来。牧牧本不想哭，可是经娘她们这么一带动，就一下子伤心得不行，也跟上哭了起来，将大家的眼泪都惹了出来。

哭完，他看见蛮子将篮子里的献瓜瓜取了两个放在上房桌子上，然后将篮子提出去。他悄悄地随在后面，结果蛮子并没有将献瓜瓜提到他们家去，而是到厨房里交给大姨。大姨说，这是谁家的，做得汪的。大姨看见他进来，就拿了一个给他。他接了过来，可是很久却不吃。大姨问他怎么不吃。他说，吃了就不好看了。大姨就又从篮子里拿了一个，掰开给他。他就觉得大姨既好又不好。好的是她又给了他一个，不好的是她竟然将这么好看的一个献瓜瓜给掰开了。突然，他问大姨，你啥时候死啊？

滚！牧牧没有想到旁边的二姨会这么生气。

他的眼里就汪上了泪。

他觉得没有力量从门里出去，可是站着又不是办法，最后，他就哭起来。大姨就将他抱起来，问，你说大姨什么时候死啊？他想了想，如果为了吃献瓜瓜，那么最好是献瓜瓜吃完的那一天。可是他并没有急着回答，而是回头看了二姨一眼。二姨正在瞪着他。他就改变了心里要说的话，说，大姨永远不死。果然，他看见二姨笑起来。他的心里就有了一个想法。她们怎么这么害怕死呢，这死不是很热闹的吗？趁着大姨她们高兴，牧牧从厨房里出来。

大姨让他和放放给挖坟的人送饭去。天非常非常冷，可是他们还是觉得大姨的这个建议不错。走时，大姨说，到了坟上要给人家磕头。放放说，忙生要将我叫爷呢我还给他磕头？大姨说，今天就是你爹也要给人家磕。

往坟上走时，牧牧心情非常好。不觉间又哼起爷爷放羊时教给他的那首花儿：

南山上下来的是吴三桂
背子里背的是帐房
哪儿好了就往哪儿睡
有心事不在炕上……

牧牧唱完，又情不自禁地说，死了爷爷真好。

突然，牧牧问，爷爷知道他死了吗?

放放想了想，说，当然知道。

那我们叫他他咋不应声?

放放想了想，没有想出合适的答案就说，他嫌你烦人。

牧牧说，看你日能的。

到了坟上，他们的手都冻僵了。让他们高兴的是坟上有一堆很大的火，他们将饭菜给挖坟的人，然后就去玩火。他们的心里有种说不出的兴奋，他们觉得这里简直比家里有意思多了，这种兴奋让他们忘了大姨走时安顿的话。他们满山遍野地找干树枝架火，不一会儿就将火架得像正月二十三燎干那样冒尖冒尖的。风将火头刮得忽东忽西。突然，牧牧又闻见早晨的那种香气。接着，他就看见了爷爷。他给放放说，我看见了爷爷。放放说，胡诌啥着呢。牧牧说，真的。放放说，你还能球子得很，你说说，爷爷啥样子。牧牧说，爷爷就像风里的火。

挖坟的吃完饭动工了。这时，牧牧才发现就在不远处有一堆湿土。不知为何，他感到那堆土非常非常的舒服，就像娘的身子一样。他走了过去，看见那堆土的旁边有一个一人深的坑，他问蛮子，这堆土是干啥的?蛮子说，你说是干啥的。他想了想，说，是爷先问的你，你先说。说着，一丈子跳上去，弄了忙生一头的土。忙生说，我把你个碎仔仔子。牧牧说，你才是个碎仔仔子。过了一会儿，又问，你挖坑干啥呢？忙生说，让你爷爷放羊时避雨呢。

我爷爷死了。

你爷爷死了羊还活着呢。

羊活着又咋呢？

剪毛呢。

剪毛咋呢？

擀毡呢。

擀毡咋呢？

铺炕呢。

铺炕咋呢？

炕潮着呢。

炕咋潮着呢？

身子光着呢。

身子咋光着呢？

灯吹了。

灯吹了咋呢？

灯吹了吃馒头呢。

吃馒头咋呢？

想呢。

为啥想呢？

不想哪达的你呢。

突然，放放向忙生头上扬了一把土，忙生，我 × 你妈。忙生就爬上坑追着打放放。兔生说，别闹了，小心老辈子看下不日踏了你。

说笑了一会儿，牧牧突然说他要到坟坑里去。忙生突然变了脸说，不敢胡说。紧接着，兔生就掰了一块馍馍捏碎，在牧牧头上绕了一下然后扔到坟坑里去。牧牧看见他们的脸色很难看。这是怎么回事呢？

牧牧觉得很扫兴，就独自转身回家去。

村头的狗再次咬起来时，牧牧已经没有热情再去接了。看来，今天的献瓜瓜会一篮接一篮地提来。即使蛮子给他们家提去一篮，也没有什么。并且，他还从大姨那里要了几个，分送给蛮子家的改改和环环。然后和他们一起在改改家玩死人的游戏。一遍又一遍，不厌其烦。玩得饿了，牧牧就去大姨那里要来献瓜瓜分给大家，吃完再玩。他们做了一排又一排的棺材，扎了一串又一串的纸火。死了一次又一次，活来了一次又一次。

傍晚时分，牧牧叫改改和环环去他们家吃饭。大姨给他们每人舀了一碗菜，给了几个白面节节子，让他们几个趴在南房台子上吃。牧牧让改改和环环趴在台子上，他却趴在窗台上，南房里坐了许多人。他们好像在说爷爷。说爷爷咽气的那个时辰真好，有瑞相，都是因为他一辈子吃斋念佛。说爷爷年轻时如何将一个石磙子一只手放到一棵大树上；如何将土匪的一匹马举到头上去，吓得土匪跪到地上直叫爷；如何从南里（甘肃）没费一文钱将人家州爷的女儿领到北里（宁夏）来，州长又是如何派着几路骑兵也没有追得上；如何只看一遍就能够将一出戏背下来；如何光着身子在雪地里坐一晚上；如何几天不吃一口饭只喝水；如何放着好好的官不做，却要回家种地，县长请了三次他都没有去……

牧牧正听得出神，爹端着盘子进去了。爹将一壶酒倒在几个盅盅子里，双手递给挖坟的和做棺材的，然后跪在地上给他们磕头，牧牧忍不住笑起来。几个球仔仔子（比爹小得多）还正儿八经地坐在那里盛人的头呢。同时，牧牧还发现炕桌上添了许多他平时很少见到的好吃的。他就觉得这些人今天有点不平常，心里不由增加了许多敬意。他想象着他有一天能够像他们一样给人家打坟或做棺材，那该多神气。

牧牧添牙了。一会儿添一个，一会儿添一个，添得牧牧心惊胆战的。牧牧忙喊爷爷，却没有人应。放放说爷爷乘着白仙鹤上天了。他一把将仙鹤撕破，发现仙鹤是空的。放放说，爷爷在金银斗里数钱着呢。他一把将金银斗扳倒，发现金银斗是空的。放放说爷爷在往生船里睡觉着呢，他一脚将船踢翻，发现船是空的。牙仍然在一个接一个地添着，牧牧非常非常着急。他不再信放放的话，开始到处找爷爷。

突然，他看见爷爷在开花，一片一片的，将他的眼睛都开红了。

生了好还是熟了好

明明听见爹叫，一骨碌从炕上翻起来，下地洗了手脸，接着拓纸。他和阳阳昨天拓了一天纸，手都拓肿了，但明明神情中有种把革命进行到底的坚忍。明明一边拓纸，一边叫阳阳快起。阳阳仍然装作睡着，赖在被窝里不出来。爹一边喝茶一边说，这可是你爷爷最后一年纸了，要好好拓，不然以后想拓也拓不上了。阳阳突然把头从被筒里伸出来问，为啥不烧四年呢？爹回头看了看阳阳，笑着说，三年就到头了。阳阳问，为啥三年就到头了？爹说，因为三年你爷爷就到了好处了。阳阳问，好处？怎么个好处？爹说，就是一个不受苦的地方。阳阳问，不受苦的地方？那是一个怎样的地方呢？

明明说大概就是共产主义吧。爹笑得把一口茶吐在地上，说，明明说得对，就是共产主义。阳阳问，共产主义又是个啥样子呢？明明说，你快起来拓纸，只要你一上学，老师就会给你讲的。阳阳说，我现在就想知道。明明说，共产主义就是想要啥就有啥。阳阳的眼睛就变成两个手电筒，向明明照去，直照到明明的肠子里去了。要啥有啥？明明说，当然。阳阳说，你再不要听你们老师胡谄。明明说，老师是按书上说的。阳阳说，那我想要爷爷。爹惊异地看了阳阳一眼，又看明明。明明停下了手中的印板，作思考状。阳阳把脖子像鹅一样伸出被窝，向明明伸去，伸去，伸去，讨要答案。

突然，阳阳说，爹啥时给我奶奶烧三年呢？

不想爹却陡地变了脸，错着眼珠盯了阳阳看。阳阳正在兴头上，不防被爹这么逼住，一时转不过弯来，尬在被筒里。明明忙过来从炕床子上取下阳阳的衣服，帮阳阳穿上，拉阳阳到院里去。阳阳一边不情愿地往院里走，一边用小嗓子低声说，我就知道你舍不得给我奶奶烧，要留着给你烧呢。明明慌得一把把阳阳的嘴捂住。

在明明和阳阳的心目中，烧纸比过年还要好。过年有这么热闹吗？没有。过年有这么多好吃喝吗？没有。要是天天烧纸就好了。昨天拓纸时，阳阳突然这样说。明明想想也对，要是天天烧纸，这日子也真和共产主义差不多了。可是这又怎么可能呢？就别说天天烧，就这一年一次，也到头了。爹说三年一烧就再不烧了。

不过也没关系，明明说，爷爷烧完，还有奶奶，奶奶烧完，还有爹，爹烧完，还有娘。阳阳接过明明的话，那么娘完了呢？明明一时回答不上来。阳阳说，笨蛋，分明轮到你了。

阳阳就看见明明的脸上有一百只鸽子一下子被惊飞了，明明愤愤地说，我才不死呢。

你不死想活多少呢？

明明瞪着眼睛想了想说，一万吧，最少一千。

那不成神仙了。

神仙有啥不好。

我才不当神仙呢，当上神仙，就不能死，不能死，就不能烧纸，不能烧纸，能吃上这么多好吃的吗，能有这么多钱吗？

你以为这是钱？

不是钱是啥？

你个瓜蛋，这全是假的。

谁说是假的，爹明明说是真的。

真的你见了？你见爷爷花了，你见爷爷拿着它去称盐，去倒油？

假的你见了？你见爷爷没花，你见爷爷没有拿着它去称盐，去倒油？

既然没见，那就是真的。

既然没见，那就是假的。

反正我相信是真的。

反正我相信是假的。

如果是真的，那你拿到商店试试。看能不能买来一个铅笔，能不能买来一个擦子。

但明明很快就转变了话题，明明说，如果是真的，那咱们就是世界上最富的人了。

才不是呢，最富的人是造纸的人。

还有“中华民国冥府银行”行长，爹说，这一烧，就全存在“中华民国冥府银行”了，爷爷要用时就派金童玉女去行长那里取，行长就把钱儿子给爷爷。

要是钱儿子取完了呢？

当然还有钱孙子。

哇，那爷爷的钱可真是越取越多了。

那当然……

可是爹为啥要生阳阳的气呢？明明想。

娘在扫院，见阳阳嘟着个嘴，笑着说，想你爷爷了？还没有到哭的时候呢。阳阳说，我才不哭呢。明明说，爷爷最偏你你还不哭，也太没有良心了。阳阳说，爷爷不偏你？明明说，偏是偏，但没有你偏，姑姑拿来的饼干，他一次给你两片，给我才半片。阳阳说，你咋不说爷爷让你去买烟。明明说，买烟咋了，买烟又不是偏。阳阳说，还不是偏，本来一盒“羊群”是一毛钱，你给爷爷说是一毛五。明明的眼睛就立起来了，谁说的？你咋冤枉人呢？

阳阳看见明明要来真的，忙缩到娘身后。娘说，我不信明明会干那种事，我不信，明明从来都不胡日鬼的。阳阳说，真的，庄庄给我说的，剩下的五分钱他们两个买了两个铅笔。娘说，买铅笔，买铅笔没有错。阳阳说，还买了六个蜜枣呢。明明说，六个蜜枣你就吃了三个，我和庄庄一人才吃了一个半。娘说，阳阳你要向人家明明学，看人家明明思想多好。阳阳突然站在明明面前，像没有刚才这回事似的说，你说我们说话爷爷能听见吗？明明爱理不理地说，谁知道呢。阳阳说，如果能听见就好了。明明说，听见又能咋。阳阳说，如果能听见，我们向爷爷要些钱花啊。娘笑着说，这要看啥人说。明明和阳阳看着娘。娘说，你们的一举一动爷爷都清清楚楚，如果你们做好事，爷爷就会把钱偷偷地装在你们兜里，如果你们学坏，他老人家不但不给你钱，还要把你兜里的钱悄悄拿走，让你一辈子受穷，娶不上媳妇，盖不起新房，过不上好日子。明明和阳阳同时吸了一口冷气。阳阳说，我和明明给他拓纸，这总算好事吧。娘说，这当然是好事。阳阳掏了掏衣兜说，可是我的兜里咋没有钱啊。娘说，你也太性急了，要想爷爷给你兜里装钱，还不能一个劲地想钱，一想，也就不灵了。明明说，我知道了，就是偷着做好事，就像雷锋一样。娘说对，看来明明的学没有白上。阳阳说，那我试试看。

明明和阳阳复又回到上房拓纸。明明掌印，阳阳揭纸。两人配合得就像一架印钞机。阳阳再也不和明明抢着掌印，纸也揭得比昨天更加认真，像是一下子长大了似的。拓了一会儿，阳阳掏了一下衣兜，给明明说，我一直没有想钱，可是兜里咋还没有钱呢？

明明说，你明明想了，还说没有想。

阳阳说，没有啊，没有啊。明明说，你个笨蛋，你没有想，又怎么知道你没有想呢？

阳阳的白眼仁就直翻到天上去了。

这时，改娃在大门外喊，纸火到了，准备迎纸火！阳阳问明明啥叫纸火。明明说纸火就是一些纸做的东西。阳阳在心里又笑了一下，既然是纸做的，还迎个屁呢。阳阳要把自己的想法告诉明明，可是明明已经跳出大门外了。阳阳赶了出去，只见明明和庄庄争夺鞭炮。庄庄说是总管让他放的，打昨天就说好了。明明说，总管是个啥球东西，是我买来的炮，是我拿我们家的钱买来的炮。庄庄说，那你去给总管说。明明突然急了，你给不给？庄庄说，不给，就是不给。明明说，那好，你爱放就放，但你放完就别进我们家，别吃我们家烩菜。庄庄一怔，说，我给你分一半吧。明明想了想，接受了这一建议。明明跑回家，找了一根柳条，和庄庄一样在上面拴了鞭炮，等着纸火。这时，爹和小叔已经穿着孝衣跪在大门一侧，像是两只披着羊皮的狼，不停地向纸火队伍点头。爹和小叔的前面站着总管和香老。总管手里拿着几张黄表，三根香；香老端着盘子，站在总管身后，像是一个走狗。总管和香老的后面站满了数不清的庄家，一张张脸向着村口，像是一朵朵向日葵。

明明没有想到，就在他发呆时，阳阳一把把他手里的鞭炮抢走了。明明大声骂着追阳阳。阳阳跑到爹的身后，早把早上被爹呵斥的事忘在一边。爹让阳阳把炮分一半给明明。阳阳说，让庄庄分给明明。庄庄就很自觉地过来给明明又分了一半，说，我早就想分给你呢。明明跑到上房里，点了三炷香，分发给庄庄和阳阳。三人就擎了炮立在门口，等待纸火的到来，神情庄严得像是三位持枪守卫疆土的卫士。

纸火来了。真是好看啊。阳阳没有见过纸火。一看，才知道所谓的纸火，原来是一些纸做的花花绿绿的东西，就像电影上国王的仪仗队。总管说，鸣炮。三人就同时点燃鞭炮。啪啪啪啪啪啪啪……三人高兴得就像是三串鞭炮。阳阳说哎呀把人美日巴了。明明和庄庄跟上说真把人美日巴了。三人正美得不知该如何收场，总管大声喊了一声行礼。所有的人就都向纸火跪了下来。总管和香老跪在纸火前，点燃黄表和木香，说，这是女婿外甥的功德，请你老人家收讫。

最前面举着接引佛的年轻人说，收下了。

跟在后面掌着金银斗、花圈、香幡等一应纸火的年轻人齐声唱：收，下，了。

总管说收下了就叩头。所有人就把头点了三下。明明和阳阳仍然沉浸在炮声中，等一些被炸开的零星的炮响完，跪着的人已经站了起来。庄家们从外甥女婿手里接过纸火，把亲戚让进院里，一部分庄家早已给这些外甥女婿们准备好了洗脸毛巾。外甥女婿洗脸的时候，另一些庄家已经把纸火搭在院里，红红绿绿的纸火把院子打扮得像新郎官一样，春天一样。

明明和阳阳在纸火中穿梭，就像两只叫春的燕子。

突然，阳阳的目光在向着上房的方向凝固了。明明顺着阳阳的目光看去，只见改娃和庄庄坐在上房地上，端着一碗烩菜吃。明明的嘴里就流出口水来。明明没有说话，拉了阳阳到厨房里去。娘就给他们每人发了一个油饼。明明和阳阳接过油饼，仍然站着不走。娘问还站着干啥？明明看了一眼阳阳，阳阳会意，说，庄庄和改娃都吃烩菜了。娘就咳的一声笑了。娘说，庄庄和改娃当然要吃烩菜，庄庄是会上定下的炮手，改娃是会上定下的接引生。阳阳说我们也是炮手，我们也是接引生。娘说，你们的炮手是谁定的，你们的接引生是谁定的，总管说了吗？

阳阳就看明明。明明吐了一下舌头，拉了阳阳出去。可是就要迈出门槛了，姑姑叫住他们。姑姑前来给他们每人蜜饼，把脸贴在他们耳边说，不要让别人看见。

明明和阳阳点了点头，迅速穿过人群，跑到后院。站定。两人相互看了看对方，然后把蜜饼搭在嘴上，开始享用。奇怪的是他们不约而同地采用了一样的吃法：先用前门牙尖刮上纸那样薄的一层，在嘴里品，等品够了，再送到肚子里去。整个过程静悄悄的，谁都不说话，彼此能够听见对方的前门牙从蜜饼上瓷实地刮过、面丝被舌头紧张地搅拌、面泥向肠子里欢畅地运动时发出的巨大的轰鸣声，能够看见面泥从嘴里到嗓子再到肠子每一个环节的惊天动地。他们每吃一下，都要把蜜饼擎在面前看一下。无可奈何的是那蜜饼在不可阻挡地少着，少着，少着。少到一半时，两人不约而同地停了下来。明明知道阳阳要说话了，阳阳都快要被想说的话憋坏了。阳阳说，把个放炮么，咱们两个谁不能放，还一定要请个庄庄呢。明明说，那没关系，等庄庄爷爷死了，我们也去报名当炮手。阳阳说，对，还有改娃爷爷，也快死了。两人掐着指头把庄里快要死的老头子算了一遍，总共可以放二十三次炮。过了一会儿，明明又说，不对，是六十九次。一个人死了要烧三年纸，二十三个不是六十九次嘛。

明明和阳阳回到家里，发现他们刚才算过要死的老人中好几个都来了。他们站在纸火前，左瞧瞧，右看看，互相开着玩笑。明明和阳阳同样不约而同地在他们脸上打量着，像是在计算着他们什么时候动身。突然，阳阳拉过明明，把嘴贴在明明耳朵上问，你看谁先死？明明复又把阳阳的头扳过，把嘴贴在阳阳耳朵上说，我看是庄庄爷爷，你呢？阳阳这次没有等到把耳朵换过，就说，我看是改娃爷爷。没想被改娃爷爷听到了。改娃爷爷问他咋了。阳阳说，我看你就要……就在后面的那个字到了阳阳的嘴边上时，明明向阳阳干腿上踢了一脚。那个“死”字就被“啊”字代替。阳阳的眼泪就出来了。接下来，明明的干腿也就挨了阳阳几脚。明明始终笑着，以一种君子风度接受了那几脚。接着盯住那几个老人看。阳阳看见明明开始了新一轮侦察，当然不愿意落后。明明就看见庄庄爷爷已经骑着仙鹤踏云而去。阳阳就看见改娃爷爷已经往“中华民国冥府银行”一麻袋一麻袋地存钱了。他们两人呢，已经放完鞭炮，正儿八经地坐在他们家上房炕上吃烩菜了。吃完一年吃两年，吃完两年吃三年，直吃得嘴角流油，肠子撑肚皮儿。

明明和阳阳在想象中把庄庄和改娃家的烩菜大吃一顿，把目光从肚子里掏出来时，起风了。风把纸火吹得哗啦啦响。一些没有粘牢的纸片像树叶一样在院里飞。明明仿佛能够听见那些老人身体里也有同样的纸片在飞。明明蓦然想起爷爷。新院爷爷烧三年时，爷爷带着他去吃嘴，纸火来了时，爷爷就是这样观看的。当时他问爷爷这些东西是干啥的。爷爷说是骂眼睛的。明明不懂，再问，爷爷的眼睛就潮了。

总管请几位老人到上房里陪爷爷的舅家奶奶的娘家和三年前给爷爷打坟的坟匠、做棺材的木匠坐席。明明和阳阳凑到门口去看。明明和阳阳发现，这桌饭有点和别的不一样。不再是汤菜，全是干的，还加了几个干果碟子。馒头也换成了油饼，居然还有蜂蜜。这他们可连一点都不知道。明明突然觉得，这烧纸就像搞地下活动似的。阳阳咽了口唾液，给明明说如果把这些油饼放着让咱们自己吃，能吃半个月呢。明明点了点头，向阳阳表明他知道事情的严重性。

阳阳索性骑在门槛上，目光追随着大家手里的筷子，发现许多人吃了第一个油饼，还要吃第二个；吃完第一碗，还要吃第二碗。出乎阳阳意外的是，明明不但心里不痛，还居然进去，公然站在大家面前，学着大人的样子说，再吃，就这么一点菜菜子，吃不好，吃饱。把大家都惹笑了。一个远舅太爷给明明几个水果糖，明明竟然不要，而且不要到底。阳阳在心里佩服着明明，就凑到明明身边了。那位舅太爷的手却已经收了回去。阳阳想，如果舅太爷再给他，他也说不要。阳阳都被自己的决心感动了。这时，一位干部模样的人看见了阳阳，问阳阳叫什么名字。明明替阳阳回答说，叫阳阳，就是两个太阳。那位干部赏识地看了一眼明明，接着问阳阳，长大想干啥？阳阳说，造纸。干部惊讶地说，噢，你的这个理想真怪，为啥不当科学家，不当文学家，却偏偏造纸？阳阳说，不告诉你。明明要说时，阳阳在明明腿上掐了一把。

亲戚越来越多，几个屋子都快要被人撑破了。由几个远孙子组成的侍应生队伍一个劲地从厨房往出端肉菜、馒头、献瓜瓜，累得头上都冒汗了。在新来的一拨亲戚堆里，阳阳发现了回缠。回缠没有庄庄大，还像模像样地坐在炕上，让人端吃端喝。阳阳就来了气。阳阳上前，盯着回缠说，人家大人都在院里，把你虎在炕上，有脸没脸？

一下子把回缠的脸说成一张红纸。一屋子的人笑得稀里哗啦响。好在回缠拿出一副大人不记小人过的样子，没有停下手里的筷子，继续吃他的菜。阳阳还要说时，屁股上挨了爹一脚。阳阳说，你说家里来大人了娃娃不能坐在炕上吃饭。爹说，滚，滚蛋。阳阳不服气地嘟着一张嘴，退出上房。明明说，你咋胡说呢，人家回缠今天是亲戚，是代表舅家来的，冲撞了舅家，以后媳妇都娶不成。阳阳说，你哄瓜子去吧。明明说，不信？不信你就等着看。到时候媳妇都进门了，如果舅家不发话，你就是不能入洞房，不能和媳妇睡觉，看把你个能急死么。阳阳说，你才急呢。明明说，你娶媳妇，我急个啥。阳阳说，我媳妇就是你媳妇嘛，咱们联合起来共同对付舅家。明明就笑，差点把牙都笑掉了。明明说，媳妇谁的就是谁的么，咋能你的就是我的。阳阳说，咱弟兄，一家不说两家话，我的就是你的，你的就是我的，咱们联合起来把舅家赶走。明明说，那娘还不把你打死，知道舅家都是啥人吗？全是娘娘家里的人。阳阳说那爹娘家里的人呢，咱们不会让爹娘家里的人来对付娘娘家里的人？明明又笑，和你这种人真没法说，真没法说，爹哪里来的个娘家人？阳阳说，这么说舅家就没法治了？明明说，那当然。阳阳说，那我也要当舅家。明明说，舅家也不好当，外甥领媳妇时要给外甥挂被面，外甥家死了人要做白献、买祭幡，都是重礼，咱们哪儿来的那么多钱啊。阳阳说，还这么麻烦。

经明明这样一说，阳阳再看炕上的回缠时，就多了几分敬畏，回缠头上的汗气和舅家的光芒交织在一起，把阳阳的心都弄潮了。

又有几拨亲戚到来，屋子里终于坐不下了，一些人就从屋里漫出来，蹲在房台子上，蹲在院里。总管给明明和阳阳两盒“羊群”，让他们给院里的人做孝敬。阳阳不明白啥叫“做孝敬”，问明明。明明说，就是给大家发烟。阳阳笑笑说，发烟就发烟，还这么倒牙干啥。明明不屑地说，你不懂就悄着。说着，把烟盒撕开。阳阳照明明的样子也把烟盒撕开。两人就颠颠地给人们敬。他们每到一个亲戚面前，就一手很洒地把烟盒一抖，另一手抓出一根来，给对方敬，抽上，抽上，抽不好，抽饱。惹得一院的人嗨嗨嗨地笑。最后，两人发现孝敬烟的最大收获是能落下一个烟盒，烟盒上的那群羊真肥啊，草原真大啊，天真蓝啊。更为重要的是在蓝天白云的里边，还有一片闪闪发光的金箔纸，可以做飞机，做轮船。他们就期待着总管再次让他们给大家烟“做孝敬”。

烧纸的时间到了，爹叫明明和阳阳赶快穿孝衫。孝衫是爷爷死那年做成的，明明和阳阳的都小得穿不上去了。阳阳就把明明的抢先穿在身上。明明就嚷。爹说，孝衫不能乱穿的。阳阳问，如果乱穿就咋了？爹说，乱穿爷爷就认不得人了。阳阳看着爹，带着一种考究的目光。爹却一本正经，丝毫没有哄人的意思。阳阳就把明明的还给他，两人就勉强把孝衫穿在身上。帽子也小得只能顶在头上了。明明说，等奶奶死了，把孝衫缝大一些。奶奶就在身边，笑着说，奶奶死了你们都不要穿孝衫，省下这些钱给你们买好吃的。阳阳问，奶奶你啥时候死呢？奶奶说，奶奶想现在就死，只是阎王爷不发话。阳阳说，你让我爷爷给阎王爷说一下嘛，走个后门嘛。奶奶说，你爷爷那老鬼早把奶奶给忘了。阳阳说，老鬼？鬼还有老的？惹得大家一阵笑。

总管看见孝子们已经把孝衫穿好，大声喊了一声上坟。院里的人应声都向大门外涌去。明明和阳阳出门，看见门前通往坟院的路上是一个长长的队伍，就像学生在出操。外甥女婿们搭着纸火，走在前头；庄家们和别的亲戚跟在后面；最后面的是孝子。正是挖土豆的时节，家家地里都有人在挖土豆，一片一片挖好的土豆金子一样躺在黄土里，躺在阳光里。男人们都来烧纸，挖土豆的就剩下些女人娃娃。这时，女人娃娃们一律停下手中的锄头，一边歇着，一边看着烧纸队伍。

一出庄，明明和阳阳就听见大家开始谈论今年的收成，谈论今年的土豆价格，谈论土豆贩子是如何在收土豆时做手脚，等等。明明和阳阳的气就来了。他们被人们如此漫不经心的样子给激怒了。尤其是明明，阳阳听见他的气都粗了起来。明明甚至悄声骂了起来：烧纸就专心烧纸么，这样胡说八道的像个啥；这样吊儿郎当的还不如不要来；跑着来烧纸的，就像回事么。

让明明没有想到的是爹也搭上说了，爹说，看来这土豆也种不成了，明年咱们试着种冬麦。明明就上前，拽了爹的孝衫一下。爹问，干啥？明明说，你们也太不像话了，这是去烧纸呢，又不是跟集呢。爹的脸一红，伸手在明明的头上抚了一下。明明的满腔愤怒就被爹的这一抚给打消了。

坟院到了。总管先在祖太爷的坟上烧了黄表和纸钱，又在左近的别人家的坟旁边烧了。明明不明白他们为什么要在别人家坟院旁边烧纸钱。正要问时，只见姑夫把他和阳阳拓了整整两天的一大麻袋“中华民国冥府银行”发行的纸钱掏了出来，分出一小堆，拿出打火机，轰的一下点着了。明明心里痛了一下。姑夫给他一根长棍，叫他往开里拨纸。明明一人无法把那棍擎起来，阳阳搭上手，弟兄二人就齐心协力地给爷爷烧钱。烧着烧着，明明看见爷爷向他走来，后面跟着“中华民国冥府银行”行长，爷爷给行长大人说，这是我的两个孙子，老大叫明明，老二叫阳阳。行长说他记下了。是总管打断了明明美好的想象。总管在太爷和太太的茔前烧了纸，回到祭桌前，用一张黄表把更大的一堆纸钱点燃，神色严肃，精神抖擞，高声朗诵：

> 郭老太爷灵验，自您老人家驾鹤西去之后，子孙们恪守孝道，乡亲们无不感念，不觉三年，如今功德圆满，想您老人家必是到了好处，三年祭日，略备孝敬，伏惟尚飨，尚飨。

阳阳悄悄地问明明“尚飨”是啥意思。明明说，大概就是“好好学习，天天向上”的意思。阳阳说，你是说爷爷到了那一世还要上学，还要念书？明明说，那当然，老师说学习是没有止境的。阳阳说，可是爷爷已经死了啊。

再问时，一阵风过来，半人高的火苗直往弟兄二人身上蹿。看见两人被火烤得难以自持，爹过来接过木棍。明明和阳阳趁机退后，跪在爹后面。爹不几下就把火挑大，像是从地底下一下子奔出来几个火的牛犊子，在人们面前撒欢。眼见他们辛辛苦苦拓了两天的纸钱在迅速减少，阳阳心疼地给明明说，好端端的一袋子钱，就这样烧了？明明忘了早晨和阳阳的争论，说，大概只有烧了爷爷才能花上。阳阳疑惑地看了看明明，那又为啥？为啥一烧爷爷才能花上呢？明明说，大概火通爷爷着呢。阳阳说，胡扯，火就是个火嘛，咋能通爷爷呢。

肯定就是，火肯定就是阴世的门。明明被自己的这句话震了一下，明明没有想到自己会说出这么有水平的话。明明一边欣赏着自己的发现，一边看着在心里缓缓洞开的通向阴世的那扇门。

啥是阴世？阳阳问。

明明仍然沉浸在欣赏中，没有搭理阳阳。

阳阳又问，阴世好吗？

哪有阳世好！

阳世才不好呢，想吃个蜜枣都没有，想花个钱都没有，想要个媳妇都没有。

你个仔仔，没有巴掌长，还想要个媳妇，小心叫媳妇一尻子压死。

她能压住我？“丈八长矛手中攥，来上两个挑一对，来上十个挑五双”。

明明惊讶地看了阳阳一眼，心中不禁生出几多佩服来，他没有想到阳阳会如此巧妙地把爷爷教给他他又教给阳阳的一句戏文用到这里来。

突然，明明发现阳阳脸上的皮肤僵住了。细追究，就发现阳阳的目光胶一样黏在总管手上。总管往火堆里扔着献饭，姿势优美又大方，那只抓着筷子的手上就像带着多少粮草似的，就像开着工厂似的，让人觉得每扔一下，爷爷的日子就红火一下，每扔一下，爷爷的日子就红火一下。

事实却是，每扔一下，明明和阳阳的心里就痛一下。他们不知道爷爷能否真的吃在嘴里。

突然，阳阳说，我知道了。明明问，你知道啥了？阳阳说，知道为啥要烧吗？明明问，为啥？阳阳说，一烧这钱就成了熟的，只有熟的爷爷才能花上，爷爷不是没牙么。

明明哈的一声笑出声来，说钱还哪里有个生的熟的。

钱咋没有个生的熟的，连人都有个生的熟的。

真是胡扯，你说怎样的人是生的，怎样的人是熟的？

活着的人是生的，死了的人是熟的。

屁话，纯粹是屁话，照你这么说，那爷爷现在是熟的？

当然，就像烧土豆一样，都熟透了。

那你说生了好还是熟了好？

当然熟了好，土豆不熟你能吃吗？饭不熟你能吃吗？我现在明白了，烧纸就是把钱往熟里烧哩，把人往熟里烧哩，把所有所有东西都往熟里烧哩。

草场

桃花赶了羊出门时，娘说等一下她也去。桃花惊讶地说，你这身体能够赶山？娘说她试试。桃花看见娘手里提了一个包，知道娘是早就准备好了的。桃花说，娘你提包干啥？娘说，拿了些针线。

桃花就在前面押住羊，等娘锁大门。

娘赶上来，笑着说，看咱家的人丁多兴旺啊。

桃花高兴地说，“八公主”眼看又要下（崽）了。

娘就在羊群里搜寻“八公主”，最后目光却落在“尕司令”身上。“尕司令”是公主群里唯一的男性公民，也是“八公主”的老公。现在，它不陪太太，却在“九公主”身边骚情。桃花瞥了一眼娘，娘的神情却在羊群之外。

过了会儿，娘说，你这“尕司令”也该到阉的时候了吧？

桃花一惊，说，好端端的为啥要阉人家？

娘侧脸看了桃花一眼，笑了笑，说，傻丫头。接着说，也没个人去赶了和群，你爷爷在时年年都要赶了去大山里和群。

为啥要到大山里去和群呢？

大山里有好羝羊，这年月近处连个好羝羊都没有。

那我们去大山里啊。

你以为大山里就那么好去——看，那个羊吃人家麦子。

桃花正要扔鞭杆，那羊却乖乖地回到集体中。

娘笑着说，好个懂事的。

桃花说，啥懂事不懂事的。

吃了人家的麦子还躲掉了一顿打，怎么不是个懂事的。

桃花被娘的话击了一下。她觉得娘的话很远也很深，她琢磨了半天也没有琢磨出个底来，又觉得它分明是有个底的。

到了一个十字路口，就有两个羊抄小道走。桃花的鞭杆就过去了。那两个羊挨了一顿打，很不情愿地回到队伍中。娘笑了笑，说，它们并没有错，你为啥要打它们。桃花说，天天从这儿走，它们又不是不知道。娘说，这个小路你走过吗？桃花说没有。娘说，那你怎么就认为从小路走不对呢。桃花说，这我倒没想过。娘说，你怎么就不想想呢。桃花又被娘的话击了一下。她好像能够嗅到娘话中的后味，酒干一样。桃花说，那么走小道？

娘说，不，既然走了大道，就走大道，现在小道上就是有再好的草，已经是回头草。

啥叫回头草？

回头草是一种惹人但不能吃的草。

桃花想，这是一种什么草呢？她放了这么多年的羊，还没有见过哪种草惹人却不能吃。

上到半山腰时，太阳出来了。回头看村子，村子一派氤氲。娘说，平时让人泼烦的那个家，现在看来还真好呢。桃花说，那是你第一次出来。娘说，算你说对了一半。桃花不解地看着娘。

娘说，不是第一次，是隔了些时间。你看，只隔了些时间就觉着它这么好看。桃花想了想，觉得还是娘的话更准确。

这时，桃花看见娘的气很虚，就问娘是不是很累。娘说，也不觉得。桃花说，要不就先歇歇。娘说，赶着羊，怎么个歇法。桃花想了想，也是，两边都是庄稼，的确无法停下来。娘说，人就是这样，一旦和啥牵连，就难以自主。就像现在，如果身边没有这群羊，你就可以闭上眼睛走这段路，就可以想在啥时歇就在啥时歇。桃花就抬头看娘，好像要从娘的脸上找出些什么来。

上笔架梁时，娘突然转入沉默，好像在记忆中翻捡着什么，又像是无法腾出多余的体力来和她说话。桃花想找一些话和娘说，可是娘的神情却是拒绝的，不容打扰的。桃花一时有些不知所措，就像时间凝固在路上，让她每前进一步都要设法推倒厚厚的时间之墙。桃花的呼吸都有些接不上了。桃花奇怪，自己一个人出山时，什么时候又有过这种感觉呢？怎么身边添了一个人，有时倒会让人觉得寂得慌呢？好在那个小羝羊不时给她找些事出来，可以让她借助制止事端暂时逃脱凝固了的时间地界，透上一口气。

总算翻过了笔架梁。

一过笔架梁，就到了主山的脖子处了，行进的羊群猛然顿了一下，同时得了秘密号令似的，一齐低下头吃起草来。娘也像重新换了一个人，软软地靠在坎子上，好像是从什么地方刚刚回来。桃花感觉得出来，娘要说话了。娘果然问桃花，喜欢放羊吗？桃花说，有时喜欢，有时不喜欢。娘又问，就说喜欢，你是喜欢放呢，还是喜欢羊？桃花想了想说，有时喜欢放，有时喜欢羊。娘笑了笑，像是对桃花回答的认可，又像是对桃花没有说出来部分的遗憾。娘又说，娘像你这个年龄时，要是有群羊放就好了。桃花立即问娘，你那时干啥呢？娘神情含糊了一下，说，要说也在放羊呢。桃花愤愤地说，啥话么，一阵放一阵不放的。娘错了一下嘴角，桃花你说，咱们有啥道理要赶着这么一群羊呢？到底是谁让我们赶着这群羊呢？

桃花听不懂娘的话，侧了脸看娘。娘说，我咋觉得我们身后也有一个鞭子呢，桃花你说，这个执鞭子的人该是个谁呢？桃花发现，这时娘表面上是和她说话，其实是在自言自语了。桃花你说，到底是放羊的人快乐呢，还是羊快乐呢？桃花说，这个问题么，得问羊。桃花就真的问起羊来，咩咩，咩咩，我娘问是你们快乐呢，还是我们快乐？惹得娘笑起来。

这时，“尕司令”虎地跳到“九公主”的身上，差点把“九公主”压趴下。桃花跑过去用鞭子抽，可是“尕司令”却是一副轻伤不下火线的样子，好像那些落在身上的鞭子和它没有多大关系似的。桃花再打时，就看到了一双眼睛，桃花不由打了一个冷战。那双眼睛是“九公主”的，“九公主”回过头来，极其不满地看了她一眼。这一眼把桃花给看愣了。桃花一时觉得无地自容。再看娘时，娘的目光又到了远处，如同一片秋天的树林。

几乎是在同时，山底下传来一阵花儿：

阿哥的肉哎，咋熟的呀
还不是自己把自己烤熟的
心里的火哎，咋起的呀
还不是老天爷点下的
……

桃花看见娘的眼里有泪花在打转。桃花想，不就一段骚花儿么，她天天听呢，也没听出个啥来，可是娘怎么就这么伤心呢？

桃花就赶了羊离开山脖子，向山顶走去。被山啃成一个月牙的天渐渐丰满起来，让人心里觉得宽敞。娘的头上虽然渗出许多汗来，气也有些喘，可是神色却比刚才好了许多。

当那个月牙变成满月时，她们到了山顶。母女二人坐下喝水。娘说，到山顶的感觉真好啊。说得桃花心里颤了一下。桃花就觉得娘简直在挑着拣着说早就放在她心里的话。她每天赶着羊上山，好像就是为了这一刻，每当这时，她的身体里就好像有花在开放。无边无际的开放中，像是有许多东西一下子涌进来，又像是有许多东西一下子涌出去，接着，她就觉得自己在溶化了，和天一起，和地一起，最后，自己就是天了。但平常，这些感觉都在心底的一个暗处，不想被娘一下子挑明了。

娘向山下看了一会儿，又说，平时我们觉得一个家就有多大多大，现在你看，还没有指头肚大。桃花想了想，觉得娘今天了不得，这些事情平时自己也隐隐约约地感觉到，但是没有像娘这样说得丁是丁卯是卯。就说，娘你今天怎么句句都是语录。娘笑笑，娘今天心情好。

桃花看娘，娘脸上真的有一层往日没有的光彩。娘今天这是怎么了，天气一样，一会儿晴，一会儿阴的。

突然，娘定定地盯了她看，看得她心里毛毛的。接着，娘的目光恍惚了一下，说，当年娘把你带回来时，你还不会走路呢。那时，娘真担心带不大你呢，不想一转眼就成了个大闺女了，知道吗，已经有人来提亲了。

桃花低了一下头，就在娘又要开口时，倏地上前向娘嘴里放了一片杏干。

娘看着桃花笑了一下，说，这杏干还真比杏子味长呢。

桃花说，啥味长味短的，我只觉得它好解渴。

娘说，是的，它就是能解渴。

虽然是同一句话，但娘的口气和她不一样，桃花觉得娘把自己的意思给篡改了。

再看娘时，娘的目光已经在对面山上。娘说，看你爷爷睡的那个地方，多像个竹篮儿。桃花就觉得爷爷睡的地方真像个竹篮。自己平时怎么就没有看出来呢？娘怎么处处都高自己一筹呢？如果娘死了，你就把娘埋在你爷爷的脚下面。桃花说，你胡说啥啊。娘说，娘真觉得那地方好呢，如果不是给你做伴儿……娘打住了后面要说的话，再次盯了桃花看，把桃花的眼睛都看花了。

突然，娘收了目光，说，桃花你猜我今儿带啥来了？桃花说，你早说过是针线了。

娘摇摇头。

好吃的？

娘还是摇摇头。

桃花怎么也没有想到，娘竟带了一个很好看的风筝，竹子做骨，绸子做面，活像一只彩蝶。小时候，每当她哭闹时，娘就哄她说要给她拿风筝去，可是每次都说没找见。桃花问，这么好的做工，娘从哪里弄来的？娘说，说起来，它还是你姥姥给娘的呢。那时每当娘去放时，你姥姥总是说，风筝上有一辈子人呢。当时娘还以为你姥姥在说胡话呢。

桃花问，那么现在呢？

娘说，等你嫁了人就明白了。

桃花说，娘你说的啥话么。

娘笑了笑，说，今天风正好，你去放。

桃花就去放。可是放了一会儿，总是放不起来。娘就又从包里拿出一团线拴在风筝上，教桃花怎么放。桃花就依娘教的放，果然越放越高。看着风筝乘风在天上飞翔，桃花高兴得像一个彩蝶一舞一舞的，连正吃草的羊都回头看着她。

等桃花放够了，娘问，好玩吗？桃花说，娘，你怎么不早拿出来？娘说，我还真舍不得呢。桃花说，不就一个风筝嘛。

娘叫桃花。

桃花应。

你想想，风筝为啥要有个线？

没有线不就跑了。

娘说，当初没有线，它怎么没有跑？

桃花想想也是。

桃花说，为了让它飞起来。

娘说，算你说对了一半。

这时，娘把风筝又放起来了。桃花看见娘的神情有点异样。娘一直把线放到头。然后定定地看了一会儿风筝，叫，桃花，这线还有一个用处，你再想想看。桃花想了想说，是为了让风筝飞高。娘摇了摇头，难为你了，你就好好看着吧。说着，就把手中的线松开了。桃花大叫了一声。风筝已经上天了。

再也没有下来。

桃花看见娘的眼里闪着泪花。

桃花气愤娘把好端端的一个风筝给放走了，但是看娘脸上挂了泪花，又觉得其中必有缘故，就小心地给娘递上手帕，说，不就一个风筝么。娘接过手帕说，就是，不就一个风筝么。说着，脸上换了笑容。

娘的气有些喘，桃花扶娘坐下来。再看天上的风筝时，已经和蓝天隐约难辨了。风筝上有一辈子人呢。什么意思呢？嫁了人就自个儿明白了。不嫁人怎么就不能明白呢？嫁人，不就是多了个男人么。

桃花，知道娘为什么不供你读书吗？

娘终于开口说话了。声音像是从地底下渗出来的。

桃花说，穷呗。

娘说，是，也不全是。

桃花问，那是为啥？

娘说，其实娘也很矛盾，娘不就是半个读书人吗？不也在城里混了半辈子吗，但最后还是回来了，知道为啥吗？

桃花说，因为娘病了。

娘说，你是娘的女儿，娘不怕丢人，娘今天告诉你，娘不是病了，是脏了。

桃花惊得说不出话来，大睁着眼睛看娘。

桃花你别怪娘，娘现在觉得其实在山里做个羊倌真是挺好的。

娘的声音几乎小得听不见。桃花把水给娘，娘喝了一口，缓了缓，接着说，如果你听娘的话，就嫁给地生吧。

桃花生气地说，娘你胡说啥呀。羞得勾下了头。

娘说，娘已经盯了好久了，村里的小伙子差不多都到城里去打工，就他安心地种地。

娘是在为桃花订完亲的第七天走的。

娘上路时，“八公主”正在分娩。

附录：文学最终要回到心跳的速度

——答姜广平先生问

问：在论及你的作品时，我们无法回避两个问题，一是关于西部作家的问题；一是关于作家与外部世界——当然，在你这里，更主要地是表现人与土地、人与文化的关系问题。我们先就第一个问题来聊聊。你对自己作为一个西部作家是如何界定的？

答：无疑，我是一个西部作家，这是无可更改的地理身份。但从本质上来讲，作家是不存在地理身份的，因为心灵不存在分别，它是"一"，不是"二"，如果是"二"，它就无法实现"感应"，也就无法实现"共鸣"，所谓"心心相印"，就是从此而来。

问：李建军在《论第三代西部小说家》和《诗意叙事及其意义》里曾反复说及"西部作家"这个概念。过去，我们一些评论家就"南方叙事"谈论得比较多。这两个文学概念都有非常强烈的地域性。当然，"西部作家"这一说法，可能更加具有强烈的地域性色彩，某种意义上，它是与"南方叙事"不同的两个概念。我觉得，"南方叙事"更像小说修辞，而西部文学或西部作家肯定是就题材本身而言。应该是这样理解吧？

答：李建军先生的论述我看过，按照他的行文逻辑是成立的，我也同意您的"修辞说"，从气质上讲，作家是存在南北方区别的，因为水土有别，这就像羊必须生活在大地上，鱼必须生活在水里一样，但是无论是羊，还是鱼，它们首先是生命，文学既要敏感于水土之异，更要敏感于水土之同。

问：毫无疑问，你写的是西部，西部的民情、民风，西部的文化特色。你是在写作之初就为自己设定了这样的文学使命吧？

答：那倒没有，最初的写作是混沌的，我是在写西部，但西部只是外衣，核心还是人，就像《农历》，看上去是西部题材，但“农历”本身是天地人之间的关系，是充盈在天地人之间的一种和谐力，它是“根本快乐”的保障，也是“根本幸福”的来源，无疑，这又是人类共需的。

问：先锋文学之后，这样的一种文学设定，在作家们那里，肯定是越来越少了。这是一种文学的回归。有时候，我们固然要强调“怎么写”，但技法是能穷尽的。有时候，我们还是要回过头来，或者，文学也应该倡导一种“慢”的艺术。走得太快，肯定也是违背文学规律本身的。

答：非常正确，文学最终要回到心跳的速度，因为那是“感动”的速度，感动只有在心灵同频共振的时候才能发生，为此，“慢”是归途。但也仅仅是归途，还不是“家”，文学的家在“静”里。

问：但一味地“慢”下来，可能会使小说过于繁冗、沉闷。当然，毫无疑问，这使小说的品质有了一种回归。正像很多读者所发现的，现在很少有作家再用那种工笔描写的方法来写小说了。

答：因此我说“慢”仅仅是归途，但“静”则不然，真舞者在进入舞之后，速度可能很快，但她的心是静的。真正打动读者的就是这个“静”，因为它是生命的来处。对于作家来说，这种“静”和他用的手法没有关系，如果他的心是静的，那他即使写意，读者看到的也是静，如果他的心是闹的，即使他用工笔，读者看到的也是闹。

问：我们还发现，在你这里，其实还有另一种文学虔诚：正像李建军所言，我们现在的文学，在很多作家那里，让人感受到的是“价值观上的虚无主义”，是“面对文学的玩世不恭，是对人物的冷漠和无情”。而现在，你重拾这样的虔诚感与敬畏感。也许，我们今天的对话的一切出发点都必须从这里开始。

答：是，如果文学离开了虔诚，那就失去了根，因为读者的阅读，本质上是寻求一种“温暖”、一种“感动”，而温暖和感动的前提就是虔诚。孟子说，不诚，未有能动者也。就是这个意思。

问：优秀的文学技巧和出色的才思，在我们作家这里并不缺少，但为什么缺少优秀的作家，可能原因就在这里。我们的作家，我以前讲，中产阶级化了，相当危险。现在，我还是这种感觉，多数作家，现在差不多仍然是吟风弄月，是在构筑自己的象牙之塔。其实，离真正的生活是非常遥远的，离生活中的“真善美”同样遥远。

答：对，文学需要技艺，但技艺不是文学。至于作家中产阶级化是否会影响文学品质，倒不是绝对的，关键是要看他的心是否已经“中产化”。

关于“真正的生活”，我也有些不同于通常的看法，我理解，“真正的生活”应该是发生在“心灵大地”上的，借用古人的一个词，就是“心地”吧。如果一个作家，他没有发现这块新大陆，或者说他的这块大陆是沉睡的，他即使走遍世界，也找不到“生活”。

问：反观世界范围，舔舐伤口的作品仍然有增无减，而且也得到诸多重视，其影响也不可小视。然而，总觉得关注当下与今天的作家不多。而你在这方面，则特别注重揭开当下生活的真实，特别善于发现当下生活中的美。

答：我非常喜欢“当下”这个词，古人讲，“泉水在山乃清，会心当下即是”，“是”什么？“是”真之所在，“是”美之所在。显然，“伤口”不是当下，“舔舐”更加隔离了当下。现代大多人犯的一个错误是，舍近求远，舍本求末，结果是一生都在追逐，到头来既见不到“山”，也见不到“水”，当然也见不到“心”。

如果我们在品“这一口”茶时错过了茶，我们即使把《茶经》背个滚瓜烂熟，也找不到茶。如果我们在喝“这一口”水时错过了水，我们即使泡在大海里，也找不到水。

问：联系你的安详文化，汪政与晓华的判断同样是我们的判断，你是在以宗教般的虔诚，来礼赞生活的美好。所以，现在的问题是，我们发现，往往一个伟大的作家，是有哲学思想、宗教意识或文化意识来支撑的。但这可能恰恰是当代中国作家最为缺失的东西。这是个大的话题了，涉及的东西可能也将会很多。人们意识到了这一点，但是，我发现多数作家并没有准备这些东西就匆匆上路了。

答：您讲得非常对，这就像一个人没有准备好灯就开始赶夜路，结果可想而知。因为我吃过赶夜路的苦，所以我知道灯的重要。

问：但问题是，我们是不是可以说，你的描写其实已经与沈从文、汪曾祺这一代作家不同了？

答：不敢和这两位大家相提并论，也有评论家说我的创作受他们影响，还有废名。但说实话，这几位大家的作品，我恰恰读得很少。如果说气质上有些接近，那大概是因为我们的心性相近吧，就像相同的土壤上容易长出相近的果实。

问：与此相关的是，可能很多作家也并不是不擅长此道，而是因为“文学已进入到一种后小说的时代”。“文学已进入到一种后小说的时代”是我与评论家费振钟对话时，谈到的一种观点。当然，这首先是费振钟先生的观点。既然是后小说时代，可能我们所说的小说的一些东西，哪怕是最为精粹与优秀的东西，也可能会被抛弃，被改写，被重置。

答：古人讲，境由心造，相由心生。在我看来，心也由境造，心也由相生，当然我这样讲有些大逆不道，我只是想说，强大的环境是可以影响心灵的，一个人面对镜子久了，就会把镜子视为自己。因此，当世事纷乱到极致，我们要让小说家保持初衷，几乎是不可能的事了。当差不多所有的作家都在随波逐流的时候，有那么几个人站在源头，或者说是岸上，冷眼旁观，他们的目光，就有可能是真理，这也许是我们在后小说时代的一种奢望。

问：所以，我们不得不这样问：我们可不可以认为你的小说是对传统意义上小说定义的回归呢？

答：不敢说，但我认为，小说的首要使命应该是祝福，如果我们抛弃了小说的祝福精神，等于我们抛弃了人。

问：在你的作品里，我们首先可能遭遇的是关于节奏的问题，像《生了好还是熟了好》《点灯时分》这样的作品，肯定是以某种节奏上的让步才能成立的文本。像这样牺牲节奏以全小说意味，除了想呈现一种民俗与礼俗，你是不是还有什么目的？

答：《点灯时分》之所以呈现出现在这种节奏，是因为它的主题是“灯”，既然是灯，就不能有风。因此，这也是一个天然，一个水到渠成，在写作时，我是没有想过“目的”的。

问：你在作品里，大多都刻意选择了儿童视角。儿童视角的选择，一方面，我觉得是解决了“怎么写”的问题，但另一方面，它又是一个重要的“写什么”的问题。很多作家也选择了儿童视角，但是，儿童却被悬置。在你这里，儿童视角与儿童心灵，是并在的。除了神秘性、诗性等原因，选择儿童视角是不是在你觉得更便于展开呢？我曾想过，这可能也是你的方向，毕生的追求方向，让文字从现在回溯，用你的话讲，就是寻找到“回家的路”？

答：有这个意思，事实上，儿童和成人也是一个分别，如果我们的心是没有经过污染的，那成年也是儿童，如果我们的心是经过污染的，那儿童也是成年。我这样讲，可能有些不是特别恰当，但是一个孩子在没有性成熟之前，他是天然的，当他的性成熟之后，欲心就产生了，随之，私心就产生了；而一个人一旦有了私心，平常心就失去了，清静心也就失去了；而一个没有清静心的人，是无法准确地打量世事的，当然更无法准确地打量心灵了；而一个作家，他的作品不能准确地描绘心灵，它怎么能够打动读者？

问：在儿童视角的引入中，我还发现了另一个意味深长的问题，往往，你是以儿童来面对年深月久的“传统习俗”与“礼仪习惯”。这种时间上的对峙与对立，你是在写作之前就想好的，还是在写作过程中突发的灵感？我们发现，就是在新作《农历》中，你也是这样设定的。当然，我并不是说你仅仅让儿童去面对了四时八节。这不可能，也做不到。但是，你没有忘记儿童。你一直让儿童共时、在场。

答：我前面讲过，儿童的心是清静心，就像一盆水，只有在它非常安静时，我们才能看到映在其中的月。同样，要打量这轮“农历”之月，成年人的目光显然是不合适的。至于是否在之前就想好，还是突发灵感，可能突发灵感更准确，因为真正的“灵感”，还是来自于清静心。

问：有人说，像《大年》等作品里，还是写到了西部自然的严酷与物质生活的贫困。但我觉得，这里，一定不是所谓的苦难叙事。我倒觉得这是一种提醒，提醒人们，我们过去的美好生活里，就有这样的元素。所以，我时常觉得，你选择儿童视角也是一种提醒，提醒我们发现儿童，提醒我们用赤子之心看待一切。这也是一种回归与回家吧。

答：对，我在《大年是一出中国文化的全本戏》一文中写过，“大年”有可能是人类的童年。

问：话题回到当下的文学生态。总觉得，中国没有真正的儿童文学，没有童话。而你笔下的儿童叙事，以及很多作家的儿童视角下的作品，人们又习惯地以纯文学的眼光来看待。

答：在我看来，真正的儿童文学，恰恰应该是成年文学，真正的成年文学，恰恰应该是儿童文学，这就像母子对话，你能分清哪个是儿童，哪个是成年吗？我这样讲有些绕了，还是那句话，当我们一旦有了儿童和成年之分时，平常心已经失去了，平常心一失去，文字就落在现象层面了，文字一落在现象层面，心灵那一层就被遮蔽了，心灵这一层被遮蔽，感动就无法发生了，更不要说发挥文学的认识、娱乐和教育功能，当然更谈不上发挥它的祝福功能了。在我看来，真正的娱乐是享受“根本快乐”，真正的认识是关于“根本快乐”的认识，真正的教育是关于“根本快乐”的启迪。

问：对了，你的儿童视角的叙事策略，有没有对当下一般意义上的成人叙事的否定？饶有意味的是，我们发现，很多杰出的经典，竟然大多都是用儿童叙事视角或者用一种所谓的“白痴视角”“傻瓜文学”来替代。其实，说及这一层，我深有感触的是，我们很多作家的写作其实非常危险或者了无意味，“怎么写”的问题，其实并没有得到解决。正像我经常感叹的，很多作家的语言问题也并没有得到解决，却以井喷的速度在写小说。

答：我不敢说否定什么，我只是觉得我现在的表达方式是一种自然的流淌，这就像小溪有小溪的流淌方式，江河有江河的流淌方式，瀑布有瀑布的流淌方式。我在写《农历》第一篇《大年》之前，有两个孩子蹦在了我的面前，他们是那么快乐，那么幸福，那么天意，我的笔就跟了上去，流淌就发生了。之后的日子里，我的眼前当然也出现过其他的人物意象，但都没有他们那么让我感动。

至于您讲到的“怎么写”的问题，古人的逻辑是“应答原理”，就是说，真理不会耳提面命，它有求才应，一如良医，只有患者求医他才下药，但是现在的不少医生，你不求他也下药，那就会出问题。文学行为也一样，就像今天我们这个访谈，如果没有您的问，就没有我的答。但是现在的情况是，不问也答，这已经失去“自然”了，当写作变成一种强加，一种推销，一种勾引，一种商业订货，事实上已经成了一种暴力了。想想看，有这么一家人，丈夫从早到晚地演讲，妻子能够受得了吗？还像个家吗？自然的情况应该是，丈夫问妻子，他的衬衣放在什么地方，妻子告诉他，在某一个衣柜里，妻子问丈夫这顿想吃什么，丈夫说香椿炒鸡蛋。因此，家的逻辑是一种问答逻辑，因为问答，家成为一种和谐，一种温暖，一种温馨。

问：当然，这里又必须谈到分类了。就像我们开头所说的西部作家问题，我其实不赞同将作家分类。譬如在你这里，没有必要将你贴上标签，谓之民俗作家或乡土作家。但说到底，我觉得，优秀作家的品质都是相似的，那就是对文学母题的回答与回应。在你这里，我觉得，回归是一个母题，回溯我们曾经失落的，也可以是一种母题。

答：非常正确。

问：这方面，我觉得李敬泽也说得非常到位，其实每一位作家在写作时，都将自己的立足点当作世界的中心，然后从这个地方向远方出发。

答：敬泽老师讲得非常对，事实上，按照古人对世界的认识，我们每一个人本来就是宇宙的中心，全息论也证实了这一点。

问：所以，突然发现，我过去评价金仁顺时曾说过一句，她是身居北方进行着南方叙事。我也突然发现，从你的行文的细腻、唯美、婉约角度看，你是西部作家中的南方叙事者。这让我觉得，你便是从这个角度弥合了地域与作家的地理特性，同时也使你在两部作家中显得格外跳脱。

答：啊，您这么认为我很高兴。

问：前些时，我参加我们家乡一个作家刘春龙的作品研讨会，讨论他的《乡村捕钓散记》这本书。我突然发现，像你的很多作品，与刘春龙这本书有着某种共同的东西，就是你们都试图在打捞那些将要消逝的事物。所以，从某种意义上讲，打捞历史的努力，既是文学母题的需要，也是文学的任务之一。如果没有《诗经》，我们还能从哪里听到先民的呼吸与歌吟呢？

答：是，也不单单是打捞，如果说是打捞，也是打捞我们自己，因为人的成长本身是一个走失的过程，人类也同样。因此，诗意不存在进化，诗意在根那里，就像花朵，究其本质，它是根的诗。

问：所以，这又让我想起文学的功用了。文学的功用之一，可能就在于它的无用之用。人们太重实用，却忽略了这样的无用之用。

答：赞同您的观点，无用之用，才是大用。这就像“当下”，相对于目标来说，它是无用，但事实上，它是大用，是生命的全部。

问：关于性的描写，肯定也是我们不能回避的一个方面。你在性的描写方面，其实仍然是用儿童视角。

答：是，我讲过，性本无美丑，这是相对于清静心而言，就像色无善恶，只要打量它的目光是清静的。

问：至于“死”这个文学母题，你同样没有回避儿童视角。《开花的牙》和《生了好还是熟了好》里，我只能认为，那种童年与死的缩结，是一种神来之笔。

答：啊，先生过奖了。在我看来，好的文字，都是神来之笔，从本质上来说，我们都是上苍唇边的一支长笛，只要我们的笛声来自苍意，那么它就会动人。至于“死”，更多的作家是戴着有色眼镜来写它的，事实上，如果我们了解了真相，“死”是不存在的，它是一种开花。

问：现在，我的困惑是，我们大家都可能明白你的唯美叙事或诗意叙事的意义与价值，特别是那些农历文化、民俗文化的价值我相信更是具有久远的意义的。然而，现在的问题是，人们都向前走，还会有谁带着这些东西上路呢？当然，我的意思还有另一层，在你的作品里，这些可能都只具有了标本意义。

答：恰恰相反，不久前，有一位读者让我联系一下出版社，批发给她两千册书，她要捐给一些愿意接受捐助的学校，让孩子们去读。说来惭愧，当时我的心里闪过一个念头，这个人要么是富翁，要么是一时冲动。如果是一时冲动，几万元花掉，家里成员找我的麻烦该怎么办，就没有急着联系出版社，心想等两天再说。不想过了两天，她又打来电话，问联系得怎么样了。我就提出到他们家，和他们家人商量一下再说。大概是她感觉到我想探究虚实，就让我到他们家，说儿子在家里。

结果让我大吃一惊，也羞愧不已。房子面积不到六十平方米，很旧的楼，却收拾得很温馨。儿子刚刚大学毕业，居然特别支持家人做这件事，而且买了包书纸，要把这两千册书包好皮，然后在扉页上盖上“像五月六月那样成长”的章子，然后送给孩子们。

真是非常感动，也非常惭愧。我这些年也做一些公益，但和他们比起来，真是太差劲了。同时，作为一个作者，觉得自己的书能够被一位读者用她微薄的工资收入购捐，真是非常安慰。

问：我曾与王旭烽聊她的《茶人三部曲》，谈到了一个话题，就是小说文化与文化小说。今天，在你这里，我觉得，我们仍然要面对这个话题。我觉得，某种程度上，你的小说是一种文化小说。或者说，你以一种文化理念来引导你的小说写作。我觉得，在你的作品里，已经有了很好的呈现。并不是所有作家都能将文化作为小说的元素之一的。

答：在我看来，文化和小说本是水乳交融的，母乳之所以什么营养都有，就是因为它来自母亲，母亲在给孩子哺乳时，只把奶头塞进孩子嘴里就行了，她并不需要拿个勺子，按照奶粉那样，多少蛋白多少钙多少糖地兑。好的小说也是一个有机体，因此，好的作家首先应该是一个母亲，她是带着爱去哺乳的，事实上她的心里连爱这个词都没有，但她提供的乳汁，却什么都不缺。

问：此外，在你的作品里，我们要谈到一个非常重要的问题就是时间。时间的特点，很多人都在谈，我在你的作品里发现的是时间的延滞。也就是说，其实，时间这个东西，在很多人那里，是没有什么感觉的，那就是几十年如一日。当然，我们也得允许一部分人有另一种感觉，就是度日如年、一日三秋什么的。然而，问题是，在你写的那些人物那里，我觉得，可能时间的感觉是前一种。不要说他们，即使是我们自己，这几十年来，似乎对外界的变化，也感觉稍显迟钝。我读运沂那篇《是评者误读还是作者张冠李戴》觉得很多人实在还是未能懂得文学，特别是未能读懂文学里的时间。

答：对，一个没有弄懂当下的人，是无法弄懂时间的，因为时间是“当下”做的一个游戏。我在《农历》之《大年》一节中，借五月六月和“父亲”之口探讨过时间。“父亲”说，如果人们能够把妄想除尽，时间就消失了。

问：关于时间，其实是有个读者阅读心理期待在内。即如我读你的小说，每一篇，我可能都会设定为作者是写当下。直到进入了小说的深处，才与作者笔下的东西共在，也才更深刻地体认读者笔下的时间。说《大年》是写“文革”也好，是写“文革”之后也好，我觉得，我们可以这样认为，在西海固，可能，六十年代与七十年代是差不多的，七十年代与八十年代也没有多少差异，而八十年代与九十年代，对这样一个独特区域的改变，恐怕同样微乎其微。不要说西海固，即如我生活的苏北乡村，几十年来的变化，也同样微乎其微。所以，我觉得要纠缠于时间，但不必在时间上纠缠过多。一篇作品之能否真正成立，时间当然是关键，但毕竟，如果不是以时间为主人公的书，时间是可以模糊的。

答：赞同您的观点。

问：何况，即使是写“文革”，也未必“文革”时期的中国到处都是红色恐怖吧。很多东西，是存在于方外的，很多东西并没有因为“文革”的出现而停止。在我看来，西海固那里，“文革”的形态肯定是与别处不同的。我也曾经与阎连科探讨过，其实，在中国，乡村是没有政治的。或者说，乡村政治，是另一种形态，不是我们所看到的纸上的政治。作家的任务之一，倒是要写出这些纸上政治以外的东西。

答：非常正确。

问：也因此，我觉得，你作为作家的意义，在这一点上，肯定是完成了自己的使命的。不但完成了，而且，你把那个地方特别的意味写了出来并使之成为一种具有价值引领意味的东西。这种价值引领，我觉得，最重要的，是让人们发现，什么是我们所不具有的，我们如果不具有会不会更其不堪。

答：对，知道我们不知道的，才是知道。

问：从这个意义上讲，作家其实是一种叩问者的角色。虽然，你满纸吉祥与如意，但我能体会出背后的叩问与苍凉。不然，为什么会那么震动文坛呢？现时代，能够震动我们的东西太少太少了。

答：您过誉了。但您的目光确实触到了我的心底，我的心中是常常有种苍凉感，但这苍凉不是来自自己，而是一种不自量力的心愿，那就是希望天下吉祥如意，希望每个读者吉祥如意，而吉祥如意就在人们面前，人们却不识得。

问：《水随天去》看来是一篇特殊的小说，特殊性首先在于它是对你自己的革命，既不同于所谓的西部小说，也不同于像《小城故事》这样的都市小说。这篇小说可能显得过于空灵与超拔。不知你是否有这样的感觉。

答：是，那是在寻找安详路上的一篇东西，虽然超拔，却也真实。那个父亲，希望儿子先弄懂“知道”，再做人生功课，但儿子就是“不知道”。一个父亲，不能让儿子知道“知道”，你说他的心里该是多么苍凉。

问：水上行无疑是个有深度的人物，但这一人物的刻画，是否过于理性了？事实上，这时候的父亲水上行，代表包括你我在内的中国知识分子的灵魂状况。只不过，水上行遭遇的矛盾，虽然也为我们所面对，但是，水上行不愿意就这么过去，而我们，轻易地将一些东西忽略了。所以，我理解这篇小说，可能是对中国知识分子灵魂的提醒与提问。

答：是，是对所有人的灵魂的提醒和提问。

问：这里，我又想问一句，水上行是否有点画地为牢的意味呢？其实，这个时代与社会，并不需要他为自己设定什么。当然，我知道，你是为自己设定了一个界限的，“要使自己手中的笔具足方便之德”。然而，在这里，水上行却没有对自己行方便啊！

答：他是行大方便，读者之所以认为他不方便自己，是因为我们现代人太随便了，太习惯了随波逐流，最大的方便是方便他人、方便社会、方便自然、方便环境、方便伦理和道德。

问：说到文化小说，我觉得这也是一篇文化小说，你将儒释道集中于水上行一身。但父亲的结局，放逐自我，是不是意味着你并没有找到有效的解决之道的原因？当然，非常欣喜的是，这篇小说开始对着我们自己下刀了。似乎从某一个时代开始，我们的小说中，知识分子开始缺位。既已缺位，就更遑论灵魂与自省了。

答：对，水上行最后选择了出走，但出走是一个象征，一个手段，他的目的是为了归来。

问：当然，我们也发现，这类小说在你的笔下，显得还是贫弱了点，我的意思是，数量显然还不是太多，因而，可能也没有能形成一种丰厚的文学资源。

答：那倒不是，《农历》中的“大先生”，还有“大先生”膝下的五月和六月，都是他的同道，并且比他的道行深多了，因为他们回到了生活，回到了自然。

问：我本来不打算与你谈先锋文学的问题的。然而，看来，六十年代出生的作家，势必都绕不过先锋文学。坦率说，从八十年代以来，文学历经嬗变，然而，我只认为先锋文学尚可以一时之盛而成为一种文学潮流与文学流派。虽然，我与很多作家谈到先锋文学的技术性，但不管怎么说，先锋文学已经成为一种坚硬的文学存在，几十年来，都在发生着影响。以后还会不会发生影响，谁也说不好。毕竟，这是一个将西方百年文学在中国进行了一次全方位演绎的文学时代。我终于从《陪木子李到平凉》这里看到了先锋文学对你的影响，同时，我也读到了博尔赫斯的影子。只不过，这种判断是否确切，是要等待你的判断的。

答：让我惊异的是，评论家包括您认为影响了我的人，恰恰是我最少读到的，至于先锋文学，正如您所言，我们不可避免地受到了它的影响，因为我们走上文学道路时，正是先锋文学遍地开花的时候。

问：《陪木子李到平凉》可以解说的东西非常多，语言风格似乎在这里也有一种“突兀”般的逆转。文体上也似乎更注重一种新人耳目的修辞效果，有人说，那两道思考题，“突兀”而“霸道”。

答：是，当时出那两道题，我有一种快感，有种一棒把人打愣的冲动，但这种冲动的背后是“慈悲”，因为作者的动机是让人们通过“这一愣”，从梦中醒来。

问：但这样的小说，在你的全部作品中仍然与我们刚才说到的《水随天去》一样，似乎只是偶一为之。这算不算你想向读者进行一次小说的炫技表演呢？你想借此告诉人们，对那种民俗与礼仪习惯的叙事，没有影响你的小说现代性技巧的形成。

答：也许潜意识中有这种想法。但在我看来，最现代的，恰恰是最传统的。换句话说，只有传统才有保鲜功能，现代的风雨在变换，不变的是天空和大地。

问：我们了解到，你的安详文化已经丰沛到足以自成体系的地步了。你觉得安详文化的追求与研究是不是对你的小说写作形成了重要影响？

答：也许吧，这就像一头牛，它自会产牛奶，一只羊，它自会产羊奶，一个人的心泉里是什么，就会流淌什么。

问：可能，当代作家像你这样既写散文又写诗歌的小说家，已经不多了，然而，你还有一种文化的世界在你的精神领域里。这可能就更其鲜见了。我可不可以认为，你这是一种努力成为大作家的“野心”呢？

答：老实给您讲，我在写作上没有野心，恰恰一直不自信，我从来没有想过自己会成为一个大作家，当年和好友石舒清聊天，他说他的理想是成为一个大作家，我还在心里笑呢：我们这些人，怎么可能会成为一个大作家。不想后来石舒清真成了大作家，我的作品也出乎意料地被大家认可，让我常常有种受宠若惊之感。事实上，我一直有种准备放弃写作的打算，常常想等写完这篇就封笔吧，就去解决生命的根本问题吧，就像水上行那样。后来之所以坚持了下来，是因为回到了平常心，因为“解决”之想本身就是一个对立。但现在看来，这种解决之想绝对有用，它让你笔下的文字变得超脱，变得“仁慈”。这种“仁慈”有时以“无情”表现出来，但它恰恰是一种“有情”，也许正是这种“有情”，为我赢得了读者吧。

问：我们现在不得不谈到《农历》了。这本书，看来是想为过去的写作做一次漂亮的总结吧？

答：您可以这么认为。

问：十五个节气，不再是农事与季节的事，而是一种生命营养，一种化育。这可能是很多人都没有能识透的大自然的生命情怀。

答：是啊。

问：这样看《目连救母》，就更有意味了。但反观你过去的同类题材的写作，发现“饥饿”确实真的是一个大主题，并对应了我们所历经的时代。所以，中元节何曾能够缺失啊！

答：感动于您的相知。

问：不过，聪明的读者，还应该看到另外的东西。至少，我们谈到这里，发现，我们刚刚津津乐道的文化小说或小说文化，更应该具体到一种小说的伦理上。我觉得，你的小说，在这方面为当代文学提供了一个非常重要的关键词，就是伦理小说或小说伦理。这种伦理追求，我觉得从梁启超时期便开始被人注意了。然而，现在，这一追求，恰恰在一些作家在对所谓的现代性、后现代性的追求中，再不就是一种多元时代的浮躁与狂欢中丢失了。

答：是。

问：我的意思是，你的小说首先是一种善的小说。然后，才是一种真的小说与美的小说。

答：事实上，这三者是无法分离的，善是动机，真是目的，美是手段。

问：所以，这样看《农历》，其实是你的一次对天对地对人的双手合十。你以这样的方式，为过去所有中短篇中那些吉祥、如意、礼赞、虔敬，做了一次百川归海的集成。

答：谢谢您能这么理解。

问：这本书，我们也可以看成是对人性的救赎。在这本书的阅读过程中，我们可以暂时远离尘埃，远离经济时代的恐慌，回归到农历，在中国文化传统中实现自我救赎和自我回归。这本书的世界性意义，我觉得也在这里。这是一本奇书，也是一本宁静而至于震惊的书。

答：先生过誉了。

问：我非常相信，之后，仍然会有一天，人们将《农历》当作一个事件。同时，我也相信，《农历》，就是这样的中国《农历》，会以这样的面目走向世界。所以，我们不妨这样认定，这是一本值得期待的书，也是中国当代文学几十年中重要的斩获之一。

答：我也希望它有一个好的前景，因为我是把它作为此生最大的一个“善”来完成的。

问：构思这本书，看来用了你不少心力。

答：其实这本书就像一朵花，它是一个自然生成，倒觉得没有怎么构思，只是一个从朦胧到清晰的过程。这个过程中，李敬泽老师给了我不断的鼓励。

问：最后，我们回归到一些常规性的问答吧。你什么时候走上文学之路的？在你的写作之途中，哪些作家给了你影响？

答：说句开玩笑的话，我想我是在前世就走上文学道路了，对我影响最大的应该是“农历”，还有“农历”中的父老乡亲，还有生我养我的那片土地。

问：作为一个六十年代出生的作家，显然，域外的文学营养同样会对你产生大的影响。对你影响最大的国外作家有哪些？

答：都有，要说对我影响最大的，还是“农历”。

问：这次未能就你的全部写作进行探讨，深为可惜。更重要的，是未能就《农历》进行展开。期待今后有更为深刻的合作，我期待自己的是，将会以专章论述的方式来写一写我所读到的《农历》。

答：谢谢先生！

图书在版编目（CIP）数据

我们心中的雪 / 郭文斌著. -- 北京 : 作家出版社，2018. 10（2023.2重印）
（文学宁夏丛书）
ISBN 978-7-5212-0190-1

Ⅰ. ①我… Ⅱ. ①郭… Ⅲ. ①短篇小说 - 小说集 - 中国 - 当代 Ⅳ. ①I247.7

中国版本图书馆CIP数据核字（2018）第198247号

我们心中的雪

作　　者：郭文斌
责任编辑：王　烨
装帧设计：意匠文化 · 丁奔亮
出版发行：作家出版社
社　　址：北京农展馆南里10号　　　邮　　编：100125
电话传真：86-10-65930756（出版发行部）
86-10-65004079（总编室）
86-10-65015116（邮购部）
E-mail:zuojia@zuojia.net.cn
http://www.haozuojia.com（作家在线）
印　　刷：固安兰星球彩色印刷有限公司
成品尺寸：152×230
字　　数：200千
印　　张：17.25
版　　次：2018年10月第1版
印　　次：2023年2月第2次印刷
ISBN 978-7-5212-0190-1
定　　价：36.00元

“文学宁夏”丛书书目

《眼欢喜》 石舒清 著

《我们心中的雪》 郭文斌 著

《行行重行行》 季栋梁 著

《父亲与驼》 漠 月 著

《一条鱼的战争》 金 瓯 著

《换骨》 李进祥 著

《蛇吻》 张学东 著

《嘉依娜》 了一容 著

《头戴刺玫花的男人》 马金莲 著

《核桃里的歌声》 阿 舍 著

《稻草人》 赵 华 著

《塔海之望》 杨 梓 著

《西域诗篇》 杨森君 著

《篝火人间》 单永珍 著

《山歌行》 马占祥 著

《知秋集》 钟正平 著

《在一座大山的下面》 梦 也 著

《守护风沙中的一盏灯》 郎 伟 著

《张贤亮的文学世界》 白 草 著

《话语构建与现象批判》 牛学智 著